天地光明

长篇小说

李乃毅 著

河北出版传媒集团
河北人民出版社
石家庄

图书在版编目（CIP）数据

天地光明 / 李乃毅著. -- 石家庄：河北人民出版社，2024.1
ISBN 978-7-202-16508-9

Ⅰ. ①天… Ⅱ. ①李… Ⅲ. ①长篇小说－中国－当代 Ⅳ. ①I247.5

中国国家版本馆CIP数据核字(2023)第196153号

书　　名	天地光明
	TIANDI GUANGMING
著　　者	李乃毅
责任编辑	赵　蕊
美术编辑	王　婧
责任校对	余尚敏
出版发行	河北出版传媒集团　河北人民出版社
	（石家庄市友谊北大街330号）
印　　刷	河北新华第一印刷有限责任公司
开　　本	710毫米×1000毫米　1/16
印　　张	18
字　　数	223 000
版　　次	2024年1月第1版　2024年1月第1次印刷
书　　号	ISBN 978-7-202-16508-9
定　　价	59.80元

版权所有　翻印必究

如有印装质量问题，请拨打电话0311－88641240联系调换。

目 录

第一章 / 001

第二章 / 012

第三章 / 021

第四章 / 029

第五章 / 040

第六章 / 047

第七章 / 059

第八章 / 073

第九章 / 081

第十章 / 094

第十一章 / 107

第十二章 / 120

第十三章 / 133

第十四章 / 147

第十五章 / 156

第十六章 / 168

第十七章 / 180

第十八章 / 195

第十九章 / 209

第二十章 / 224

第二十一章 / 236

第二十二章 / 248

第二十三章 / 266

尾声 / 282

第一章

一

　　宁滨是北方的一座海港城市，寒冬的清早远远望去，天际阴沉，晨光暗淡，灰蒙蒙的天空好似涂上了一层铅色。肆意挑逗的西北风"嗖嗖"地刮着，市委门前悬挂的"欢度元旦"四个字的大红灯笼，被风吹得摇摇晃晃。2015年新年刚过，头一天上班的机关干部们蜂拥而至，有的相互寒暄，有的说说笑笑，更多的人则是沉默无语。人们身上裹得严严实实，头缩大衣手插口袋，排着队划过通行卡走进机关大门。

　　市委机关办公楼里是温暖的。

　　市委书记姚力夫已是六十岁的年纪，头发花白，他内穿白衬衫，外套蓝毛衣，戴着老花镜，坐在办公桌前低头批阅文件。房间里显得有些空荡、凌乱，摆放着一个个大纸箱子。几个工作人员忙碌着，小心翼翼地摘下墙上的字画框，卷起书写的条幅，取出书柜里的书籍，收起橱柜中的物品，逐件分门别类，装箱打包。

　　就在昨天晚上，姚力夫接到了省委的通知，由于年龄到限，免去了他市委书记的职务。这是需要他批阅的最后一份阅呈件《关于荣景花园项目拖欠农民工薪资的情况报告》。姚力夫不慌不忙地看过阅呈件，拿过签字笔批示："请金市长阅处，望抓紧解决处理。"

楼道里，市长金运昌腆着胸脯，甩着双臂，迈着外八字的大脚一摇一摆地走来。秘书迎上去："金市长，书记在屋等着您呢。"秘书在前引领，推开书记办公室的门。

金运昌大步走进屋里，扯着大嗓门："书记，你找我？"

姚力夫抬起头，放下笔，摘下老花镜，只见他慈眉善目，体态微胖，笑呵呵地站起身："来了，坐吧。"

金运昌没有坐下，而是抬眼环视已经变了样子的房间，面露诧异之色。

"姚书记，你这是……"

姚力夫手拿保温杯，慢悠悠地走过来："运昌，坐下说吧。"

金运昌宽脸大眼，身材粗壮，大咧咧地往长沙发上一坐。姚力夫则坐到侧面单人沙发，保温杯依然端在手中。秘书给金运昌沏好茶放在茶几上，示意工作人员离开，然后带门退下。

姚力夫看着金运昌，不紧不慢地说："运昌，我叫你来是要告诉你，昨晚上我接到了省委通知，免去了我市委书记的职务。"

金运昌早知姚书记已经到点即将离职，嘴上却说："哟，这么突然？"

姚力夫淡然一笑："有啥突然的，我年龄已超两个月了，我早有思想准备。"

金运昌感叹道："姚书记，在你领导下咱们共事三年多，你对我政治上信任，工作上支持，这跟着你正干得来劲儿呢，你说退就退了……啧，唉，还真舍不得你离开呢。"

姚力夫端起保温杯喝了口水，意味深长地说："人都有退的这一天，我离开了宁滨，这接力棒就交给你了，好好干吧。"

金运昌摇摇头，笑道："那可不一定，新书记很快就会来吧？"

姚力夫神秘而又认真地说："谁接我这个书记，省委肖书记征询过我的意见，我推荐的是你。"

金运昌端着茶杯的手悬在半空，望着姚力夫眼光发亮："肖书记怎么说？"

姚力夫压低声音："肖书记当时虽然没有表态，但看他那神色，我感觉我的话他是听进去了。"

金运昌面呈喜色，抑制着内心的激动："姚书记，你对我真是太好了，谢谢了。"

姚力夫摆摆手："谢啥，你当市长五六年了，论资历、能力还有政绩，也该上书记的位了。"

金运昌感恩不尽，兴奋地说："书记，我啥话也不说了，我金运昌是个知恩图报的人，我一辈子忘不了你的知遇之恩！"

姚力夫笑道："我知道，我还不了解你么？好了，不说这些了。运昌，你接了书记，可以考虑让周亦农接任市长，这样比较稳当，对你开展工作有利，我跟肖书记也是这样建议的。"

金运昌一口答应："好，我和老周继续搭伙绝对没问题！"

姚力夫满意地点点头："另外，我还要嘱咐你几句话。我离职了，市委书记的位置空着。你作为市委副书记、市长，从现在开始要把市委、市政府两边的事都管起来。这段时间最重要的就是稳定，千万不能出事情。绝不能发生恶性刑事案件，不能发生重大安全事故，特别是不能发生规模性上访。否则，这个时候出了事惊动了省委，你能不能接任书记那就另说了。"

金运昌心领神会："明白，书记，你放心吧。"

姚力夫接着说："今天下午开个茶话会，我跟班子成员打个招呼告个别，明天一早我就回省城了。"

"这可不行！"金运昌一口否定，"书记，这四大班子成员怎么也得给你送送行啊，今晚上咱们得好好喝一壶！"

姚力夫有些犹豫："为我送行四大班子宴请，这样恐怕影响不好吧？"

金运昌不以为然："书记，这些年你为宁滨发展费尽了心思，如今要离开宁滨了，大家和你吃顿饭、喝壶酒还不应该嘛！再说了，过去历任书记离开时不都是这样吗？"

姚力夫仍有顾虑："运昌，现在和过去不一样了，中央有了新的八项规定，咱还是谨慎点好，啊？"

金运昌一拍胸脯："书记，这事你就别管了，有什么责任我兜着，就这么定了！"

"好吧。"姚力夫不再坚持，"既然盛情难却，我这个已经离职的老同志就听你的安排吧。"

金运昌咧开大嘴笑了："嗳，这就对喽！"

金运昌回到办公室，立刻叫市政府秘书长于涛商市委办公室，通知市委、市政府、市人大、市政协班子成员，今晚六时到宁滨迎宾馆参加茶话会为姚书记送行。通知下去，各位班子成员自然明白，这个时间点举行茶话会实际就是欢送晚宴。姚书记要离任了，不管对其满意的不满意的、高兴的不高兴的，总应该露个面，免得落个人走茶凉之嫌，这也是人之常情。唯市委常委、纪检书记朱绍兴感到不妥，但也没有表示反对，找了个身体不适的理由没去参加。

当晚，在宁滨迎宾馆席开六桌，姚力夫望着一张张熟悉的面孔，心中颇为高兴。金运昌精神振奋，几句简单开场白，然后请姚书记讲话。姚力夫接过话筒站起身来，笑盈盈地发表了一通热情洋溢的离任感言，获得众人一片掌声。姚力夫坐下来，六样冷盘已经上桌，服务员开始为各位领导依次倒酒，顿时大厅飘溢着茅台的酒香。首先是坐在主桌的市委班子成员逐一给姚书记敬酒，接着是其他桌的班子成员，像走马灯似的一个个跑过来干杯。姚力夫坐在椅子上不动，嘈杂纷繁中也听不清哪个人说些什么，只见每个人躬身仰脖喝下杯中酒。姚力夫不胜酒力，频频端起小酒杯沾沾嘴唇，直到轮流敬酒过后，杯中酒仍未喝完。金运昌则是来者不拒，一杯一杯喝得满脸通红。他招呼服务员过来，指指面前的玻璃分酒壶，让其将酒壶斟满，然后情真意切地对姚力夫说："书记，我用这一壶酒敬你，啥也不说，都在酒中了。"说完，金运昌端起酒壶，把足足二两酒一饮而尽。姚力夫二话没说，把杯中酒一口喝了。俩人手拉着手，俯首贴耳小声私语。市委副书记钟呈祥，常务副市长周亦农，常委、副市长万远鹏，常委兼翠屏县委书记米来顺，各自闷着头吃饭，一对对转动的眼珠不时扫向姚力夫与金运昌的亲密互动。每个人肚子里藏着什么心思无人知晓，但有一点很清楚，都在揣摩莫非金运昌要接市委书记了吗？

二

宁滨钢厂坐落在河西区，离市中心不到五公里，偌大的厂区空空荡荡一片沉寂。这家国有企业过去主要生产粗钢，虽说效益一般盈利不多，但日子还能过得去，至少职工每个月的工资还有保障。去年全市减排治污，从此企业全面停产，只有少数职工分流出去，还有两千多职工下岗待业。往日炉火通红、钢花四溅的景象不复存在，工人们汗流浃背、紧张操作的身影也早已无影无踪。静静的钢厂大院里，只有门房传达室老王师傅依然坚守岗位，再就是办公楼二层的一间办公室还有人影晃动。

这是厂长乔勇的办公室，厂里的暖气早就停了，屋内中间蜂窝煤炉子吐着蓝黄火苗，一小锅沸腾的开水顶着锅盖"滋滋"作响。乔勇和厂办室主任蓝山坐在办公桌前，各自打开一包方便面放到碗中，蓝山端过小锅倒入开水。老乔撕开榨菜袋抖进小碗，一人手拿一个烧饼，筷子挑面吃着午饭。

蓝山四十出头，身强力壮，精明干练，机警的眼底里透出一股灵气。蓝山看了老厂长一眼，乔勇比他大了许多，五十六了，黑红脸膛儿上已有白胡茬子，一对犀利的豹子眼则格外有神。

蓝山问道："厂长，你知道吗，市委姚书记离职退休了。"

乔勇头未抬："嗯，听说了。"

蓝山接着说："昨晚上在迎宾馆开的欢送会，我哥也去了。"

乔勇抬起头，鼻子冷冷地哼了一声："走了好，这个姚书记'老好子'一个，啥事也不敢做主，掉下个树叶怕砸脑袋，光会喊口号讲漂亮话，有啥用啊。哎，老姚走了谁接书记，你哥说了没有？"

"我问了，他不知道。"蓝山又冒出一句："不过有传闻，说是金运昌可能接书记。"

"他接？"乔勇眼睛一亮："金运昌要是接了书记，市长就出了空缺，要是你哥能当市长那就好了。"

蓝山摇摇头说："我哥不行，他当副市长才几年？比他资历老的人多了，钟呈祥、周亦农、万远鹏、陈宇……"蓝山一个个数点着。

乔勇愁眉不展，轻叹一声："唉，甭管谁当书记、谁当市长，总得帮着咱企业解决问题呀！去年治理污染，金市长逼着我停产转型，可企业转型周转金到现在也没到位。两千多下岗职工七个月没发工资了，这日子可咋过呀？"

蓝山不无担忧地说："是啊，再有一个月就要过年了，职工们心里可着急了，搞不好会出事情。"

乔勇眉头紧锁："不行，我明天还得去找金市长，无论如何，年前也得把拖欠职工的工资发了……"

乔勇话音没落，办公室小张突然推门而进，大声喊道："乔厂长，蓝主任，不好啦！"

乔勇一惊："咋了？慌慌张张的。"

小张急促地说："二车间的杨大海正在串联职工，要在明天上午带着几百号人去市政府上访！"

乔勇把筷子一拍，气呼呼地说道："这个杨大愣子，我头前刚跟他说好，我正在和市政府协商解决问题。他答应我好好的，绝不挑头闹事，这又咋了？"

蓝山与小张面面相觑，乔勇抹把嘴，站起身，拎过大衣："走，我去找他！"

乔勇带着蓝山来到杨大海的家，大海不在。他老婆说，婆婆突然得了急病，大海送她去了医院，我正想法儿借钱给老人交住院费呢。

蓝山开着一辆破拉达车，拉着乔勇赶往医院。途中经过银行营业所，老乔从自己账户取了三千块钱随身带上。车还没到医院，乔勇便接到金市长打来的电话。

金运昌劈头质问："老乔，你是怎么搞的？我听说你们厂的职工，明天要到市政府堵门？"

乔勇连忙解释："市长，是这么回事，我们厂有个职工叫杨大海，他娘得了病没钱住院，大伙儿看不下去，所以吵吵着要去市政府上访，要求补发拖欠的工资，我正在……"

不等乔勇说完，金运昌一口打断："我告诉你老乔，不管什么原因，也不管你用啥法儿，你必须给我按住，绝不能让他们上访。有一个人来，我就找你算账！"

乔勇心中焦急，恳求道："我说市长，我做工作可以，但你得帮着我们解决问题呀。你看，职工们都七个月没发工资了，能不着急吗？市长，你在办公室吗？我马上过去向你汇报一下……喂，喂喂……"对方已经挂断电话。

乔勇无奈地摇摇头，把手机扔在一边。

蓝山把车开到急诊大楼门前，乔勇跳下汽车直奔大厅。此时杨大海正在住院交费窗口交涉，请求女收银员先让老太太住了院，随后把押金送来。可这姑娘做不了主，要大海去找院长，只有领导点了头才行。两人僵持之中，乔勇赶了过来，把三千块钱塞到大海手中:"钱在这儿,交费!"

大海扭头一看:"厂长,你咋来了?"

乔勇眼一瞪:"少废话,快办!"

杨大海办完手续,俩人赶忙来到急诊室,把住院单据交给大夫,然后跟着护士推车把老太太送进病房。看着老人躺到床上,护士打了吊针输上液,才一块儿离开病房坐到走廊的长椅上。

杨大海把交了住院押金剩余的一千块钱交给乔勇,眼里闪着泪花,说:"厂长,那么多困难职工,都是你帮忙接济,我不能再用你的钱了。我老婆正四处借钱,等凑上了数,我就把你的钱还给你……"

"拿着,什么你的我的,你娘就是我娘。"乔勇把钱塞到大海手里,问道:"大娘得了什么病?"

大海回答说:"美尼尔综合征,一大早起来,突然昏天黑地地人事不省,吓死人了。偏偏又赶在这个时候,手里正缺钱呢!"

乔勇劝慰道:"大海,给老人治病要紧,钱不够我给你找,放心吧。"

杨大海问:"厂长,什么时候才能发工资呀?"

乔勇含混地说:"快了,我正在找市政府想法儿解决,你总得容我个时间,对吧?"

杨大海点点头:"嗯,厂长,你见到金市长了?"

乔勇为了安抚大海,也是为了通过大海安抚厂里职工,只好说:"约好了,明天上午金市长和我见面,大家再耐心等等,绝不能聚众上访。"

杨大海满口答应:"厂长,要不是因为老娘住院急着用钱,我是不会挑这个头儿的。"

乔勇恳切地说:"大海,你在职工中有威信,多给大伙儿做做工作,啊?要相信政府相信我,一定会赶在春节前把拖欠大家的工资发了。"

杨大海笑了，连连表示："厂长，我听你的，我这就给大家打招呼，我们明天不去市政府上访了。"

三

乔勇迈着沉重的脚步走出医院，蓝山拉着他返回钢厂的时候已是夜幕降临。听到喇叭声响，老王师傅赶忙拉开大铁门，趴在车窗对乔勇说："厂长，你快去三车间孙二憨家看看吧，出大事啦！"

乔勇不由一怔："咋了？"

王师傅眼神惶恐，手里比画道："孙二憨两口子闹起来了，听说二憨动了刀子，他老婆气不过寻死了！"

乔勇大吃一惊："啊？蓝山，掉头，快，去二憨家！"

蓝山立马掉转车头，直奔孙二憨家。"咚咚"敲门无人应声。邻居探出身来说，二憨背着老婆去医院了。乔勇赶到医院，得知孙二憨老婆经过大夫抢救，已经脱离了危险才放下心来。他拽着孙二憨来到走廊拐角僻静处，厉色询问到底是怎么回事。

老实巴交的孙二憨憨哧了半天，才说："她……她去了歌厅上班，说是陪人喝酒，那种地方还能干啥好事！"

这着实让乔勇感到惊讶，孙二憨老婆是有几分姿色，可也是四十岁的人了，怎么会去夜总会上班呢？原来，孙二憨的老婆郭兰芝是钢厂统计员，跟丈夫一块下岗闲在家里。十八岁的儿子挺有出息，去年夏天考上了西安一所大学。由于厂里停发了工资，两口子为没钱给儿子交学费发了愁。这天，郭兰芝去找好友桂花借钱，说借一千可没想到桂花很痛快地借给了她三千。郭兰芝知道桂花是棉纺厂的下岗女工，家里生活并不宽裕，心里纳闷她怎么现在这么有钱？俩人聊起话来，桂花抿嘴一笑："能挣钱的地方多了，就看你愿不愿意去了。"

兰芝问道："去哪儿？"

桂花直说："像是歌厅，钱好挣得很。"

兰芝不由一怔："你去了歌厅？"

桂花毫不掩饰："对呀。"

兰芝简直不敢相信比自己小两岁的桂花还能去歌厅上班，在那种地方的小姐，不都是花枝招展的年轻姑娘吗？桂花告诉兰芝，她去的那家歌厅档次不高，坐台的都是三十多岁的女人，也有四十出头的。服侍的来客是那些岁数比较大的男人，有做小买卖的还有外来打工的单身汉。陪着他们聊会儿天喝点酒唱个歌，下午晚上一天两场。上一次台小费两百，客人高兴了再额外塞点，一天下来能有四五百块。柜台抽去一百的水头，总会落下三百，一个月就是九千，能顶工厂上班三个月的工资。桂花不瞒着家里，丈夫也不挡着。桂花说："人生在世干吗活得那么累呀，有了钱就啥也不愁了，小孩子这点学费算啥呀。姐长得比我漂亮多了，我们老板一看准同意。明天你跟着我去看看。行呢，就来，不行呢，就当没这回事。"

郭兰芝回到家晚上睡不着觉，满脑子寻思着每月能挣九千块钱，这对没有工资养家的她来说实在是太重要了。第二天她跟着桂花偷偷去了，随着桂花陪坐一边，喝了点酒唱了两首歌。虽说唱得五音不全有点跑调，但客人也不计较。一个晚上，兰芝没有看到客人有什么太过分的举动，最多就是把桂花搂在怀里亲个脸蛋摸摸奶子。她想起在家，二憨请那些工友哥们儿喝酒起了兴，不也是把自己搂过来亲一口摸一把吗？丈夫坐在一旁满不在乎，还"嘿嘿"地傻笑。郭兰芝最终决定去了，可对丈夫又张不开口。也巧了，孙二憨的老父亲摔伤了腿卧床不起，需要他回老家照顾些日子。丈夫前脚刚走，郭兰芝后脚便随桂花去了歌厅。她长得漂亮人又乖巧，客人抢着点她坐台，不到半年就挣了五万多块。没想到有一天被丈夫的一个好友看见了，孙二憨一回来，闲话就传到他的耳朵里。孙二憨大怒，手拿菜刀逼问老婆干了什么事，兰芝只好如实招来。丈夫上去就是一顿拳打脚踢，兰芝心有委屈放声大哭，惊动了左邻右舍。兰芝觉得今后没脸出门见人，心一横将一把安眠药吃了，得亏孙二憨发现得早，赶紧背着老婆跑到附近这家医院。乔勇明白了事情原委，看看耷拉着脑袋低头抽烟的孙二憨，轻轻拍拍他的肩头，安抚道："这不怨你老婆，事都过去了，别再动粗，好好待她，闹出人命来事就大啦。"

疲惫不堪的乔勇回到家已是午夜时分，一进屋便一屁股坐在破沙发上。妻子一边收拾着桌上的茶壶、茶杯，一边嘴里念叨着："一屋子找你的人刚走，都是家有难事来讨拖欠工资的。李明奎家交不上暖气费停了气，闫庆三家老人死了办丧事想借点钱，张树栓老家闹地震屋子塌了要盖房……"

乔勇合眼听着，妻子忽然问道："哎，老乔，你吃饭了吗？"

乔勇睁开眼摇摇头，妻子忙说："你一定饿坏了，我去给你做。"

妻子说着，快步走进厨房。

乔勇站起身来，走到橱柜前打开柜门，拿出半瓶白酒和一只酒杯。又从罐里抓出一把花生豆，一块儿放到茶几上，拎过个小板凳坐下来。乔勇倒上一杯酒，手里捻着花生豆，回想着今天发生的一连串事情。他既对金市长的冷漠气愤不满，又为自己无能为力而感到愧疚。总觉得作为厂长对不住这些下岗的职工，心里很不是滋味。憋屈的胸口涌动着悲愤酸楚，感伤的眼泪围着眼眶打转，端着酒杯的手不停地颤抖。乔勇闷着头把酒喝下，嗓子眼火辣辣的，根本没有酒香的回味，只有黄连般的苦涩。不能再这样下去了，他暗自下定决心，明天一定要见到金市长，无论如何也得要些钱来，补发拖欠职工的工资，尽快实现企业转型升级，总要让跟着自己干的伙计们日子过得有点尊严……

第二章

一

几天来，金运昌的心情是愉悦的。他虽然仍在市政府办公，但这里已然成了全市权力的中心。金运昌作为市委副书记兼市长，所有需要市委决断的重大事项，全部由他拍板；党政班子及各部委办局需要请示的重要工作，全部向他请示。工作是忙了一些，每天晚上还要加班阅件，但心里痛快。他就像头骡子，浑身有使不完的劲儿，不怕辛苦劳累，只是想摆脱束缚，按照自己的意愿任意驰骋。从而显示自己的个人价值，标榜自己的领导才能，炫耀自己的政绩不凡，追求自己的政治前程。姚力夫了解金运昌的个性，当书记从不与他发生冲突，对他言听计从，任其自由发挥，只要不出大的乱子也就是了。如今老姚走了，金运昌一身轻松，但他毫不懈怠，他倒是要给下属的各位班子成员勒紧缰绳。

第二天一上班，蓝山便开车拉着乔厂长来到了市政府，乔勇跳下汽车直奔金运昌的办公室。金市长秘书的办公室门敞开着，乔勇笑嘻嘻地走进屋，正在整理文件的苗秘书爱搭不理地瞟他一眼。乔勇刚才来过电话，小苗告诉他市长没空，但他还是跑来了。

乔勇赔着笑脸说："苗秘书，我有急事，帮忙插个空，让我见上市长十分钟就行。"

"告你没空你不信，你自己看吧，"小苗随手把金运昌工作日程表丢给他。

乔勇拿过来看了看，9点半政府常务会，11点摩天塔工程调度会，12点会见北京客人共进午餐，下午2点……果然一天时间安排得满满当当。乔勇看看手表："这离开会还有二十分钟，我去和市长见个面。"

乔勇转身欲走，被小苗拦住："你别去，市长正跟周副市长说事呢。"

乔勇只好坐回椅子上："那我就在这儿等会儿。"

"随你，等也白等。"小苗不再理睬老乔，坐下来继续整理文件。

市长办公室里，金运昌与周亦农坐在沙发上一边喝茶一边谈着话。五十七岁的周亦农长脸狭额，疏眉泡眼，已有些许花白的头发向后背去，梳理齐整。他背倚沙发，一手端杯饮茶，一手搭在扶手上，一副深沉谙通、老成持重的样子。

金运昌微笑着对周亦农说："姚书记走了，市委、市政府这两边的事我都得管起来。春节前需要处理的事情很多，一会儿常务会要把主要事项定一下，你是常务副市长，政府这边的事你就多操心吧。"

周亦农沉稳地点点头，拿出一张单子："没问题。节前主要工作我让于涛拉了个单子，大事你定，具体工作我和副市长们各司其职，分头落实。"

金运昌接过单子扫了一眼放在一边，有意说道："现在是过渡期，咱们得抓得紧点，等到新书记一来我也就轻松了。"

周亦农试问："哪一位来接书记呀？"

金运昌摇摇头："不清楚，应该时间不会久，过几天就知道了。"

周亦农笑笑说："我看省里不会派人来了，很可能就是你接书记了。"

金运昌暗自高兴，嘴上却说："不会吧？"

周亦农转动着眼珠，提示道："那天在老姚的欢送会上，你没听见他说吗，希望四大班子成员在运昌同志领导下如何如何，这分明就是在暗示你要接书记嘛。"

金运昌不动声色，明知故问："是吗，我可没想这么多。"

周亦农似有所本，分析说："姚书记对你一向倚重，你跟他配合得又好，谁接书记省委少不了征询老姚的意见，我琢磨着他肯定会推荐你。"

"姚书记对我不赖，人也厚道、宽容。就是胆子不大，优柔寡断缺少魄力，我再有抱负也施展不开拳脚。"金运昌不再掩饰，许诺道："我要是接了书记，你就接市长，咱老哥俩儿携起手来，好好大干一场，不出三年，保准让宁滨大变样！"

金运昌此言一出，正合周亦农的心意，一双肉泡眼笑成了一条线，连声附和："那是，这是肯定的！"

金运昌叮嘱道："老兄，摩天塔是咱们的重点工程，赶紧把二期工程款拨下去，要快！"

周亦农忙说："我已经批了，三千五百万马上到位。"

金运昌雄心勃勃，大手一拍沙发："好，这四百米高的摩天塔就是宁滨的新地标，一定要在咱俩的任内把它建成！"

金运昌走向办公桌边按了一下电铃，苗秘书推门进来。他叫小苗从内室拿来一包冬虫夏草，对周亦农说："这是西藏朋友送给我的，别看包装一般，可是上等货色，拿回去吃，管事。"

周亦农推辞一番高兴收下，正要提着纸袋离去，乔勇探进身来，大声打着招呼："哟，二位市长都在这儿呢！"

周亦农看了乔勇一眼没有理睬，苗秘书也没阻拦，跟在周亦农身后走出屋去。

金运昌抬眼望着乔勇，问道："老乔，你干吗来了？"

乔勇急切地说："市长，我有急事向你汇报。"

金运昌指指旁边沙发："我马上开会，你赶紧说。"

乔勇半个屁股坐在沙发边上，前倾着身子说："市长，我们厂去年五月停产，企业转型周转金到现在还没到位，职工已经七个月没发工资了……"

乔勇刚说几句便被金运昌打断："这我知道，国资委韩主任不正在帮你协调资金吗？"

乔勇赔着笑脸："老韩说话不管用呀，这事得你市长亲自出面才行。"

金运昌不满地摇晃着脑袋："你们呀，有了麻烦事就知道找市长，怎么就不想法儿找市场呢。你们厂占着那么好的地方，有那么多的资产，你想法置换一下，不就有钱了吗？"

乔勇皱起眉头，哭丧着脸："我倒是想呢，可我是国有企业，厂里一草一木都是国家的。你不点头，国资委敢批吗？企业资产我敢动吗？"

于秘书长走进屋告诉金市长，人都到齐了。金运昌瞥了一眼对面墙上的挂钟，站起身来，"好了，我要开会了，咱回头再谈吧。"

乔勇"腾"地站起，伸手拦住金运昌："市长，你先别走，你今天一定得给我个说法儿！"

金运昌沉下脸来："啥说法儿？"

乔勇神情悲戚，恳求道："市长，我们厂下岗职工上有老、下有小，拉家带口的不容易，七个月不发工资，日子实在挺难。你跟财政局说说借给我们点钱，或者跟银行打个招呼贷给我们点款，帮着我们渡过这个难关，就算我老乔求你了！"

金运昌不耐烦地挥挥手："老乔，你别这样逼我，拖欠工资的国企也不只有你们一家,都让我出面打招呼?再说了,你们一要就是几千万,我也不是孙猴子,拔根汗毛一吹就能变出钱来。你先回去吧,等过了年再说。"

于秘书长往外拉着乔勇:"乔厂长,你们厂有困难,金市长跟你一样着急得不行。好了,事都说清了,走吧。"

乔勇扒拉开于涛的手,站在原地没动,一板一眼地说:"金市长,我本来不想告诉你,只想有压力自个儿顶着,可我真的是顶不住了。现在厂子里就像快气爆的高压炉,说爆就爆。要不是我昨天做工作,今天市政府前堵门的职工,早就是黑压压的一片了!"

金运昌两眼一瞪:"你少拿这个来吓唬我,维护稳定是你厂长的责任。我还是那句话,只要你们厂有一个上访的,我就找你算账!"

乔勇忿忿地说:"找我算账?你不解决问题,众怨难平,我有什么办法?"

金运昌一听,顿时恼了:"你如果没法儿,你这个厂长就别干了!"

乔勇一双豹子眼怒目圆睁,脖子一梗:"那好,我辞职,你另请高明吧!"说完,乔勇转身便走。

金运昌不屑一顾,轻蔑地"哼"了一声:"没你这个臭鸡蛋,我照样做槽子糕。"

乔勇转回身来,愤怒地大声吼道:"我要是臭鸡蛋,就没有一个是好蛋了!"

乔勇走出屋,把屋门狠狠地摔上。金运昌气得脸色发青,于涛劝道:"市长,别跟老乔一般见识,谁还不知道他,犟驴一个。"

二

金运昌主持召开市政府常务会，他没有忘记姚力夫临走前的叮嘱，最重要的是稳定，千万不能出事情。他认为国有企业问题不大，即便有人聚众上访，一有信息渠道可以预防，二有党政干部可以管控，主要注意力应该放在农民工身上。金运昌深知，农民工来自四面八方，是一个没有组织、纪律松散的庞大群体。很快就是春节了，必须让他们带着一年的辛苦钱回家过年。否则，因为拖欠薪资农民工闹起事来，那是谁也难以收拾的。为此，他下了一道死命令，要求主管城建的副市长万远鹏及相关部门一家家去查，所有建设单位特别是民营地产企业，凡拖欠农民工薪资的，年前必须结清，违者予以停建处罚。

万远鹏首先去了盛元房地产公司。这家地产商在宁滨算是比较大的民营企业了，老板叫丁茂鑫，他搞的荣景花园商品住宅楼项目，拖欠着四百多个农民工半年的薪资。农民工的告状信，姚书记走前已经批到了金运昌的手里。听说万副市长要来，妩媚俏丽、风姿绰约的副总林丽娜，早早地便站在公司会所门前迎候。丁茂鑫则坐在会客室茶案前，亲自泡着一壶金骏眉。他四十多岁，白白胖胖，圆溜脸肥下巴，弯眉圆眼，蒜头鼻子，嘴角上翘，看上去颇有几分福相。他与金运昌、万远鹏都有交情，与金运昌互动更多些。金运昌是这里的常客，过个半月二十天的，丁茂鑫便叫林丽娜邀他到会所喝酒唱歌，俩人称兄道弟无所不谈。万远鹏今天突然找上门来，不知有啥重要事情。

林丽娜推开门，万远鹏一身蓝色西服，身披羊绒黑大衣走进会客室，丁茂鑫抬抬屁股摆摆手算是打过招呼。万远鹏走到茶案前，脱掉大衣坐下来。他比丁茂鑫大几岁，中等身材，肤色微黑，仪表堂堂，神色端重。万远鹏没有说话，默默地注视着丁茂鑫沏茶。林丽娜给他递上湿巾，摆好茶杯，莞尔一笑带门离去。

丁茂鑫不慌不忙地给万远鹏斟上茶，然后点燃一支雪茄，吐了口烟才问："您怎么突然大驾光临？"

万远鹏开门见山："你们荣景花园那个项目，拖欠了四百多名农民工的薪资，人家把你告了，金市长让我找你赶紧补上。"

丁茂鑫没想到万远鹏一上来就搬出了金运昌，故作为难地说："老兄，快到年关了，我的手头钱紧得很哪。"

万远鹏淡然一笑："你们这么大的公司，钱再紧也不差这点钱嘛。"

丁茂鑫皱起眉头："家大业大，用钱的地方也多呀。这样吧，我节前先还一部分，其余的我年后清账，好吧？"

万远鹏一口回绝："不行，欠款必须年前全数结清，这是金市长下的命令。"

丁茂鑫嚯着牙花子，诉苦道："老兄，您知道，我们刚拍下御都广场那块地皮，土地局逼着我这个月，必须缴纳土地出让金一亿六千万，我正在四处凑钱呢。"

万远鹏喝着茶没有搭话，丁茂鑫接着说："要不这样吧，您给土地局打个招呼，让我缓交六个月的土地出让金，我马上把拖欠农民工的钱一分不少地还上，您看怎么样？"

万远鹏眼珠一转，数到嘴边："一亿六千万缓交六个月，银行利息六百五十八万，这些钱不仅可以还了农民工的欠款，还有八十二万的富余。老弟，你可真会算计啊。"

丁茂鑫有点尴尬，"嘿嘿"两声笑道："您干金融出身，我再会算也算不过您哪，这事呀，就看您支持不支持老弟了。"

万远鹏反问："我支持你还少吗？"

"这还用说吗，可我也从来没有忘了您呀！"

万远鹏知道丁茂鑫话中有话，思忖少顷说："这事光我同意没用，数额这么大……没有金市长点头不行啊。"

丁茂鑫自有把握，说道："这好办，只要您不反对，我去跟他说。"

万远鹏点头应允："好吧，但你不要说我同意了。"

"那是当然。"丁茂鑫话说到这个份儿上，万远鹏也不多待，喝了口茶抬屁股走人。

三

万远鹏离去，丁茂鑫即给金运昌拨打手机。对方无人接听，他又发去短信，邀请金运昌到会所晚餐，仍然不见回音。他叫林丽娜继续联系，没想到金运昌关了手机。丁茂鑫抓耳挠腮，有些坐立不安，叼着雪茄暗自忖量，我没有什么地方得罪金运昌呀，怎么连电话也不接了？金运昌下一步当了市委书记，自己还要指望这棵大树庇荫乘凉呢，可不能因小失大断了关系。

此时，金运昌正在办公室跟于涛交代事情，他是有意不接丁茂鑫电话的。丁茂鑫无非是向他求情缓交欠款，他决不能为了一个丁茂鑫，而引发农民工上访误了自己的大事。

苗秘书敲门走进，请示道："市长，您不是想换个大些的鱼缸吗，我请师傅来了，换个再大五十公分的？"

小苗指着墙边的鱼缸，手拿卷尺比试着。未等金运昌答话，于涛便说："先别忙着换呢，市长要是换了地方办公，鱼缸尺寸还得变。"

金运昌笑道："听秘书长的，过几天再说吧。"

这时，办公桌上红色话机铃声响起，金运昌拿起电话："喂，我是金运昌，噢，张部长……"金运昌挥挥手，于涛、小苗连忙退下。

金运昌接听着电话，脸色渐渐拉了下来："嗳，嗯，嗯嗯……我知道了，我会做好安排，请部长放心，好的。"

金运昌默默地放下电话，刚才还满面春风的他已是神色黯然。省委组织部张部长通知他，省委决定省委常务副秘书长郑君毅接任宁滨市委书记，明天赴任到达宁滨，下午四点召开全市领导干部会议宣布省委决定，要求金运昌提前做好准备。这让金运昌大为意外，姚力夫卸任还不到十天，自以为要当书记的美梦便成泡影。就像坐过山车冲上了半空又忽然坠入了谷底，心里七上八下，好不是滋味。他沉默半晌才回过神来，拿过黑色座机，拨通市委副书记钟呈祥的电话："呈祥吗，我是老金，有重要事情，你过来一下。"

第三章

一

此时,郑君毅乘坐一辆帕萨特轿车,已在从省城奔赴宁滨的路上。他上穿黑色夹克衫,下着深蓝卡其裤,四方大脸,身材魁梧,一双炯炯有神的眼睛凝视着车外,思绪的浪花在脑海中翻卷。已经五十五岁的他怎么也没想到,省委会让他来接任宁滨市委书记。年轻时的郑君毅曾是省报编辑,二十八岁调到省委办公厅做秘书工作。三十五岁下到基层,二十年间做过县委副书记、县长、县委书记、副市长、市长。两年前,他担任省委常务副秘书长兼办公厅主任。像他这个年纪这番资历这样的职位,今后要么安排省人大常委会副主任或省政协副主席,要么在现职岗位六十岁到点退休,一般是不会再到地市工作了。可省委书记肖国华两天前突然找他谈话,准备派他到宁滨任职。肖书记说,宁滨是沿海一线开放城市,发展优势得天独厚。但最近几年经济发展缓慢,全省十三个地市宁滨GDP排名从第二掉到了第七。党建、政务、经济、扶贫、环保等诸多省里考核项目均未达标,群众跑省进京上访人数全省第一。他和省长都很着急,认为郑君毅政治坚定、思路清晰,既对中央、省委的战略意图认识比较深刻,又有在基层长期工作的经验,期望他担当这一重任,尽快扭转宁滨的落后局面。肖书记说是征求意见,实际上就是省委征召令,郑君毅二话不说坦然接受。省委常委会当晚作出决定,郑君毅第二天便交接工作,随即走马赴任登上征程。郑君毅心里清楚,这副担子实在不轻,他对宁滨现状是有所了解的。这座滨海城市风光绮丽,气候宜人,历来是避暑胜地,中央省里各级官员时常光顾,人际关系错综复杂。那里治理大气污染,制造业正在经受转型升级的阵痛期,许多工矿企业关停并转,大量职工下岗待业。城市所辖六区八县,其中有两个是山区贫困县,农民年人均收入不足千元,生活十分困难。要想在短时间内把全市经济搞上去,彻底改变宁滨的落后面貌又谈何容易。

　　汽车在高速公路飞速奔驰,穿过一望无垠的川西平原,横亘南北的东古山脉映入眼帘。只见云雾缭绕,峰峦叠嶂,林木萧瑟,峡谷跌宕。汽车盘山而上钻入长长的隧道,两侧闪过的一盏盏黄灯让人看着眼晕。昨晚几乎一夜无眠的郑君毅眼皮打架,他头靠座背闭上眼睛沉沉睡去。

　　宁滨入市口内侧有一片空场,停着一辆黑色公务轿车,前面还有一部警车,钟呈祥、赵云强站在车边。钟呈祥白净脸,瘦高个,戴着一副黑色宽边眼镜。他在省委组织部工作时,与郑君毅多有接触。对郑君毅的为人、能力、水平是了解的,为郑君毅的到来由衷地感到高兴。作为负责党建和组织工作的市委副书记,他按照省委要求,安排好下午四点全市领导干部会议之后,便和市委办公室主任赵云强来到入市口迎候。赵云强看看手机,郑君毅的秘书发来短信,告知郑书记马上就要到了。

　　坐在前座的耿秘书回过头来,依然用老称呼唤醒郑君毅:"秘书长,快进市了。"郑君毅揉揉眼睛睁开眼朝前望去,只见司机放慢速度,跟在汽车长龙后排队通过宁滨入市口。

　　入市口收费站旁,心急火燎的杨大海带着明奎、树栓站在入口前，眼睛盯着一辆辆缴费、通过的车辆。那天，杨大海和工人们听说乔厂长挨了金运昌训斥，群情激愤，非要到市政府找金运昌讨个公道，被乔勇好说歹说拦住。大海有个远房亲戚在市委办公室工作，给他出主意说，市委新书记明天上任，你不如写封信递上去，并把郑君毅几点到、车牌号以及行车路线说了个明白，所以大海早早就候在这里等车堵人。汽车接连不断地停下、驶过，大海一眼看到郑君毅的省城车牌"00099"，正要等车缴费时冲上前去，不料车已提前缴费，收费员摆摆手随即通过。

汽车在百米外路边停下，郑君毅走下车，与钟呈祥亲切握手："呈祥，我们又见面了！"

"欢迎你来啊！"钟呈祥指着赵云强："书记，我介绍一下，这是办公室主任赵云强，市委秘书长刚调走，暂时由他代理这块工作。"

郑君毅握着赵云强的手："好，我们走吧。"

三人分别坐进各自汽车，警车按响重音喇叭在前引导，郑君毅的车跟随其后驶向市区。

杨大海欲步又止，一脸沮丧，与工友无奈地望着车队消失在车流之中。

二

宁滨迎宾馆大会议厅坐满了正县级以上领导干部，人们交头接耳悄声议论。省委组织部张部长、郑君毅、金运昌走上主席台，大家顿时安静下来，目光齐刷刷地投向新来的市委书记。金运昌主持会议，张部长宣读省委决定，然后郑君毅发表履新表态讲话。郑君毅气宇轩昂，声音洪亮，他说："省委决定我到宁滨市委工作，很高兴今天和大家见面。改革开放三十多年来，宁滨社会经济取得了长足发展，这是历届党委、政府带领全市干部群众共同努力的结果。但也毋庸讳言，我们现在的发展状况很不理想，经济总量、财政收入大幅下滑，去年全省排位从第二掉到了第七，令人堪忧啊！"讲到这儿，郑君毅话锋一转："我们从现在开始，必须要有强烈的忧患意识和时不我待的紧迫感，认真落实中央、省委决策部署，坚持以人民为中心，像习总书记说的那样，把人民的美好向往作为我们的奋斗目标，全力以赴投入宁滨的发展事业。我将和同志们一道团结合作，改革创新，共同奋斗，后起直追。在最短的时间内，扭转宁滨的被动局面，让宁滨焕发青春，再次腾飞！"大家热烈鼓掌，坐在角落里的乔勇脸上露出了一丝笑容。

会散，张部长因为明天有会，连夜赶回省城。金运昌领着郑君毅来到候会室，与市四大班子成员见面。金运昌逐一做着介绍，郑君毅与同志们亲切握手，笑着说："接下来，我会约请大家分别谈话，听取你们的意见，今天咱们就到这儿，好吧？"

"那哪行啊！"金运昌扯着大嗓门："大家欢迎你今天上任，都等着跟你喝一壶呢！"

郑君毅面向大家拱手致歉："谢谢了，大家的心意我领了，咱们还是各自回家吃饭吧。"

说完，郑君毅便往外走，却被金运昌一把拉住："郑书记，饭都准备好了，你总不能把大家都晾在这儿吧！"

郑君毅低声说道："运昌，中央有了八项规定，你又不是不知道，我们是不能这样做的。"

金运昌不以为然："这又不是大吃大喝，迎来送往人之常情嘛，再说这也是宁滨的惯例。"

郑君毅毫不客气地说："那就从我开始，把这个惯例改掉！呈祥，带我去市委。"

金运昌一脸尴尬,望着钟呈祥陪同郑君毅走出屋去。周亦农朝万远鹏挤挤眼,随着大伙儿离开。

市接待办主任袁明跑过来问:"市长,咋着?"

金运昌气呼呼地说:"他不吃,我们吃,你把周亦农、万远鹏都给我叫回来!"

周亦农没有留下同金运昌用餐,而是找个托词回了家。妻子吴芳洁自己坐在餐桌旁吃饭,见到丈夫回来有点奇怪:"怎么这么快就回来了,你今晚不是参加新书记的欢迎宴会吗?"

周亦农没有说话,脱下大衣连同公文包交给妻子的侄女小芹,才坐到桌边道明原委,但他没提新来书记的名字。

吴芳洁白胖的脸庞露出新奇的神色:"这个书记真有意思。"

"你知道他是谁吗?"

"我怎么知道?"

周亦农咧嘴一笑:"他是郑君毅。"

吴芳洁又惊又喜:"是他?他来了?他不是你爸的老部下吗?"

周亦农笑道:"没错,他年轻时给爸当过秘书,新年还去北京看过老爷子呢。"

吴芳洁忙问:"老金去哪儿?"

"不动,还当他的市长。"

"这么说,你接市长也没戏了呗。"

周亦农虽说心里有点失望,却摆出一副无所谓的样子:"我都五十七了,本来也没抱多大希望,不接也罢,让老金接着干吧。不过,这郑君毅可不是姚力夫,老金还想呼风唤雨地一手遮天,我看是不行喽!"

三

钟呈祥与郑君毅同坐在一部车上，老同事见面格外亲热。汽车穿过城区迎宾大道，马路西侧高楼林立，霓虹闪烁，流光溢彩。郑君毅望着街景，钟呈祥介绍说，城区主干道是八纵八横，三条是新建的，其他五条是拓宽更新的。这条迎宾大道是宁滨最亮丽的风景线，左边这是世贸广场，右边那是亚泰商城，旁边贝壳形的那座建筑是皇冠音乐厅，前面最高的那栋楼是国际会展中心。现在穿过的这座永安桥上下三层叠架，贯通东西南北，像这样的桥同时开工建设了六座。

郑君毅点点头："这需要不少的政府投资啊！"

钟呈祥说："是的，这方面金市长摊子铺得不小，政府也欠了不少的债。"

"有多少？"

"五百多亿吧。"

郑君毅有点吃惊："这么多？"

钟呈祥叹口气："是呀，政府财政很困难，没有钱支持企业转型，大量职工下岗待业，连工资也发不出来。"

郑君毅神色凝重，沉思道："经济搞不上去，老百姓手里没有钱，城市建得再漂亮也不能当饭吃啊。"

汽车驶向市委门前，只见一个行人匆匆穿过，忽然腿一趔趄摔倒在地，小李急踩刹车，车子猛然停下。小李跳下车，郑君毅、钟呈祥连忙走过去。杨大海龇牙咧嘴揉着大腿，工友佯装路人扶起大海。

郑君毅俯身询问："同志，怎么样，伤着没有？"

杨大海摇摇头："我只是摔了一跤，车没碰着。"

郑君毅关切地问："要不要送你去医院检查一下？"

大海跺跺脚活动着大腿："不用了。"

突然，杨大海一把抓住郑君毅的手，问道："您是郑书记吧？"

郑君毅点点头，杨大海急忙掏出信塞到他的手里："我叫杨大海，是钢厂下岗职工，想说的话都在信里。郑书记，我们的日子过得实在太难了，求求您帮帮我们吧。"

说着大海就要下跪，郑君毅、钟呈祥连忙拉住。杨大海抬起身，眼含泪花："郑书记，我们是真没办法了才来找您的……"

郑君毅握着大海的手，诚恳地说："你来找我是相信我，大家有什么困难，我一定认真解决。"

杨大海笑了，拉着两个工友给郑君毅鞠个躬，三个人一溜烟儿似的跑了。郑君毅看看手里的信，与钟呈祥恍然大悟，相视而笑。

钟呈祥、赵云强陪着郑君毅在食堂吃过晚饭，一同来到郑君毅的办公室。这是姚力夫曾经用过的房间，早已整理干净。办公室窗明几净、宽绰敞亮，内侧套房是一间卧室。钟呈祥对郑君毅说，外来市领导的周转房正在收拾，已为他在宾馆准备了一套房子暂时居住。郑君毅拒绝了，他就住在办公室；省委的车需要退回去，金运昌批了钱，机关管理局订购了一部新车，他让马上退掉，仍坐姚力夫用过的那辆旧车。郑君毅走到办公桌旁，桌上摆放着宁滨有关情况的介绍资料。他向钟呈祥、赵云强交代，这段时间，我要尽快熟悉宁滨各方面的情况，白天主要是到基层进行调研。召开市委常委会、听取各部门工作汇报，一律安排在晚上。随后笑着说："辛苦你们了，都回去休息吧，我要开始工作了。"钟呈祥、赵云强劝郑君毅早点休息，然后两人起身一同离开。

郑君毅坐在办公桌前打开台灯，拿出杨大海的信仔细阅览。

杨大海在信中说，"职工们下岗后已有七个月没发工资了，大伙儿一直在耐心等待，相信市委、市政府会帮助解决问题。我们不上访、不闹事、不添乱，有啥困难自己克服，自觉维护社会稳定，可等来的却是冷漠、失望和无奈。我们乔厂长四处奔波，寻求政府支持，不但问题得不到解决，还被金市长骂了回来，真让人心寒啊！郑书记，习总书记说，对各类困难群众要格外关注，格外关爱，格外关心。为什么在咱宁滨，就不能把习总书记的话，落实到老百姓的心坎上呢？"

郑君毅浓眉紧锁，心潮起伏，他拿着信站起身来，踱步窗前，拉开窗帘，背着手凝视着窗外夜幕中的万家灯火。杨大海愁苦、期盼的面孔不时在眼前闪现："郑书记，我们的日子过得实在太难了，求求您帮帮我们吧！"

郑君毅转身走到办公桌前，拿起电话："小耿，告诉云强同志，明天上午八点到钢厂调研，马上安排。"

第四章

一

第二天一上班，郑君毅身披大衣走出办公大楼，小耿提包紧随其后。门前停着一辆中型面包车，前面是一部警车。钟呈祥、赵云强和国资委主任韩广仁已在车旁等候，钟呈祥把韩广仁介绍给郑君毅，大家一起登上汽车。

先导警车按响重音喇叭启动出发，郑君毅立刻挥手叫停："云强，下去调研用什么警车？"

赵云强说："书记，这样路上快些，这也是惯例……"

"又是惯例，"郑君毅皱起眉头，"从今天开始，下去调研不准再用警车，叫他们回去！"

赵云强连忙手机联系，警车闪避一边，面包车径直开出市委大院。

在离钢厂不远处的茗香茶楼，乔厂长找了一间最大的雅间，侯老板亲自净案、洗杯、泡茶。他摇晃着茶盒，炫耀道："这是顶级的正宗小罐乌龙茶，这一小罐就两百八呢。"

乔勇一本正经地说："侯老板，咱先说好，接待免费，甭管多少钱，我可是一个子儿不出。"

侯老板咧嘴笑道："那是当然，你把市里最大的官儿请到我这儿来，我谢还来不及呢。要是书记赏脸，再和咱握个手、合个影，那我可就美死了！"

正说得热闹，蓝山拿着手机匆匆走进，说郑书记马上就到，乔勇连忙起身与蓝山一同下楼迎接，侯老板跟着跑出屋去。

市委面包车驶停在茶楼门前，赵云强先跳下汽车，郑君毅等人随后走下。赵云强拉过乔勇介绍："郑书记，这是厂长乔勇。"

乔勇激动地握住郑君毅的手："郑书记，真没想到，你这么快就到我这儿来了。"

郑君毅扫了一眼茶楼门脸，感到奇怪："哎，老乔，这不是茶楼吗？你怎么跑到这里来接我？"

乔勇不好意思地说："郑书记，厂子停了产没有暖气，办公室里太冷，我就在这儿跟你汇报工作吧。"

郑君毅转身便走："没关系，我有大衣，走吧。"

乔勇急忙拉住郑君毅："书记，说实话，厂里形势不大好，职工情绪不稳定，他们要是知道你来了，把你围困起来那就麻烦了。"

郑君毅开朗地说："那才好呢，不敢见群众，还当什么书记？上车，带我去厂里。"郑君毅拉着乔勇，与大家一起登上面包车。

"侯老板，对不起啦！"蓝山拍拍侯老板胳膊，快步走向自己的拉达车。

侯老板一脸失望，自言自语："得，人家连门也没进，白忙活了。"

二

面包车开进大门，在钢厂办公楼前停下，郑君毅等人走下汽车。寒风迎面袭来，人们裹紧大衣，郑君毅环顾四周，空荡荡的厂区一片冷清萧条。乔勇介绍说，这是办公区，南面是职工生活区，北边是工厂生产区，八个车间都停产了。郑君毅没有上楼，让乔勇带他在厂里转了一圈，才来到乔勇办公室。郑君毅身穿大衣坐在简易沙发上，钟呈祥等人围坐四周，乔勇拉把椅子坐在对面，向郑君毅汇报工厂的现状、困境和今后转型升级的设想。

老王师傅提着两暖壶开水走出传达室，迎面碰见杨大海来到厂里。王师傅问大海干啥来了，大海说找厂长有事。王师傅告他乔厂长没空，正忙着接待市里大领导呢。杨大海闻言又惊又喜，望了一眼停在办公楼前的面包车，"咯咯"笑着撒丫子就跑。王师傅心里纳闷，这个杨大愣子，这是怎么了？

郑君毅端着杯子喝着水，听完了乔勇的汇报，扭过头问："呈祥，哪位副市长分管工业？"

"李玉林，他去国家行政学院学习了，这块工作暂由周亦农同志代管。"

郑君毅又问："周亦农对钢厂的情况清楚吗？"

"清楚，"韩广仁回答说，"周副市长虽然没到厂里来过，但我都向他汇报了。现在市财政确实困难，所以企业转型周转金一直没有到位。"

"这就是我跟你说的城建投资太大，市财政拿不出钱来。"钟呈祥补充说。

郑君毅两眼盯着韩广仁："市管国有企业停产的有多少家？下岗职工有多少人？"

韩广仁没有打奔儿，张口便说："大型国有企业共有四十三家，已停产二十八家，现有下岗职工三万六千六百一十二人。这些企业都很困难，不同程度地存在拖欠职工工资的情况。"

郑君毅神色凝重陷入沉思，这涉及三万多个家庭啊，还有不到二十天的时间就要过年了，无论如何也要把拖欠职工的薪资发下去……

电话铃声骤然响起,乔勇走到桌边接听电话,顿时脸色大变,忙向窗外望去,只见一群职工向办公楼跑来。乔勇一拍窗台,喊了一声:"糟糕!"众人惊异,起身望外。

"怎么了?"郑君毅问。

乔勇焦急地说:"书记,我说你别来你非来,工人们冲进楼了,你别动,我去看看!"

"不用,"郑君毅神色淡定,"把门打开,请大家进来。"

蓝山看看乔勇,迟疑一下打开房门,杨大海第一个闯进屋来,乔勇大声斥责:"杨大愣子,你又来添乱!"

不等杨大海回答,郑君毅笑着站起身招招手:"哈哈,杨大海!进来,进来。"

乔勇不禁一怔,看着杨大海上前握住郑君毅的手:"郑书记,没别的意思,大伙儿听说您来了,都想见见您。"

"好啊!"郑君毅跟着杨大海走出屋去,走廊里站满了下岗职工,一双双期盼的眼睛望着郑君毅。杨大海手臂一挥:"伙计们,这就是新来的市委郑书记,鼓掌,让书记给咱们讲两句!"

大家热烈鼓掌。

郑君毅摆摆手,大声说:"工人师傅们,昨天晚上,杨大海同志已经把你们写的信交给我了。我一个字一个字认真地看了,你们的心声我听到了!"

钟呈祥与乔勇低语,乔勇点头会意。

郑君毅接着说:"咱们钢厂是宁滨的重要国有企业,你们为全市经济发展作出了很大的贡献。现在企业转型升级,你们下岗待业了,由于我们工作没有做好,使你们陷入了生活的困境,我感到很对不起你们和你们的家属。我在这里向大家表个态,第一,春节小年之前,拖欠你们七个月的工资全部补发,一定让大家高高兴兴过年。第二,政府抓紧筹措资金,加快企业转型步伐，在一个月内确定工厂转型升级方案。争取用最短的时间，投入新产品，开工生产线，让大家早日重返工作岗位！"

郑君毅话语诚恳，掷地有声，职工们眼含热泪激动鼓掌。

杨大海捅捅身旁的乔厂长："厂长，咋样？"

乔勇开心地笑了："你个杨大愣子，有两下子！"

晚上，蓝山家一家子人围坐在一起吃饭，蓝天也赶了过来，坐在父亲的身边。父亲蓝忠信是钢厂的老工人，退休后和老伴一直住在小儿子蓝山的家里。蓝天四十三岁，眉目清秀，相貌俊朗，一双清澈真诚的眼睛注视着弟弟。蓝山绘声绘色地向家人讲述郑君毅到厂里调研的经过，蓝师傅听完之后，竖起大拇指："嗯，不赖，我看这个新来的书记有水平。"

"郑书记的确不一样，"蓝天接上话说："昨晚上四大班子举行欢迎宴会，他说中央有了八项规定，不能这样做，饭没吃，就走了。"

蓝师傅赞许道："这就对了，人家习近平早就说了，打铁还须自身硬。连自己的嘴都管不住，还能管住啥？哼！"说着，端起酒盅仰脖喝下。

蓝母收起老伴的酒盅："行了，先管住你的嘴吧，喝三盅了，不能喝了。"

蓝山妻劝道："妈，我爸今天高兴，就让他喝点吧。"

蓝母放回酒盅："他血压高，大夫不让喝。"

"高兴，"蓝师傅指指酒盅，"倒，再喝一盅。"

蓝天拿过酒瓶给父亲斟上酒，蓝山妻问："哥，你知道给郑书记的信是谁写的吗？"

蓝天微笑着摇摇头，蓝山妻朝丈夫努努嘴，蓝天看看弟弟："嗯，这件事做得好。"

蓝山不好意思地笑笑："哪呀，要说还是大海有两下子，硬是把信送到了郑书记的手里。"

蓝山妻笑道："其实呀，你们多此一举，哥也是副市长呢，让哥给书记递上去不就结了？"

蓝山解释道："我们也想到了，可市政府复杂得很，我不能给咱哥找麻烦。"

蓝师傅看着蓝天，语重心长地说："蓝天，要向人家郑书记学习啊。你是工人的后代，是党培养你当了副市长。党培养你当干部为啥？不就是叫你为老百姓好好办事吗，这个本到啥时候也不能忘啊！"

蓝天连连点头："爸，您说得对！"

"爸，您放心吧，在市里我哥的口碑可好了！"蓝山敬佩地说。

蓝师傅叮嘱道："好不能一时，要一辈子。你看有的干部，刚当上个小官儿，就不知东南西北了，对老百姓那个横……"

蓝母打断老伴的话："行了，别叨叨了，蓝天过来，还有事和你说呢。"

蓝师傅端起酒盅一口喝干："啥事，说吧。"

蓝天说："爸，春节快到了，秋萍跟我商量，想把您和我妈接过去，今年在我那儿过年。"

蓝师傅笑着摆摆手："不啦，蓝天，春节就在蓝山这儿过，你们一家子都过来。我约莫着，今年这个节呀，咱这钢厂家属院一定喜兴、热闹！你说呢，老伴儿？"

蓝母看看两个儿子，冲着蓝师傅抿嘴一笑："随你呗，啥事不是你做主？"

蓝山妻劝道："哥，你就听咱爸妈的吧。"

蓝山随声附和："是啊。哥，虽说我这儿不如你那宽绰，但这儿工人们多，接地气。再说了，你过年离开那市政府宿舍楼，也可以避开许多麻烦。"

蓝天想了一下："好吧，不过咱可说好，由我负责采购过年的东西，你们都不要管。"

"哥，不出小年，我和你弟妹的工资就补上了，放心吧，不差钱！"蓝山一句赵本山小品里的"不差钱"，逗得大家哈哈大笑。

三

市委、市政府在一个大院儿办公，一左一右两栋大楼。市委、市政府领导班子成员都在一个小食堂吃饭，只是不同的餐厅。郑君毅第二天一早，约金运昌、周亦农一块早餐，共同商议国有企业转型的问题。郑君毅来到金运昌用餐的房间，金运昌与周亦农已在屋里等候。郑君毅桌前坐下，服务员端着早餐上桌，油条、豆浆、小包子、豆腐脑、卤鸡蛋、小咸菜，另外一人一碗小米稀粥，每碗里面有只海参。

郑君毅用筷子夹起海参看了看，金运昌大口吃着海参，说："这是咱本地特产，好东西，每天吃一个，有好处。"

郑君毅皱起眉头，把碗推到一边："我不习惯，吃了上火。"

周亦农剥着鸡蛋没有吭声。

郑君毅盛碗豆浆，一边喝一边说："我昨天去了钢厂，企业很困难，下岗职工七个月没有领到薪水了，这个情况你们都知道吧？"

金运昌回答说："知道，乔勇找过老周，也找过我。"

郑君毅问："企业转型周转金，为什么至今还没到位？"

金运昌说："咱们财政资金有限，二十多家国有企业停产，给了西家给不了东家，可又不能撒芝麻盐每家给点，所以这事就拖下来了。"

郑君毅心情沉重地说："这件事涉及全市三万多职工和他们

的家庭，很快就要过年了，至少要把拖欠职工的工资先补上。"

金运昌摇摇头："要想补上少说也要四个多亿，不好办啊。"

郑君毅目光转向周亦农，周亦农有些为难："现在财政很困难，还真拿不出这么多钱来。"

金运昌扯张纸巾抹抹嘴："我看这样吧，年前是来不及了，等过了春节，结合企业转型，我们招商融资，把事情一次性彻底解决。"

郑君毅正色道："这事不能再拖了，我昨天已经向钢厂下岗职工做出承诺，小年之前一定补发全部拖欠的工资。"

金运昌不禁一怔："这怎么做得到呢？"

周亦农打着圆场："全补上……难说，一部分嘛还可以……"

"不，"郑君毅不容置疑，"全补上。亦农，你分管财政底数清楚，其他用钱款项缓一缓，搂搂盘子看能凑上多少。必须在小年之前，把欠下岗职工的这笔账一分不少地还上！"

金运昌闷不作声，周亦农勉强地点点头。

吃罢早饭，郑君毅回到办公室，叫赵云强找发改委拉一个政府投资重点项目清单马上送过来。随后问道："领导干部在小食堂吃饭，一天饭费多少？"

赵云强回答："八元，早晚餐两元，午餐四元。大多同志只是中午在食堂用餐，家不在本地的，像金市长早晨也过来吃饭。"

郑君毅又问："早餐都上海参吗？"

赵云强说："金市长爱吃，每天一只，其他市领导很少来，想要也有。"

郑君毅当即吩咐："你告诉食堂，从明天开始不许再上海参。谁想吃可以，一律另外交钱！"

赵云强点点头："好的，我马上落实。"

金运昌闷闷不乐地坐在办公桌前，点燃一支中华烟深深地吸了一口，本来心情就不舒畅，此时更为烦躁。姚力夫离职，自己未能接任书记，令他大失所望。郑君毅上任来到宁滨，欢迎会当众罢宴拂袖而去，使他颜面尽失。上班头一天，郑君毅便去钢厂调研，他疑忌乔勇告了恶状，心生怨懑；郑君毅这又要求必须小年之前，补发拖欠下岗职工的全部薪资。那种严肃的态度，不容置疑的口气，更是让他难以接受。老姚可不是这样，有啥事都是好说好商量，最后总是一句话"按运昌同志意见办"。你郑君毅有什么了不起？这么不把我放在眼里。我这个市长要是泄劲儿不拉套，你一个人单挑能把宁滨搞上去？哼，我才不信！但又转念一想，这个时候省委看着呢，郑君毅刚来便与其关系搞僵，难免有闹思想情绪之嫌。一旦省委产生了看法，今后调任外市书记的希望也会破灭。想到此，轻叹一声，唉，还是忍一忍吧。

一阵手机铃声，打断了金运昌的思绪，他拿过手机看了一眼，掐灭烟蒂接通电话。手机里立刻传来林丽娜娇滴滴的声音，嗔怨金大人手机不接短信不回，热情邀请市长光顾会所。金运昌笑着说，最近事情太多忙得很，等抽出空来一定过去。

周亦农推门走进屋来，金运昌随即挂掉了手机。周亦农在办公桌对面坐下，向金运昌汇报说，账算过了，还清拖欠下岗职工的薪资，需要筹措四亿两千万，请示金运昌如何办理。金运昌知道郑君毅与周家的关系，心里明白周亦农肯定会靠向郑君毅，便不露声色地顺水推舟："郑书记定了的事，我没有意见，你负责具体落实吧。"

周亦农发愁地说："可钱从哪里出呢？"

金运昌想了一下："除了大项目的钱不要动，其他的款项你就看着办吧。"

周亦农望着金运昌，苦笑道："唉，这可让我作大难了。"

四

翠屏县委书记米来顺走进市政府办公楼，登上电梯上了三层。他年近六十，身材不高，圆脸秃顶，眨摩着一对上下翻动的小眼睛，穿过走廊来到周亦农办公室门前。老米敲门无人回应，转身走进对面秦秘书的办公室，只见屋里坐着教育局、文化局、卫生局、环保局的几位局长。

米来顺笑眯眯地与大家打过招呼，问道："小秦，老周呢？"

"在金市长那里谈事呢，这不，几位局长都在这儿等他。"

老米点点头："我到蓝天办公室等会儿，老周回来你叫我。"说完，去了隔壁蓝天的办公室。

老米刚离开，周亦农走进门，几个局长抬起屁股围上来。周亦农不耐烦地挥挥手："我知道，你们都是来找我要钱的，今天我有急事要处理，你们的事回头再说。啊？都回去吧。"

局长们不满地嘟囔着走了，周亦农给小秦交代："你通知财政局石局长、国资委韩主任，还有商业银行的齐行长，马上过来开个小会。"

小秦答应着给周亦农打开办公室的门，老米听到了动静探出亮光光的脑袋，周亦农前脚进门，他后脚跟进屋去。

周亦农回头看看米来顺，耷拉下脸："老米头，你干啥来了？"

米来顺满脸堆笑："找你要钱呗。"

"要钱、要钱，都是找我要钱，我哪有那么多的钱呀！"

周亦农说着坐到办公椅上，米来顺坐其对面："我们翠屏县榆树沟乡的六个村，要从山上搬下来。目前新村住宅正在建设，第二期扶贫款你还没有拨给我，拖欠着建筑队一千多万的工程款。这快过年了，人家天天到县委堵我的门，你说这可咋办？"

周亦农冷漠地说："咋办？你自个儿想法儿呗。"

米来顺苦笑道："我要有法儿还找你干啥？不是没法儿了嘛。"

周亦农手指弹着桌面，慢悠悠地说："你先贷点款，还还账，等过了这个年，我有了扶贫款再给你拨下去，好吧？"

老米满面愁容，恳请道："你知道，我们是贫困县，靠的是财政转移支付过日子，哪有能力贷款呀？你从农村事业费里挤点钱，先借给我们，以后再从扶贫款里扣除，怎么样？"

周亦农摇摇头，一口拒绝："这哪行啊，买醋的钱不能打酱油，这是财政的规矩。再说，我也做不了这个主。"

老米烦了，手一挥："算了，不跟你说了，我去找老金！"

小秦推开门："周市长，人到齐了。"

周亦农站起身来，指着米来顺的鼻子："米来顺，我告诉你，别以为你这个县委书记是市委常委，把谁也不看在眼里。我把话撂了这儿，没钱就是没钱，你找谁也没用！哼！"

说完，周亦农甩手而去。老米呆呆地坐在那里没动，站在门口的小秦冷冰冰地丢过一句："米书记，走吧。"

米来顺悻悻离开，又回到蓝天的办公室诉说一肚子的怨气："唉，光嘴头说扶贫工作多么重要，到了事上咋就这么难呢！"

蓝天望着一脸愁苦的米来顺，劝慰道："米书记，你别着急，咱们一块想想办法。我找有点实力的县融点资，先把你们拖欠的工程款还了再说。"

一股暖流涌上心头，米来顺总算露出一丝笑容："蓝天，要快，人家农民工辛苦了一年不容易，都等着拿上钱回家过年呢。"

蓝天义无反顾，拿过桌上的电话："知道，我马上就办！"

第五章

一

　　晚上六点刚过，天色便暗了下来。省电视台大门前，郑志坐在汽车驾驶座上等着女友万欣。郑志是郑君毅的儿子，省群艺馆的创作员，主要从事歌曲创作。小伙子二十八岁，潇洒英俊，一头长发披在颈后，络腮胡子环绕两腮，一双明亮的眼睛注视着演播大厅的楼门。等了一个多钟头，女友还没有出来。郑志默默地耐心等待，也不打手机催促，他知道万欣作为节目主持人，工作时是不能被打扰的。又过了一会儿，万欣手提挎包走出演播大楼，朝郑志的汽车快步走来。郑志连忙推开车门，万欣坐进汽车。

　　郑志驾驶汽车掉头驶离，万欣看看手表，连声抱怨着："我们今天采访几个农民工，对话不是结巴卡壳，就是说错重来，一遍遍地过不了，拖到现在才录完，都快急死我了。"

　　郑志平心静气地说："无非我多等一会儿，没关系的。农民工很少上节目，到电视台接受采访肯定会紧张，你们应该耐心点、多体谅。"

　　"这还用说，"万欣向后一拢头发，"就是因为体谅他们的苦衷，我们才录制了这期专访《回家过年》。"

"这就对了。"郑志关心地说:"你一定饿了,吃点东西再去我们群艺馆。"

万欣却说:"都七点半了,还是先去看你们排练的节目吧。"

万欣跟着郑志来到省群艺馆小礼堂,找个位置坐下来。郑志说:"我写的词作的曲,别笑话,多提意见。"

万欣笑笑,掏出手机准备录摄。排练开始,舞台导演手臂一挥,摇滚乐队吉他伴奏,架子鼓敲响,一个男歌手用沙哑的嗓子唱起来:"我们打地桩/我们夯地基/我们穿钢筋/我们灌水泥……"

导演摆手叫停,大声喊道:"乐器节奏感要更加强烈,演唱情绪要更加激昂!重来!"导演拍拍手,向上一扬,歌声又起:"我们打地桩/我们夯地基/我们穿钢筋/我们灌水泥/红砖,一块块我们垒砌/大厦,一座座我们矗立……"歌声时而深沉,时而高亢,激情四射,悲怆有力。"现代城市光鲜亮丽/不是我们的久留之地/疲惫身躯需要歇息/唯有遥远的乡村故里/那有年迈的老爹老娘/还有可爱的妻子儿女/不要拖欠我们薪水/不要让我们高楼下哭泣/我们也要回家过年/和自己的亲人团圆欢聚!"歌曲终了,沉寂的剧场响起热烈的掌声。

从省群艺馆小礼堂出来,郑志拉着万欣找了一家街边广味小店,点了两碗皮蛋瘦肉粥一屉小笼包,边吃边谈。郑志看着万欣,问道:"说说吧,听了我创作的这首歌,感觉怎么样?"

万欣满意地点点头:"乐曲旋律激昂,歌词充满情感,挺好的。曲波,你不是搞民乐创作吗,怎么对摇滚乐感兴趣了?"

曲波是郑志的笔名,他没有告诉万欣自己的真名,也没有说父亲是郑君毅。他不愿意对方因为家庭背景,而与自己发展恋爱关系。郑志笑笑说:"民歌唱不出这首歌的内涵和情愫,我听了老师的建议,索性试着来了一把。"

万欣赞许道:"真没想到,你创作的这首歌,用摇滚乐的形式演唱，会有这么好的舞台效果。"

郑志随之自荐："既然你看着不错，把它作为你们的专题片《回家过年》的主题曲怎么样？"

"哎，我看行。明天我就推荐给导播，他准同意！"

两人一拍即合，郑志格外高兴："好，要是采用了，我请你们导播吃饭。不过咱可说好，公私分开，稿费我是分文不取。"

"行，你不要稿费，给我们片子省钱了。"万欣抽出纸巾擦下嘴，突然问道："哎，曲波，咱俩关系已经确定了，你什么时候带我去见见你爸妈呀？"

郑志稍一迟疑，回答说："咱们的事啊，我已经跟我妈说了，她也很想见见你，可是我爸很忙，总是下乡不在家。"

万欣小嘴一撇："你爸不就是省委机关的一个调研员嘛，哪有那么忙呀？"

郑志解释说："嗨，你不知道，省委领导三天两头地下去搞调研，回来就出题目、要材料，我爸他们可不就跟着忙呗。"

万欣理解地点点头："这倒是。可咱俩的事也不能老是拖着，我这丑媳妇儿总要见公婆呀。"

郑志注视着万欣漂亮的脸蛋："你呀，是省台的大美女，早见晚见，公公婆婆都喜欢。"

"去你的，就会甜和人。"万欣莞尔一笑，抬腕看看手表："哟，都十一点多了，快回去吧，忙了一天，困死我了。"说着，两人站起身来，手拉手一块离去。

郑志开着车，把万欣送回省电视台宿舍，快到宿舍门口，郑志把车靠在路边停了下来。万欣扭脸看看郑志，郑志一双眼睛火辣辣盯着她。万欣立刻明白郑志的意思。她杏眼微睁，凑过脸去，被郑志一把揽过身子，两张炽热的唇吻在一起。俄顷，万欣轻语："好了，我该回去了。"

郑志手未松开，在万欣耳边悄声请求："让我送你上楼吧？"

万欣摇摇头："不用了，让别人看见不好。"

"管他呢，我们相亲相爱，又不是……"

"别，万一你爸妈不同意呢，还是等等吧，等两边老人都点头了，咱就领结婚证，你住到我这儿都行。"

说完，万欣拿过挎包，又亲吻一下郑志的脸庞，推开门下了车。郑志看着万欣走进宿舍大门，才掉头开车离去。

二

郑志的母亲潘敏在省档案馆工作，自从郑君毅去了宁滨工作之后，她倏然觉得家里空荡荡的。她独自一人坐在客厅沙发上看着电视，已是夜里十一点多了，儿子还没回来，连个说话的人都没有。潘敏随手关了电视，拿过茶几上的电话，先给耿秘书打过去，得知郑君毅还没休息，便又拨打丈夫的电话。

坐在办公桌前还在阅批文件的郑君毅，放下手中的笔拿起电话："老伴儿啊，这么晚了，还没睡呀？"

"没有，自个儿看电视呢。"

"郑志呢？"

"晚上没在家吃饭，到现在还没回来。"

"这臭小子，干什么去了？"

"我不耽误你的事吧？嗯，那我就跟你多说几句。郑志给我说了，他有女朋友了。"

"是吗，好啊，他都二十八了，也该解决个人问题了。哎，女朋友是做什么的？"

"是省电视台的节目主持人，二十六了，我琢磨着电视台的主持人，长得一定错不了。儿子说，等你回来，他把姑娘领到家，咱们一块儿见见。"

"我很忙，最近回不去，抽时间吧。你告诉儿子，别光图女人相貌漂亮，要找志同道合的，这个最重要。"

"你见面跟他说吧。你们爷俩儿呀，一见面就呛，不见面就想。你这才去宁滨没多长时间，儿子就天天跟我念叨，'我爸啥时候才回来呀？'"

"我也想他呀，叫他加油干，出精品，不要为谈对象影响了工作。"

"知道。不说了，你也早点休息吧，结记着吃药，不要忘了。"

"放心吧，小耿会提醒我，你也多保重。好了，晚安。"郑君毅放下电话，又拿起笔继续批阅文件。

赵云强悄悄推开门，走进屋，郑君毅抬起头："云强，还没回去啊？"

赵云强笑道："你不下班，我怎么能走啊？"

郑君毅看看手表："哟，快十二点了。哎，老乔出发了没有？"

赵云强回答说："按照你的指示，陈宇副市长带着乔厂长，今天下午已经到了北京。"

郑君毅感到满意："好，动作很快，如果把这个高科技项目拿到手，钢厂就有救了。"

赵云强不无担心："书记，技术转让、合作入股都需要资金呢，钢厂转型周转金到不了位也是白搭。"

郑君毅沉思着点点头："是啊，资金……干什么都需要钱哪。这就跟当家过日子一样，家里有限的钱，你是先把房子装饰一新呢，还是先让家人吃饱饭呢？当然是先吃饱肚子，这样才能有力气出去干活挣钱嘛，你说是不是？"

"你说得对，"赵云强催促道，"书记，快休息吧，明天的事还多着呢。"

郑君毅关掉台灯站起身来："好，休息。哎，云强，你记着告诉陈宇，项目引进一有进展，马上向我报告。"

赵云强点点头："好的。"

三

陈宇是主管科技工作的副市长，早年毕业于清华大学，后又取得博士学位，一直在省科委工作，五年前在处长位置上调到宁滨市任职。陈宇为人耿直，事业心很强。他的老同学冀秋阳是北京新材料研究所的所长，一听说乔厂长看上了这家研究所的新项目，陈宇二话不说，马上带着韩广仁、乔勇来到了北京。

冀秋阳在办公室热情接待，他请大家坐到沙发上，从柜橱里拿出两块薄型钢材样品。一款薄如三合板，一款薄似一张纸。冀秋阳手拿两件实物比较："这是厚度0.2厘米的薄型钢板，这是现在我们搞的超薄型钢制材料，只有0.02毫米，而它的强度和柔韧性却是这一款的50倍，你们看。"

冀秋阳把薄纸般的超薄型钢板上下折压、打卷弯曲，陈宇、乔勇、韩广仁仔细观赏。

乔勇惊叹："真棒，太厉害了！"

陈宇赞赏："老乔，这才叫真正的高科技！"

韩广仁兴奋："是啊，咱要上就上这样的新项目！"

冀秋阳自豪地说："我们团队经过八年的研究，上万次的试验，才最终获得了成功。这东西将来用途广泛，不仅可以投入国防建设，还能进入普通百姓的生活。比如电视、手机、机器人、医疗器材……"

陈宇忙不迭地打断："老同学，这就是我为什么专程跑来找你，把这个项目转让给我们宁滨吧！"

冀秋阳笑道："你一说来，我就知道，你准是奔着我这个宝贝项目来的。不瞒你们说，早有好几家钢厂来找我要了。"

乔勇心里咯噔一下，急问："所长，你给别人了？"

冀秋阳摇摇头："正在谈，还没定。"

大家松口气，乔勇恳切地说："冀所长，我们厂多年来一直生产粗钢，去年企业转型停了产，两千多职工下了岗，已经七个月没发工资了，日子过得很难。大伙儿都眼睁睁地盼着尽快找到好项目，赶紧上马，恢复生产。"

韩广仁插话说："为这件事我们市委郑书记很着急，一听说你和陈市长是老同学，立刻派他带着我们来找你。"

陈宇接过话茬儿："是啊，我们郑书记让我代表他向你表个态，只要把这个项目技术转让给我们宁滨，你有什么条件尽管提，一定满足你们的要求！"

冀秋阳默默倾听，思忖有顷，才松了口："技术转让现在为时尚早，但我们技术入股、大家合作还可以商量。"

乔勇一拍大腿："那也行啊，咱们合作，没问题！"

陈宇趁热打铁，板上钉钉："这么说你答应了？咱们签个合作协议吧？"

冀秋阳摆摆手："现在还不行，我必须去你们那里考察一下，然后再定。"

陈宇较真道："咱一言为定，这是我们书记交给我的任务，你可别让我蹾底。"

冀秋阳坦诚地："当然，我什么时候骗过你？"

乔勇咧嘴笑了，伸出大手："那咱就这么定了，我们在宁滨等着你！"

冀秋阳握着乔勇的手，连声答应："好好，放心吧，我一定去！"

第六章

一

金运昌下午一上班，便把周亦农叫到办公室，告诉他省发改委姜主任过来了。郑书记晚上请姜主任吃饭，让他俩一起参加。

周亦农问："姜主任这次来，是谈修建京宁高铁的事吧？"

金运昌点点头："我看是，负责这项工程的中铁史总也来了，肯定是催促咱们加快征地的进度。"

周亦农抱怨道："这条高铁穿过翠屏县，老米负责征地任务。这个老米头别看他表面嘻嘻哈哈的，实际上难歪歪得很，啥事也不好生配合。"

金运昌笑笑说："这老家伙是爱挑个理、摆个邪啥的，再有几个月他就退了。没事，我跟他说，征地工作必须抓紧。另外，姜主任这次来虽说是谈高铁项目，咱们轻轨、第三条地铁，还有其他重点投资项目，也得和他好好说说，争取省里最大支持。"

周亦农稍有迟疑："我说，和姜主任见面之前，咱们市里的重点投资项目，你是不是先跟郑书记沟通一下？"

金运昌毫不在意："有这个必要吗？我是市长，上什么项目我还做不了主吗？"

周亦农提醒说:"重点投资项目清单,郑书记可是专门要过去了……"

金运昌不悦地摆摆手:"哪那么多事,见面再说吧。"

下午五点半,郑君毅、金运昌、周亦农提前来到迎宾馆,在休息室等候客人。郑君毅说:"运昌,一会儿和姜主任见面,我们只谈修建高铁的事,咱们市投资的其他重点项目,我看先不要谈了。"

金运昌两眼盯着郑君毅:"为什么?"

郑君毅解释道:"重点项目投资清单我看了,其中有的项目比如轻轨、第三条地铁,我们商量一下再定。"

金运昌沉下脸来:"这些大项目都是经过党政联席会研究决定的,还有什么要商量的?"

郑君毅心平气和地说:"这我知道。现在咱们财政已经很困难,再举债一百多亿上这两个大项目恐怕不妥,还是暂缓一下为好。亦农,你说呢?"

周亦农打着圆场:"金市长愿意迎难而上,让城市建设发展得更快一些……不过,我们举债确实也不少了,这两个大项目是今年上,还是明年再说,大家再商榷一下也好。"

金运昌板着脸闷不作声,郑君毅打破沉默,耐心劝道:"运昌,我们还是要实事求是,量力而行。先把有限的资金用在刀刃上,包括企业转型、扶贫攻坚、环境治理,以及亟须解决的民生问题。其他大项目投资,我们上会再研究一下,你看好吧?"

金运昌勉强点点头:"行啊,你是书记,你定吧。"

市接待办主任袁明推门走进,过来报告:"书记,客人快要到了,请去餐厅吧。"

袁明在前引领,郑君毅、金运昌、周亦农走进牡丹厅,只见餐桌上摆放着六盘冷拼、两瓶茅台酒、四盒中华烟。郑君毅皱起眉头,指着烟酒:"袁明,这是怎么回事?"

袁明赔着笑脸:"书记,今天特殊情况……"

"啥特殊情况?不就是省里来人了嘛。接待上级单位,中央、省委都有明确规定,你不知道吗?"

"知道。"

"知道还要这样做?"

袁明含糊支吾:"这是……"

金运昌接过话去:"这是我叫他安排的。郑书记,姜主任对咱宁滨发展支持很大,你们在省直又都是老同事,人家大老远地来了,总不能搞得太寒酸嘛。"

郑君毅严肃地说:"运昌,咱们可不能带头违反中央的八项规定,袁明,撤下去!"

"书记,换什么酒?"袁明问。

郑君毅想了一下:"咱不是有本地产的宁滨大曲吗?"

金运昌嘟囔道:"那酒哪能喝呀,喝一点就上头。"

"少喝点好,不误事。"郑君毅拉把椅子在桌边坐下:"袁明,你把菜单拿来,我看看。"

周亦农扯扯金运昌衣角,两人坐到一旁沙发上。手机铃响,金运昌闷闷不乐地掏出手机。

郑君毅看着菜单,又皱起眉头:"我说袁明,你上的这些菜也都超标啊。"

袁明连连点头:"是是,上了几个硬菜。"

郑君毅指着菜单道:"这海参、鲍鱼、大龙虾都不要上,换点什么青笋炒肉片、蘑菇炒油菜、大葱炒豆腐之类的,亦农,行吧?"

周亦农随声附和:"好好,都是健康食品,金市长,你说呢?"

金运昌抬头白了周亦农一眼没有搭话,继续划着手机发送短信。

郑君毅把菜单还给袁明："就这么办吧。"

郑君毅在沙发上坐下来，对金运昌、周亦农说："去年，习总书记到咱们省考察调研，每到一处用餐都是自助餐、家常菜，很简单……"

此时，服务员拉开房门，袁明快步走来报告："郑书记，客人到了。"

郑君毅站起身来："哦，快请。"

二

正在会所办公室和林丽娜说话的丁茂鑫，拿过茶几上的手机，一看是金运昌回的短信，说是7点半左右到会所来。丁茂鑫喜出望外，连忙吩咐林丽娜快去准备酒菜。林丽娜起身离去，丁茂鑫想了一下，锁上房门，掏出钥匙打开保险柜，取出十万元人民币。找了两条中华烟空盒，把钱塞了进去，然后装在一个纸袋里。

郑君毅与姜主任共进晚餐一个小时就结束了。宁滨通达上海的高铁早已有了，将要修建的这条高铁是经天津直达北京的。由于翠屏征地迟迟没有落实，直接影响工程进度，所以姜主任专程跑来督办。郑君毅当着工程负责人史总的面表了态，保证在规定时限内完成征地任务。大家边吃边谈，金运昌心不在焉，随意应酬，小酌几杯，不多言语。送走客人，他便打发司机回家，独自驾车离去。

乔勇从北京回来下了火车，蓝山开车接他回家。乔勇兴奋地告诉蓝山，好项目找到了，多亏了陈宇，他不出面是肯定拿不到手的。我们在北京就给郑书记汇报了，郑书记说，只要能把冀所长请来，新项目落地就有希望。他要亲自和冀所长谈，合作资金没有问题！蓝山兴奋不已："好，太好了，这样咱们厂就有救了……"

正说着，一辆黑色轿车按着高音喇叭从车边超过，蓝山一指："厂长，你看，2号车，金市长的。"

"开慢点，"乔勇朝前望去，金运昌的车拐向右边街道，停在丁茂鑫会所楼前。

蓝山缓缓而行："这是哪儿？"

乔勇说："这是盛元地产老板丁茂鑫的私人会所。"

金运昌从驾驶座走下汽车。

"是他自己开的车，这个点了，来这儿干啥？"

"还能干啥？吃喝玩乐呗，走吧。"

丁茂鑫、林丽娜一左一右，亲热地把金运昌迎进楼门，直接走向会所餐厅。

金运昌坐到餐桌中间，用温毛巾擦着手。林丽娜笑脸盈盈，端茶倒水："我们丁总一直盼着您过来呢，您这大市长忙得也没空过来，您喝茶。"

金运昌端起茶杯，笑着说："这段时间很忙，抽不出工夫，这不有个空儿就跑过来了。"

丁茂鑫手提纸袋走进屋，给林丽娜使个眼色："你去吧，我跟市长坐会儿。"

林丽娜答应着："嗳，市长，您坐。"

金运昌摆手阻止："别走呀，都是老朋友了，一块坐吧。"

林丽娜妩媚一笑："我去催菜，一会儿过来陪您喝酒。"

林丽娜走出屋去，轻轻把门带上，留一缝隙在外窥视偷听。

金运昌喝着茶，说道："我已经吃过饭了，过来和你们说会儿话。"

丁茂鑫盯着金运昌的脸庞："但您肯定没有喝酒。"

"喝了点，不多。"

"那咱就再喝点，三十年的茅台我都备好了。"丁茂鑫坐下来，把纸袋放在金运昌椅边。

"这是什么？"

"给您拿了两条中华烟。"

金运昌伸手捏了一下烟盒，便心中有数，他把纸袋搁到丁茂鑫椅边："谢谢了，这烟还是你自己留着用吧。"

"市长，没别的意思，快过年了，这是老弟的一点心意。"说着，又把纸袋放了过去。

金运昌正色道："老弟，我金运昌在你这儿吃喝不少，好酒好烟好茶也没少拿，可钱我是一分没收吧？"

丁茂鑫"嘿嘿"笑着把壶续水："那是，还真没有，没有。"

金运昌把纸袋又推了过去："所以，咱还是别弄这个，找我有什么事，说吧。"

会所厨房的两个师傅各提一个食盒走来，交给站在餐厅门外的林丽娜，然后离开。林丽娜推开门，提着食盒走进屋，把炒好的菜肴摆上餐桌。然后从柜橱里取出一瓶茅台酒，倒在分酒器中，又给金运昌、丁茂鑫分别斟满一杯。

金运昌招呼着："丽娜，别忙活了，坐。"

林丽娜在金运昌左侧坐下来，丁茂鑫指着酒瓶："你也倒上，好好陪着市长喝。"

林丽娜答应着也给自己斟上酒。

丁茂鑫端起酒杯："来，市长，我先敬您一杯，给您拜个早年！"

"好好，一块儿喝，丽娜，干了！"金运昌说着，举杯一饮而尽。

"好酒啊！"金运昌感叹道，"三十年的茅台就是不一样呀。"

丁茂鑫笑着说："我知道，您就喜欢喝茅台，我已给您备了两箱，过年喝。"

金运昌笑笑，没有拒绝。

林丽娜夹着菜："市长，您吃菜，尝尝今天做的烧海参怎么样？"

金运昌吃了一口："嗯，不赖，好吃。哎，老弟，你先把事说完。"

丁茂鑫说："是这样。半个月前接到了市政府下的文，催着必须按时上缴土地出让金，我拍下的御都广场那块地就是一亿六千万。我正筹措钱呢，万副市长头两天过来了，说是您下了令，必须节前还清农民工欠款。这么一来，可就叫我犯难了，交了土地出让金，还不了农民工的钱；还了农民工的钱，又凑不齐土地出让金的款。唉，这大年根的可让我咋办？"

林丽娜往金运昌杯中倒着酒："这些天呀，我们丁总吃不下睡不着的，就盼着您这大救星帮帮他呢。"

金运昌从口袋掏出中华烟抽出一支，林丽娜连忙点燃。

金运昌吸了一口烟，才慢悠悠地说："市财政困难啊，土地出让金是政府费收的大头，开发商们不按时上缴，让我喝西北风啊。"

林丽娜说："那我们先交上土地出让金，欠农民工的钱过了年再说，行吗？"

金运昌摇摇头："那可不行，农民工要是闹起事来，谁能担得起？"

"您说得没错。"丁茂鑫随即托出心中的盘算："您看这样好不好，我节前先把欠农民工的钱还上，土地出让金呢，让我缓交半年怎么样？"

金运昌沉吟道："半年时间太长了，还没人开过这个口子呢……"

"这不就在您大市长一句话嘛，"林丽娜媚眼顾盼，秋波流连，"您就高抬贵手，给我们行点方便呗。"

金运昌思忖少顷，终于松口："那就缓缴三个月吧，不过咱可说好，三个月内必须缴清，绝不能再次拖延。"

丁茂鑫手拍胸脯，信誓旦旦："那是肯定的，我要是做不到，您就把我踢出门去！"

金运昌笑道："老弟，我还不相信你吗？"

林丽娜顺势说道："金市长，这事您还得给万副市长打个招呼，他分管城建，他不点头也不行呀。"

"这好办，"金运昌拿过桌边手机，"我这就打电话，叫老万过来喝酒。"

丁茂鑫竖起大拇指："这太好了，您说话，他准听！"

金运昌立马拨通电话，万远鹏的夫人宋彩荣正坐在沙发上看着电视，手机铃响，连忙拿过丈夫的手机。手机传来金运昌的声音："远鹏，在家干什么呢？"

"哟，金市长啊，我是彩荣，远鹏去卫生间了。"

"弟妹呀，我在丁茂鑫这儿喝闲酒呢，哎，你叫远鹏也过来，我们一块儿喝一壶！"

"我看他够呛，"宋彩荣瞅了一眼卫生间，"他这两天闹结肠炎，一会儿一趟厕所，这不又去蹲着了。"

金运昌也不勉强："那就算了，你告他明天上班到我办公室来一下。"宋彩荣连声答应着，金运昌挂断了电话。

万远鹏走出卫生间，问道："谁的电话？"

"金市长，他叫你去丁茂鑫那喝酒。我说你闹肚子呢，去不了。"

万远鹏坐下来："我哪闹肚子了？你就是不愿让我去呗。"

宋彩荣嘴一撇："现在跟过去不一样了，你呀，还是不去的好。"

万远鹏微微一笑没有吭声，金运昌为什么叫他过去喝酒，自然心知肚明，不去是对的。金运昌去见丁茂鑫，还不是奔着林丽娜这个风流娘们儿去的？肯定会同意丁茂鑫缓交土地出让金。再者，自己与丁茂鑫的关系还是不要让金运昌知道为好。

金运昌放下手机，端起酒杯："老万身体不舒服，来不了，明天我跟他说吧。来，咱们喝！"

"金市长，您就是我的亲哥啊，太谢谢您了。"丁茂鑫兴奋地举起分酒器："我敬您，我把这壶酒干了！"

"好，丽娜，一块干！"金运昌端起杯三人一碰，仰脖将酒喝下。

金运昌吃口菜，林丽娜用分酒器自己斟满一杯，站起来给金运昌敬酒。

金运昌指指林丽娜分酒器中的半壶酒："要敬就用这个敬，倒满。"

林丽娜有点犹豫，目光投向丁茂鑫，丁茂鑫挤挤眼："听市长的，倒上！"

林丽娜酒量还是有的，她不再迟疑，把分酒器倒满酒，端起来："市长，我敬您。"

金运昌摆摆手："哎，在这儿没有市长，叫大哥。"

"大哥，我敬您！"

金运昌咧嘴笑了："嗳，这就对喽！"说着，拿过自己的分酒器与林丽娜碰了一下，两人同时把壶中酒喝了。

丁茂鑫高兴地拍着手："好，好，大哥，您快吃口菜。"

金运昌吃着菜，林丽娜拿过酒瓶晃了晃："这瓶喝完了。"

丁茂鑫手一挥："去，再开一瓶。"

金运昌满脸通红，伸手拉住林丽娜的手："喝不少了，别开了。"

林丽娜撒娇地"嗯"了一声："大哥，您好不容易来了，再喝一点嘛。"

金运昌望着林丽娜俏丽的脸蛋："那咱就去唱歌，一边唱一边喝。"

丁茂鑫连声附和："对对，咱再喝一瓶洋酒，喝就喝它个尽兴！"

金运昌把手机装进西服口袋，笑着站起身来："好，走！"

三

这是会所三楼单独一间宽敞的歌房，正面大幅电视屏幕，中间黄色大理石舞池，后边一圈红绒沙发，玻璃茶几上摆放着水果、小吃、高脚杯和一瓶洋酒。房门打开，林丽娜挽着金运昌的胳膊走进屋来，坐在沙发上的两位姑娘连忙站起。跟在身边的丁茂鑫介绍说："这是小张、小王，都是咱公司的员工，歌唱得不赖，一会儿让她们给您献上一首。"

金运昌点点头脱下西服，小张接过挂到衣柜。金运昌大咧咧地坐到沙发中央，丁茂鑫招呼着："来来，小张、小王，你们一边一个，陪好我大哥！"

二位姑娘答应着走过来，金运昌却摆摆手："你们俩陪着丁总吧，丽娜，你坐我这儿。"

丁茂鑫不自然地笑笑："好好，都坐吧，小张，倒酒。"

林丽娜瞟了一眼丁茂鑫，坐到金运昌身边，给金运昌斟上洋酒。

林丽娜问："大哥，您唱首什么歌？"

金运昌抓了把瓜子："我想想，你先唱。"

"好吧，小王，点一首《真的好想你》。"

小王打开音响点上歌，把麦克风递给林丽娜，一曲《真的好想你》的旋律骤然响起。

丁茂鑫大声说道："大哥，您整天忙，今晚放松一下，咱畅饮高歌，欢乐通宵！"

金运昌端起高脚杯："好，听你的！"

丁茂鑫轻轻一碰："我敬您，干！"

歌声传出楼外，在夜空中回荡。一个年轻保安叼着烟卷，在会所楼门前徘徊走动，金运昌的汽车停在一旁，蓝山若无其事地慢慢走来。

蓝山掏出一支烟，上前搭讪："兄弟，借个火。"

保安递过烟卷，蓝山接过点燃，抬头望望楼上，问道："你们这儿还开歌厅啊？"

保安说："这是我们内部的，对外不营业。"

蓝山打趣地说道："你一边值勤，一边听歌，不寂寞，这挺好。"

保安发起牢骚："好啥呀，他们在上边喝酒唱歌，一吼就到后半夜了，我连觉都睡不成。"

蓝山接着问："啥人这么能唱呀？"

保安指指金的汽车，低声说："瞧，大头儿。"

"是吗，真是辛苦你了。"蓝山笑笑离开，走到不远隐蔽处，悄悄拿出手机给金运昌的汽车录下像来。

突然，寂静的大街上一辆辆消防车警笛长鸣，从西向东呼啸而过。

正在市政府值班的蓝天接听电话："喂，我是蓝天，什么，烟花厂爆炸了？"蓝天脸色陡变："嗯，嗯嗯，我知道了，我马上向金市长报告！"蓝山放下座机，立即拨打金运昌手机。

此时的金运昌正搂着林丽娜跳舞。幽暗的灯光下，林丽娜依偎在金运昌怀里，头靠在金运昌肩头，高耸的胸部紧贴在金运昌胸前。与其说是跳舞，不如说是两人抱在一起晃荡。丁茂鑫情绪高昂地唱着《爱拼才会赢》，金运昌的手机装在西服口袋放在衣柜里，微弱的铃音早已淹没在高分贝的音响声中。

蓝天急得额头冒汗，只好直接向郑君毅报告：今晚十一点三十八分，位于河东区的一家民营烟花厂发生爆炸，已有八辆消防车赶赴现场救火，目前事故原因和伤亡情况尚不清楚。金市长一直没有联系上，书记，请你指示。郑君毅当机立断，叫蓝天马上通知周亦农及公安局、安检局、卫生局负责人，即刻和他一起赶赴事故现场，指挥抢险救灾。

凌晨一点，苗秘书站在金运昌家门口翘首张望，焦急等待。金运昌汽车开来停到楼前，小苗连忙迎上前去。丁茂鑫司机小董走下汽车告诉小苗，市长喝得有些高了，还在车上睡呢。小董把车钥匙交给小苗随即离去。

小苗拉开车门，金运昌依然酣睡未醒。小苗轻声呼唤："市长，您醒醒，到家了。"

金运昌迷迷糊糊睁开眼："小苗？你怎么在这儿？"

小苗低声说："市长，今晚十一点多河东区的一家烟花厂爆炸了。"

"啊？"金运昌猛然一惊，揉着眼睛看看手表，责怪道，"你咋不早说呢？"

"我和您联系不上……"

金运昌推开车门："上车说。"

小苗钻进车里坐下说："事故发生后，政府值班的蓝市长一直打电话找您，始终没有联系上，现在郑书记、周市长都在事故现场呢。"

金运昌看着手机通信记录，懊丧地说："糟糕，别说了，你开车，快去烟花厂。"

小苗担忧地说："市长，您浑身都是酒气，怎么去呀？"

金运昌冷静下来想了想："那就算了，天亮再说吧。今晚的事千万不能说出去，有人问你，你就这么说……"

金运昌轻声交代，小苗连连点头："明白。"

第七章

一

清晨，潘敏正和儿子坐在餐桌旁吃饭。客厅里的电视传来万欣的声音：各位观众，早晨好。现在是《今晨三十分》，我是欣欣，首先让我们关注全省重要新闻。昨晚十一点三十八分，宁滨市一家烟花厂突然爆炸起火……

潘敏、郑志不禁一怔，连忙端着饭碗走到电视机前，吃惊地注视着电视中展示的现场画面。万欣继续作着报道："市委书记郑君毅、常务副市长周亦农立即赶赴现场指挥抢险，出动八部消防车投入灭火。至凌晨一点，大火终于扑灭。据悉，这次事故已经造成三人死亡、二十七人受伤，其中五人伤势严重。郑君毅到医院看望伤者，要求医务部门不惜一切代价，全力救治伤员，挽救他们的生命。目前，爆炸事故原因正在调查中……"

潘敏放下饭碗，不安地说："你爸这才刚去，就发生这么大的事。"

"这是突发事件，谁也难以预测……"郑志看着母亲，问道，"妈，您看这个女主播怎么样？"

"啥咋样？我哪有心思看她呀。不行，我得赶紧给你爸打个电话。"潘敏说着，拿过茶几上的电话。

郑志劝道："妈，你就别打扰我爸了，他肯定正忙着呢。"

潘敏拨打着号码："你爸准是一宿没睡，别累坏了，我先问问小耿。"

电话接通，耿秘书告诉潘敏，郑书记一夜没有合眼，直到天亮才从医院回到机关，草草吃了口饭，又去会议室开会了。潘敏放下电话，轻叹一声，自言自语："唉，在省里工作不是挺好吗，这么大岁数了，干吗去宁滨呢。"

在市委会议室，郑君毅居中坐在长型会议桌旁，左侧金运昌的座位空着，钟呈祥、周亦农、朱绍兴、万远鹏、于涛以及安检局、卫生局、公安局、消防支队、河东区政府负责人依次而坐。郑君毅看了一眼墙上的挂钟已是八点半。

赵云强走进屋，向郑君毅报告说："金市长去了烟花厂、市医院，正在往回赶，一会儿就到。"

郑君毅点点头，问蓝天："哎，蓝天，你昨晚值班，为什么没有和金市长联系上？"

蓝天回答说："事故发生后，我第一时间就向金市长报告，打他手机无人接听。我问他秘书，小苗也不知他在何处。我叫小苗去家里找，小苗没有敲开门。"

郑君毅又问："你没有问问他的司机？"

"问了，司机说，金市长昨晚从迎宾馆出来，自己开车走了，没说去哪儿。"

郑君毅沉思着点点头，没有再问。

万远鹏托腮倾听，心中暗自庆幸，昨晚幸亏没去丁茂鑫的会所，要是和老金在一块喝酒，那可就麻烦大了。

这时，会议室门推开，金运昌快步走进屋，连声说道："哎呀，对不起、对不起，我来晚了，让大家久等了。"

金运昌坐下来，苗秘书从包中取出保温杯放在桌上，然后把公文包放在椅边走出屋去。

郑君毅注视着金运昌:"昨晚事故发生后,蓝天先是向你报告,但一直没有和你联系上,所以直接向我报告……"

金运昌谎称:"我这几天老是失眠,昨晚上吃了两片安眠药早早地就睡了,一觉到了天明。早晨一看手机,蓝天、小苗的电话都没听见,连小苗半夜到家敲门也没听见。嗨,这事闹的……"

郑君毅没再深究,话题一转:"好了,我们开会吧。昨晚,烟花厂突然发生爆炸,情况大家都知道了。据初步调查,导致事故的原因,主要是这家企业年前赶工,改变工房用途,违法组织生产而造成的。我听说,半个月前,运昌同志就在政府常务会上,专门研究了安全生产工作,是吧?"

"是的,"金运昌翻着笔记本,"由于分管安全生产的副市长到外地学习了,所以我把这件事交给了于秘书长。"

郑君毅目光投向于涛:"于涛同志,说说吧,你是如何安排部署的。"

于涛汇报说:"我第二天就主持召开了全市安全生产工作会议,各县、区政府和市直有关部门负责同志参加。会上,我传达了金市长的重要指示,提出三项要求,一是提高认识,二是开展检查,三是狠抓落实。并责成安检局牵头,制定实施方案,负责督导检查。"

郑君毅看看名单:"安检局,孔局长,你说吧。"

孔局长报告:"我们主要做了四件事,组织了会议,起草了报告,制定了方案,下发了文件,要求各县区认真抓好落实。"

郑君毅等待下文,孔局长没了动静。

"说完了?"

"汇报完毕。"

郑君毅皱起眉头,揶揄道:"你倒是利索,你说说,你是怎么具体督导的？"

孔局长想了一下："嗯……我们……成立了领导小组，办公室 24 小时值班，县区一经发现问题，我们马上下去解决。"

郑君毅不满地说："这就叫督导落实？毕区长，你们河东区呢？"

毕区长接着汇报："我们立即召开了全区安全生产会议，传达了金市长、于秘书长的重要指示精神，要求各街道、乡镇及辖区企业认真贯彻执行，积极抓好工作落实。"

毕区长没了下音，郑君毅追问："接下来呢？"

毕区长支吾含混："接下来……领导要求已经明确，大家就去抓落实呗。"

郑君毅沉下脸来，冷峻地："哼哼，好哇。于秘书长大会发号施令，孔局长会后下发文件，你这个区长是照本宣科。我问你，你下去检查落实情况了吗？"

毕区长坦承："没有。"

郑君毅厉声质问："那你怎么知道落实了没有？怎么清楚存在哪些安全隐患？又怎么采取具体预防措施？嗯？就坐在办公室里听汇报，是吧？"

毕区长垂头未语，郑君毅气愤地一拍桌子："就凭这一条，你就是失职，我就要追究你的责任！"

金运昌的脸上挂不住了，帮忙解围："书记，毕区长他们在下边干，都挺辛苦的，出点事也在所难免，不就是死了三个人嘛。"

郑君毅怒目圆睁，直视金运昌："你说什么？！"

众惊，气氛骤然紧张。

金运昌自知失言，连忙自圆其说："我是说，死亡三人属于一般安全事故，同志们哪个地方工作不到位你尽管批评，何必发这么大火呢？"

郑君毅长舒一口气，激愤地说："令我感到气愤的是，我们去年开展了群众路线教育活动，可至今'四风'问题照样盛行。会议传达会议，文件传达文件，对人民群众生命安全极不负责。这种官僚主义、形式主义作风如不改变，我们今天失去三个宝贵生命，明天就可能是三十个、三百个！"

"郑书记说得对，"纪检书记朱绍兴表示支持，"我们不仅要查明事故原因，还要从干部思想作风上查找问题。"

"应该。"钟呈祥接过话茬："这家烟花厂就在你们河东区，如果你们切实深入下去，认真排查安全生产的每个环节，及早发现安全隐患，立即采取改进措施，完全可以避免这场事故的发生。"

郑君毅要求市纪委派人参加事故原因调查，责成周亦农负责死者善后抚恤、伤者救治医疗。最后对金运昌说："运昌同志，你牵头，亦农、远鹏协助，立即开展全市安全生产大检查，干部们分头下去，对所有企业、商场以及公共场所进行拉网式排查，发现问题马上整改，绝不能让类似事件再次发生。"

金运昌阴沉着脸点点头："好吧，我来安排。"

二

会散，周亦农回到办公室，屁股还没坐稳，乔勇便推门走进。

"周市长，我刚从北京回来，"乔勇笑笑，在周亦农对面椅子上坐下，"给你汇报一下情况。"

周亦农往公文包装着文件，敷衍道："不用说了，陈宇告诉我了，你们拿了个好项目，好事，赶紧着办吧。我马上去开会，有啥事回头再说。"

周亦农拿包站起身来。

乔勇连忙拦住:"周市长,我再说一句,我听韩主任说,只给我们补发四个月的工资?"

周亦农点点头:"是的,拿不出那么多钱来,就为筹措这笔钱,我费老鼻子劲了。"

乔勇不满地嘟囔道:"郑书记已经向职工们承诺了,这让我怎么说呀?"

周亦农不耐烦地摆摆手:"你给职工们解释一下,等过了年,咱有了钱,就全部补齐。啊?走吧,昨晚出了大事故,好多事等着我去处理呢。"

秦秘书推开门:"省安检局领导到了,金市长等着您呢。"

周亦农欲走,乔勇一把拽住:"周市长,你再给我们厂吃点儿偏饭,再多补两个月的工资,怎么样?"

周亦农甩开胳膊:"老乔,你就别磨叽了,我就是神仙也没法儿了。"

乔勇还想再说,金运昌急匆匆地走到门口:"老周,快走啊!"

周亦农答应着:"嗳嗳。"

乔勇与金运昌的目光相遇:"金市长……"

金运昌冷眼对视,挖苦道:"你眼里还有我这个市长?你不是不干了吗,怎么还不把辞职书给我送来呀?"

"你……"乔勇怒视金运昌,气得说不出话来。

"自不量力!"金运昌蔑视地"哼"了一声转身离开。

周亦农拍拍乔勇后背走出屋去。

乔勇怒不可遏,大吼一声:"王八蛋!"猛地一拳砸在办公桌玻璃板上。

上午开会,金运昌对待这次事故的态度,和"不就是死了三个人嘛"的刺耳话语,让郑君毅久久不能释怀。下午,钟呈祥、朱绍兴来到办公室，向他汇报省委巡视组的巡视情况反馈。郑君毅仔细看着问题清单，朱绍兴说："我们梳理了一下，一共四个方面六十二个问题，主要是有的干部作风不深入，工作不作为，公款外出旅游，还有的到私人会所吃喝玩乐。"

郑君毅眉宇紧锁，自语发问："去年，对干部'四风'问题进行了重点整治，为什么这些人还在顶风违纪、我行我素？"

钟呈祥直言："坦率地说，姚力夫同志作为市委书记，对党建工作不够重视，群众路线教育走了过场，所以干部'四风'问题，没有从根本上得到解决。"

郑君毅神色严峻："这不行，群众路线教育不能流于形式，这一课必须补上。"

朱绍兴深表赞同："很有必要，我们应该群众路线教育回头看，认真查找问题。"

钟呈祥随即建议："与此同时，结合省委巡视组提出的问题进行整改，这样效果会更好。"

郑君毅下了决心："好，就这么办，先从市级党政班子开始，召开民主生活会，反思检讨自身问题。咱们工作千头万绪，还是要紧紧抓住党的建设这个牛鼻子！"

这时，耿秘书悄悄推门走进，把一信封放到郑君毅的面前："乔厂长送来的辞职书。"

郑君毅一怔，打开信封看了一眼，问道："他人呢？"

"他气呼呼地把信往我桌上一拍，扭头就走了。"耿秘书回答说。

郑君毅感到讶异："昨天我还见到了乔勇，他信心满满地对我说，已经拿出了企业转型升级的方案，怎么今天突然要撂挑子呢？"

钟呈祥、朱绍兴面面相觑，此时陈宇大步流星地推门而进。

郑君毅连忙问道："哎，陈宇，你见到乔勇没有？"

陈宇一脸焦虑："我就是为这事来的，我听说，乔勇辞职了！"

郑君毅抖抖手中的辞职书："这不，辞职书已经给我送来了。哎，这是怎么回事？"

"我也纳闷呢。"陈宇着急地说："书记，新项目刚刚有个眉目，人家冀所长马上要来。要是乔厂长走了，这钢厂乱了套，还搞什么转型升级？"

郑君毅看看手表："你别着急，我们谈完事，我找老乔。"

陈宇恳切地说："书记，无论如何，也要把老乔留下啊！"

郑君毅点点头："我知道，你先回去吧。"

郑君毅和钟呈祥、朱绍兴谈完话，便打电话找乔勇。老乔手机关了打不通，郑君毅下班吃点饭，坐车直奔钢厂生活区。

夜幕降临，雪花纷飞，街面上一片洁白。郑君毅和小耿踏着积雪走进钢厂宿舍，一边走一边打听，找到了乔勇住的单元楼。登上三楼，耿秘书按铃无人回应，接着敲门仍然没有动静，郑君毅只好走下楼来。

小耿说："书记，乔厂长会不会在办公室？"

郑君毅想了一下："有可能，走，去看看。"

两人原路返回，刚走到大门口，只见蓝山搀着乔勇的胳膊，摇摇晃晃地从对面走来。

郑君毅走上前去，乔勇、蓝山停下了脚步。

乔勇醉眼惺忪，望着郑君毅："书记……你怎么……来了？"

郑君毅沉下面孔："乔勇，你倒是痛快，辞职书给我一扔，跑回来喝大酒了！"

乔勇支棱着眼睛："厂长……我辞了，我喝酒……自个儿的钱……谁管得着我？"

蓝山解释说："郑书记，您别生气，乔厂长心里不痛快，喝了点闷酒……"

郑君毅打断，压低声音："走，去办公室。"

来到乔勇办公室，郑君毅坐到简易沙发上，乔勇坐在对面椅子上。蓝山倒上水，讲述着乔勇为何辞职的经过。郑君毅神色凝重，乔勇端着缸子喝水，两眼直直地望着墙角发呆。

郑君毅诚恳地说："老乔，现在厂子正是转型升级的节骨眼儿，有什么气可以找我撒，绝不能撂挑子啊。"

"书记，我憋屈啊！"说着，乔勇泪如泉涌，掩面哭泣。

蓝山连忙递过毛巾："厂长，别哭，你看，书记在这儿呢……"

郑君毅心中苦涩，轻轻摆摆手："哭吧，让他哭出来心里会好受些。"

乔勇一哭，头脑清醒许多，他用毛巾抹去泪水，情真意切地说："郑书记，说心里话，我也是快六十的人了，我早就不想当这个厂长了。可想想企业转型升级没有完成，两千多号职工就业没有着落，一万多家属生活这么困难，我不忍心离开啊，我毕竟也是一个三十多年党龄的老党员了……"

蓝山插话说："乔厂长是我们厂的主心骨，职工们谁家有了困难都找他。像小孩子上学交不上学杂费，家属生病凑不够住院费，孤寡老人付不起取暖费，就连我们开车办事没了油，也都是乔厂长从自己家里拿的钱。"

乔勇歉疚地说："我作为厂长这都是应该的，我总觉得对不起职工，是我工作没有做好，企业才走到这个地步。让我生气的是明明企业这么难，工人们急得嗷嗷叫，可金运昌他们怎么就不着急呢？"

郑君毅望着面前这条汉子流泪，内心像针扎一样刺痛。

乔勇接着说："自从去年整顿干部'四风'之后，一些干部钱是不敢收了，可事儿也不正经办了。办个审批项目，谁也不拍板，来回扯皮，一拖就是一年。外地投资者一看这样的营商环境，立马就撤了，你问问陈宇就知道了，气得他直拍桌子！"

郑君毅沉思着点点头。

乔勇痛心地说："郑书记，本来我的心已经凉了，你一来又点燃了我心中一把火。可看着金运昌他们冷漠的面孔，又像一盆冷水浇了我个透心凉。这官僚主义就像一把无形的刀，搅得人们心痛啊。书记，我说句掏心窝子的话，不换班子，不转作风，不改革政务，你就是有三头六臂，有再好的愿望，宁滨也改变不了模样，老百姓也甭想高兴起来！"

三

郑君毅离开钢厂已是晚上十点半了，汽车在湿滑泥泞的马路上缓慢行驶。他凝视着窗外飘零的雪花，心情格外沉重。乔勇激愤的话语不时在耳畔回响："你说小年之前补发全部工资，可周亦农却说没有那么多钱，只能补发四个月的。那我请问，盖市政府新楼有没有钱？装修迎宾馆有没有钱？机关干部过年发年终奖有没有钱？"

郑君毅蹙额沉思，还有三天就是小年了，决不能让职工们的期望落空啊。他看看手表，拿出手机给赵云强打电话，让他马上通知连夜召开市委常委会，叫财政局、国资委负责人列席参加。

一个小时后，除了米来顺在县里赶不回来，其他常委先后从家赶到了机关。人们坐在会议室，谁也不知道，这么晚把大家找来要研究什么重要议题，相互交流着眼神默默等待。

在郑君毅办公室，郑君毅问金运昌："你叫乔勇辞去厂长职务的？"

郑君毅把乔勇的辞职书放到金运昌的面前。

金运昌瞟了一眼辞职书，轻描淡写地说："嗨，这个老乔为补发职工工资的事找我，我说财政困难，等过了年再说。他一听就火了，说工人们要闹事，他管不了了。我说你管不了，你这个厂长就别干了。这不是话赶话嘛，一句玩笑，他还当真了。"

郑君毅板起面孔，批评道："运昌，你是市长，这种玩笑可不是随便开的！"

耿秘书推门走进："书记，人都齐了。"

郑君毅站起身来，径自走出屋去。他走进会议室，坐到桌前直奔主题："这么晚了请大家过来，我们只研究一件事，如何在小年之前把拖欠下岗职工的工资还了。亦农，你准备得怎么样了？说说吧。"

周亦农汇报说："现在情况是这样，若是全部还清拖欠下岗职工的薪资，需要四亿两千万。我们经过积极努力，已筹措了两亿八千万，尚有缺口一亿四千万。准备节前先还百分之六十，其余的节后再想办法筹集资金全部还清。"

"不，我们既然承诺了，就必须做到，还是要节前一次还清。"郑君毅不容置疑。

周亦农发愁地说："我可是真没有办法了，只能拿出这么多钱。"

郑君毅看看金运昌，金运昌接着说："这事是亦农和我商量着办的，财政局东拼西凑才凑出这些钱来。"

郑君毅耐住性子，引导说："咱们再动动脑筋，想想还有什么解决的办法。"

金运昌摇摇头："该想的法儿都想了，我看先还这些吧，没有还清的欠款节后再说。"

郑君毅一口回绝："那不行，说了不算，还怎么取信于民？"

金运昌两手一摊："问题是现在没钱嘛，你承诺人家小年之前还清欠资，事先又没有跟我们打招呼。"

郑君毅反问："你说没钱，那么准备发放的干部年终奖，钱从哪里来？"

"这……"金运昌一时语塞。

周亦农插话说:"这笔钱是早就列入财政预算的。"

郑君毅自嘲道:"我们真是只管自扫门前雪,不管他人瓦上霜啊。企业转型的周转金没有列入预算吗?如果列了,钱又挪用到哪里去了?"随之话锋一转,"我提议,暂缓发放干部年终奖,先用这笔钱把拖欠下岗职工的工资补上!"

众人交头接耳,悄声议论。

金运昌表示反对:"干部们辛辛苦苦干了一年,不发年终奖,这怎么行呢?"

周亦农不无担忧:"每人一万五,数额不少呢,如果不发,干部们恐怕会有意见。"

郑君毅不以为然:"什么意见?缓发年终奖干部有意见,那为什么不想一想,下岗职工的薪资一欠就是半年多,他们有没有意见?嗯?"

众人沉默,万远鹏打着圆场:"书记,我看是否折中一下,干部年终奖少发一点,哪怕只发一半也好。"

郑君毅拿出一张单子:"我算过了,缓发一半,职工们的钱还是凑不够,石局长,你说是吧?"

财政局石局长点点头:"是的。书记,如果缓发干部年终奖,这笔钱正好补上缺口,还有富余。"

朱绍兴表态支持:"书记,我们干部应当先为群众困难着想,就这么办吧。"

钟呈祥赞许响应:"我同意,要相信我们的干部有这样的思想觉悟。"

金运昌闷头不语,郑君毅看看周亦农,周亦农苦笑道:"怎么着都行,你定吧。"

郑君毅目光投向万远鹏,万远鹏马上转弯:"同意,我没意见。"其他常委跟着表态同意。

郑君毅一锤定音:"那好,就这么定了。亦农,财政局、国资委人都在,你们天明不过夜,拿出分配方案,明天就办,务必在小年之前,把拖欠下岗职工的工资,一分不少地发放到他们手里!"

周亦农答应道:"行,散了会我们马上办。"

郑君毅接着说:"此外,在这儿我给大家打个招呼。我们准备开展群众路线教育回头看,先从我们市级领导班子开始,重点反思干部'四风'问题,民主生活会什么时间开另行通知。"

会散,金运昌闷闷不乐地拿起公文包起身离去。

小年这天晚饭后,蓝山来到了哥哥家,只见蓝天正在书房写着材料。他告诉蓝天,今天市里拨了钱,补发了拖欠职工的全部工资,大伙儿甭提多高兴了。蓝天笑着点点头,目光依然注视着稿纸。蓝山探过头问:"哥,写啥呢?"

蓝天放下笔:"反思材料。"

"反思?你反思啥呀?"

"'四风'问题。"

"去年不是整顿过了?"

"市委决定回头看。"蓝天说。

蓝山坐下来,不满地说:"哥,这领导干部是该经常反思反思,不能整治'四风'就这么一阵风似的过去。比如说,中央明文规定,领导干部不能去私人会所吃喝玩乐,那金运昌还不是照样去吗?"

蓝天抬眼看着弟弟,阻止道:"欸,别瞎说,你看见了?"

"当然!就在烟花厂爆炸的那天晚上,哥,你看……"

蓝山打开手机,蓝天看着录像画面,不禁大吃一惊,金运昌的2号车就停在丁茂鑫会所一侧。

蓝天神色严肃:"蓝山,这事不要传出去,影响不好。"

"知道,我跟谁也没说,只是跟你念叨几句。"蓝山说。

蓝天拿过弟弟的手机，把视频转发到自己的手机上，然后删除画面还给蓝山："我还要写材料，咱不聊了，你到客厅跟你嫂子说话去吧。"

蓝山起身走出屋去，蓝天呆呆地看着手机，心里一切都明白了。为什么烟花厂发生事故的那天晚上，他一直与金运昌联系不上，原来金运昌撒了弥天大谎。蓝天知道这不是小事，党性告诉他不能知情不报。是立即向郑书记报告实情，还是私下向金运昌点破让他自己去说？或是采取其他的方式……蓝天陷入了沉思。

第八章

一

冀所长一行如约而至，陈宇、乔勇热情接待陪同考察。郑君毅亲自出面会谈，对冀所长提出的条件，认真研究当即答复。冀所长十分满意，双方签订了超薄钢新型材料合作生产协议。乔勇乐得合不拢嘴，陈宇为此感到高兴。他既对郑君毅有了交代，又为钢厂今后的发展铺平了道路，颇有一番成就感。

陈宇送走冀所长，兴冲冲地回到机关，一看办公桌上的两份文件，立刻拉下脸来。一份是今年财政预算列表，科技事业经费减少了四分之一。另一份是由于土地指标批不下来，大数据产业园无法按时开工的报告。陈宇把石局长叫来，质问他为什么削减科技事业经费。石局长解释说，今年财政困难，郑书记要求政府过苦日子，所以各部门的事业经费都不同程度地减少了。

陈宇一听就火了，大声斥责："郑书记让过苦日子没错，可也没让你砍我的科技经费啊！"

"这是金运昌、周亦农二位市长定的，你有意见找他俩说吧。他们怎么说，我就怎么办。"石局长不愠不火，一个软钉子顶回来。

陈宇恼火地一挥手:"得得,我不跟你说了,我找郑书记!"

"那好,郑书记说话我照办。"

石局长刚抬屁股走人,土地局局长吕江就走进屋:"陈市长,你找我?"

陈宇也没让座,虎着脸劈头就问:"大数据产业园用地,你为什么还不批?"

"省里指标没下来。"吕江站着说。

陈宇敲着桌子:"你去省里催呀,光在办公室等着就等来了?"

吕江摆出一副为难的样子:"现在用地指标紧得很,都攥在厅长手里。可我去见不着厅长,得金市长出面,最起码也得主管市长万远鹏跑一趟。"

陈宇心急地:"你叫他去呀?"

吕江皮笑肉不笑地说:"我倒是说了,他忙得很,抽不出空儿,要不,你跟他说说?"

陈宇两眼一瞪,站起来大声吼道:"你少拿万远鹏作挡箭牌!我告诉你,我知道,你根本不把我放在眼里,我是管不了你,可市委能管你!"

"这哪跟哪啊,你有事说事,发什么火呀!"吕江白眼珠一翻转身便走,使劲把门摔上。

陈宇怒不可遏,气呼呼地坐到办公椅上。

秘书小尹推开门:"市长,嫂子来了。"

陈宇闷头没有答话,梅颖走进屋关上门,坐到陈宇对面。梅颖是宁滨市歌舞团的团长,四十出头,丰姿绰约,一双乌黑透亮的眼睛注视着丈夫,小声责怪道:"干吗发那么大的火呀,满楼道里都听得见,也不怕别人笑话。"

陈宇生气地说:"这帮干部吃饱了不干事,上下推诿,相互扯皮,真是气死我了。"

梅颖劝道:"生啥气呀,有话好好说,有啥事慢慢商量着办呗。"

陈宇长叹一声："唉，推着撑着还不动呢，还慢慢商量。"

梅颖不无担忧："像你这样，今天训俩，明日批仨，早晚得把干部们都得罪光了。"

陈宇不忿地："我才不怕呢，我陈宇凭本事吃饭，为的是宁滨的发展，我问心无愧，得罪就得罪。哼，有什么了不起！"

梅颖笑笑，无奈地摇摇头："你这个人呀，啥都好，就是脾气太急。好了，消消气，不说了。"

"你跑来干什么？"陈宇问。

梅颖说："我有事跟你商量。我去年带团到深圳演出，不是朋友介绍认识了一个黄老板吗，他到宁滨来了。黄老板给我打电话说想见见你，请你吃顿饭，看你有时间没有。"

陈宇想了想，说："你去深圳人家热情接待，现在他到宁滨来了，咱应尽地主之谊，怎么能让人家请客？这样吧，明天是周六，我们请他到观海楼喝早茶，好吧？"

梅颖点点头："好的，我跟黄老板说。"

二

梅颖说的这位黄老板名叫黄国才，五十多岁，是香港飞龙公司的董事长。从事地产、电子、航运业，拥有数百亿资产，可谓实力雄厚。他看好北京通州打造首都副中心的发展前景，要在那里设立公司，投入巨资发展智能制造产业。为此，他请三家最有名的猎头公司，在内地政府官员中寻觅公司总裁人选。条件是要有电子专业背景的博士，具有强烈的事业心和责任感，且家庭关系和睦融洽。最终从三十二个人选中，聚焦在陈宇身上，成为总裁人选的第一方案。梅颖带团赴粤演出，黄国才从香港来到深圳，亲自热情接待，包了两个专场。这都是预先精心安排的，他就是要通过接触梅颖，从一个侧面了解陈宇的为人以及家庭关系。当然这一切梅颖全然不知，只是对黄老板留下很好的印象。黄国才此次亲临宁滨面见陈宇，就是想与其倾心相谈，看看陈宇是否有此意向。

古香古色的观海楼大酒店坐落在青岭半坡，面向一望无际的大海。晨霞绚缦，碧空如洗，粼光金波，海天一色。陈宇订的房间面临海岸，窗外景致一览无遗。陈宇夫妇坐在桌前，已经点好了茶点。此时，服务员拉开房门，黄国才西装革履，手提礼盒，笑眯眯地走进屋来。

梅颖连忙站起身："黄老板！"

"梅团长，你好啊！"黄老板与梅颖握着手。

梅颖转身介绍说："这是我的先生，陈宇。"

陈宇走上前来，黄国才伸过手去："陈市长，久闻大名，今日得见，不胜荣幸。"

陈宇微微一笑："与你会面非常高兴，请坐。"

大家落座，陈宇居中，梅颖、黄国才分坐左右两侧。服务生送上茶点，三人边吃边谈。黄国才望着窗外的大海，感叹道："宁滨真是个好地方啊！东部沿海一线开放城市，拥有天然的不冻良港，西连京津冀，东达五大洲。本应率先崛起，可惜发展得不快。去年全市的经济总量掉到了全省第七，是吧？"

陈宇回答道："是的。看来黄老板对宁滨的情况，还是很了解啊。"

黄国才笑笑说："不瞒你说，我眼睛早就盯在这个地方了。"

陈宇感到高兴："那好啊，我们这次认识了，欢迎你到我们这里投资兴业。"

梅颖应和道："对呀，来这儿投资建厂吧，陈宇他会支持你。"

黄国才摇摇头："恕我直言，你们这儿地方不错，但营商环境并不理想。审批环节多，工作效率低，陈市长为此也很着急，昨天还跟局长们发火呢，对吧？"

陈宇一怔："你怎么知道？"

"我在这儿也有朋友啊。"黄国才含而不露，金边眼镜下，精明的眼睛透过镜片，掠过一丝神秘的目光。他接着话锋一转："陈市长是一腔热血，满怀抱负，可壮志难酬啊。我看不如换个途径，照样可以施展你的才华，干出一番大的事业！"

陈宇有点纳闷，笑问："黄先生，你这是什么意思？"

黄国才顺势和盘托出："我就直说了吧，北京通州将要打造成为首都的副中心，我在那里注册了一家高科技公司，准备第一期投资五十亿发展智能制造业。可以说，我已栽下了梧桐树，希望引来像陈市长这样的金凤凰啊。"

黄国才说着哈哈大笑。陈宇只当玩笑，摆摆手说："不敢当、不敢当，我只是个主管科技工作的副市长，可没有那么金贵。"

黄国才两眼注视着陈宇，认真说道："陈市长过谦了，你可是难得的大才啊！你祖籍南京，毕业于清华大学电子系，后赴英国深造，获得博士学位。三十岁进入省科技厅工作，三十八岁当上处长，后调任宁滨市副市长。你为人豪爽，性格开朗，管理严格，不讲情面。你爱较真训人，那是你为工作进展缓慢心中着急；你说话声音很高，这不是你不尊重对方，而是你右耳中年早聋，恐怕对方听不清楚你的话……"

陈宇摸摸右耳，与梅颖面面相觑。

黄国才继续说道："你的独生女儿陈小艺，聪明伶俐，活泼可爱。她今年十八岁，现在澳大利亚墨尔本大学攻读建筑设计。你准备等孩子毕业后，让她留在当地工作。因为那里有一家建筑设计院的老板，是你在英国读博时的同学，没有错吧？"

陈宇、梅颖惊诧不已。

梅颖问道："黄老板，你怎么对我们家的情况知道得如此详细？"

黄国才坦言："已有三家人才公司，向我推荐了你的先生。

我们要找到一位适任的总裁人选,当然要对他本人以及家庭成员的人品、性格、爱好等有所了解。"

陈宇不由恍然大悟:"这么说,邀请梅颖带团赴粤演出,这都是你们提前安排好的……"

"没错。"黄国才得意地点点头,"我们公司对人才是十分尊重的,特别是对陈市长这样的大才,更要予以高度重视和优厚的待遇。如果你同意到我们公司任职,年薪一百二十万人民币,优先持有公司上市股份。另外在北京三环内,提供一套一百八十平方米精装住宅。你若在公司连续工作五年,房子产权归你所有。怎么样?我们的待遇还算优厚吧?"

梅颖怦然心动,看看丈夫欲言又止。

陈宇淡然一笑,不为所动:"黄先生,谢谢你的好意,我们作为朋友,你今后有事我可以帮忙。但是让我辞职下海,我是不会这样做的。"

黄国才虽然有些失望,但不失风度,不慌不忙地说:"人各有志,不能勉强。但我还是希望陈市长能够认真考虑一下,如果还有其他条件,也请坦率地提出来,好吗?"

陈宇正目相视,微笑着轻轻摇摇头:"黄先生,此事我们就不必谈了。中国内地人才很多,比我有本事的大有人在,相信你一定能够找到更为合适的人选。"

"但愿如此。"黄国才颇为惋惜,感叹道:"不过,要想找到陈市长这样的大才,难啊。"

三

陈宇夫妇离开酒店回家,梅颖开着私家车沿着海岸公路行驶。她看了一眼坐在身旁的丈夫:"陈宇,你真的不考虑一下吗？"

陈宇不屑一顾："这是肯定的，我大小也是个副市长呢，怎么会到他的公司去打工？"

梅颖说："人家黄老板可不是一般的小公司，是有几百个亿的大集团呢！"

陈宇清高地说："再大也是一个民营企业，我管的是一座城市。"

梅颖反诘："你只是个副市长，既不是常委也不是常务，更不是市长。"

陈宇充满自信："那我也比金运昌强，他懂什么？就知道搞些形象工程。等着吧，等有一天我当上市长，一定会让宁滨成为一个高科技的智慧型的现代化城市！"

梅颖撇嘴笑笑："等你当上市长，还不定等到什么猴年马月呢！"

陈宇不服气地说："那是他们不识才，把我埋没土里不识金。看人家黄老板，把我了解得这个透彻，千里迢迢登门求贤。我不去归不去，但从心眼儿里佩服人家。"

此时，正在县里调研的郑君毅打来电话，告诉陈宇已经跟财政局打了招呼，今年科技经费不仅不能减少，而且还要增加。要把科技创新和农村振兴结合起来，给扶贫攻坚插上科技先行的金翅膀。陈宇深表赞同，放下手机，自傲地说："这郑书记跟姚力夫不一样，对我那就是高看一眼。为啥？人家明白，科技是第一生产力，人才是第一资源，我的重要性还用说吗，对吧？"

梅颖驾车驶入城中大道："好了，不说了。哎，我看上了一件羊绒大衣，你跟我去商场参谋一下。"

陈宇摆摆手："不行不行，周一开民主生活会，我的发言稿还没写呢。快，先送我回家。"

很快要开民主生活会，党政班子成员都要参加。周亦农坐在家中书房桌前，戴着老花镜，手里拿着笔，一边喝着茶水，一边思考民主生活会发言稿。

吴芳洁端着果盘走进书房，把削好的苹果放到他的面前："吃块苹果吧，挺甜的。"

周亦农没有抬头，吴芳洁在桌对面坐下来："哎，我给你说说儿子的事……"

"别打扰我，回头再说，我正思考事儿呢。"

吴芳洁瞟了一眼稿纸，问道："好不容易过个星期天，又写啥呢？"

周亦农抬起头："郑君毅要开民主生活会，我在准备发言材料。"

"去年不是开过了吗？"

"群众路线教育回头看，重开。"

吴芳洁抱怨道："他事可真多，你也是的，干不了几年就歇了，还那么认真干吗？"

周亦农一本正经地说："民主生活会上大家要开展批评与自我批评，不认真考虑，把握好分寸，那是会影响今后关系的。"

吴芳洁眼珠一转，有了主意："哎，你就照着去年民主生活会上的发言稿，再说一遍不就得了？"

周亦农摇摇头："那哪行呀，郑君毅肯定不干！"

吴芳洁说："那次民主生活会，郑君毅又没参加，他哪知道你讲了什么？"

周亦农想了想，点点头："这倒是。"

吴芳洁嗔怪道："你这脑子跟你儿子一样，一点都不开窍。"

周亦农笑笑，把笔扔在一边，拿过一片苹果："听你的，不写了，儿子什么事？说吧。"

第九章

一

晚上，郑君毅坐在办公桌前，灯下伏案阅批文件。黑色电话座机铃声响起，郑君毅拿过电话，传来潘敏的声音："喂，我是潘敏，君毅，你还好吧？事故处理清了？"

郑君毅告诉妻子："罹难者善后工作已经处理完了，五个重伤员转危为安，其他轻伤员陆续出院。我身体还好，你不要惦念。"

潘敏放下心来，对丈夫说："你儿子创作了一首歌，叫《回家过年》，写农民工的，可火了，都快成网红了。"

郑君毅笑道："这臭小子，还有点小才，你叫他和我说话。"

"他不在，又去会女朋友了。"潘敏问，"春节快到了，这个年你打算怎么过呀？"

郑君毅说："春节我是回不去了，你和儿子到宁滨来，咱们在宁滨过年吧。允喜他们夫妇俩，已经把咱们的宿舍收拾好了，对……"

敲门声响起，郑君毅扭头看了一眼，说："潘敏，我这儿还有工作，不多说了，嗯嗯，晚安。"

郑君毅放下电话，赵云强走进屋。郑君毅把批阅件交给赵云强:"拿去吧,这些群众来信我都作了批示,你告诉机要室,凡是群众给我的来信,必须如数呈送,一件也不得扣压。"

赵云强接过批阅件:"嗳,我知道了。"

郑君毅又拿过另一份材料:"这是中科院一位院士写的文章,讲的是《国际科技创新及我国发展趋势》,写得不错。你让陈宇看一下。民主生活会结束后,请他结合宁滨的实际,给大家上一课。"

"好的。"赵云强接过材料,郑君毅又交代说,"还有,你把去年民主生活会大家的发言材料给我找来,开会时我参考着看看。"

赵云强点点头:"明白,我马上办。"

大年二十九这天上午,市委、市政府党政班子民主生活会按期召开。郑君毅开场说:"我来宁滨一个月了,全市五区八县转了一遍,在这期间听到不少有关干部'四风'问题的反映,省委巡视组也给我们提出了下一步的整改意见。这次党政班子民主生活会,就是针对群众路线教育之后,在'四风'方面存在的问题进行反思,开展批评与自我批评。"

接着大家开始发言,金运昌先说,周亦农随后。郑君毅看着去年民主生活会的原始材料,一边倾听一边参照比对。周亦农发言完毕,端过茶杯喝口水,钟呈祥拿起发言稿。郑君毅摆摆手:"等一下。刚才听了运昌、亦农同志的发言,你们讲得同去年民主生活会上的发言几乎一样,其他准备发言的同志,是否也是这样?"

金运昌看看周亦农,笑笑说:"这次发言当然会参考上次的材料,有点引用、重复也在所难免。"

郑君毅拍拍身边小凳上的原始材料:"大家去年的发言材料都在这里,我比对了一下。运昌同志百分之八十以上是照搬原稿,亦农同志是连一个字都不差,这哪是什么一点引用、重复？"

金运昌、周亦农神情尴尬，众人窃笑，交头接耳。

郑君毅摇摇头，严肃地说："这不行，会不要开了，回去重新准备，明天再开。"

金运昌耷拉下脸："明天就是大年三十了，总不能大过年的我们还开会吧？"

郑君毅沉思未语，会议陷入停顿。少顷，钟呈祥打破沉默："书记，我看不用重新准备了。实际上我们每个班子成员，对自己、对他人还存在哪些'四风'问题心里都清楚。大家不如把稿子放在一边，就事论事，直接开展批评与自我批评。"

朱绍兴表示赞成："我同意，实事求是，当面锣对面鼓，有啥说啥！"

米来顺随声附和："哎，这最好，竹筒倒豆子——干脆利落。"

郑君毅同意了大家的意见："好吧，我们就按呈祥同志的提议，抛开稿子，畅所欲言。一要讲真话，不来虚的；二要联系实际，有的放矢。比如，我们经济发展落后、企业转型迟缓、政府举债过多、营商环境不好、失业工人增多，等等，这些究竟和我们自身官僚主义、形式主义有没有关系？再比如，违反中央八项规定，公车私用、公费旅游、公款吃喝、公务接待超标，等等，这些行为为什么屡禁不止？我们都要深刻反思，认真检讨。"

"好吧，我先说两句。"金运昌脸色阴沉，把发言稿扔在一边，"郑书记，我听明白了，也看出来了，你开这个会，就是冲着我来的！"

郑君毅不禁一怔："运昌同志，你怎么这样想？我们只是为了反思问题，检讨不足，改进工作……"

金运昌打断，冷冷一笑："你不必讲这些好听的，既然牌摊开了，咱就当面说清楚。"

气氛骤然紧张，大家的目光投向金运昌。

金运昌提高调门，发泄心中的不满："我和姚书记搭伙这三年多，宁滨城区大道新建扩宽八横八纵，六座立交桥叠架相连，两条地铁东西贯通，整个城市面貌发生了翻天覆地的变化，这些你难道看不见吗？你总不能老书记刚走，自己走马一上任，就拿着放大镜找砢碜吧？这不是骑在别人脖子上拉尿吗？"

钟呈祥听不下去，予以驳斥："运昌同志，你这么说就不对了。"

金运昌反诘："怎么不对，这不明摆着的事吗？"

朱绍兴当即指出："运昌同志，你作为市长，工作成绩没人否定，但有问题也要坦诚面对。我们纪检委收到的群众来信，对你在'四风'方面还是有不少反映的。"

金运昌不以为然，嗤之以鼻："谁爱反映谁反映，我才不怕呢。我金运昌一不贪污，二不受贿，三不搞女人，你们纪检委可以去查嘛。"

此时，蓝天举起手："郑书记，我可以说两句吗？"

郑君毅点点头："嗯，你说。"

蓝天神色沉稳，两眼注视着金运昌："金市长，我只想问你一句，烟花厂爆炸的那天晚上你在哪里？"

金运昌怔了一下，随即说道："我说过了，我吃了安眠药，在家早早休息了。"

蓝天不慌不忙，娓娓道来："那天下午六点，你陪同郑书记接待省里客人。从宾馆出来你并没回家，而是自己开车去了地产商丁茂鑫的私人会所，直到深夜你还在那里唱歌。所以，当烟花厂发生爆炸时，我打电话向你报告，却找不到你。"

郑君毅闻言震惊不已，与会者面面相觑，一片哗然。

金运昌恼羞成怒，一拍桌子，大声吼道："你胡说，谁说我在丁茂鑫那里，你把他叫来！"

蓝天拿起手机晃了晃："别急，我手机中的画面会说话。"

蓝天走到金运昌面前，亮出手机录像画画："这是你的2号车停在广茂鑫会所门前，还可以听到上边的歌声，下方标明了当时的时间，这应该不会错吧？"

金运昌看着手机画面，顿时哑口无言，黯然失色。

蓝天把手机递给郑书记，郑君毅浏览着画面，问道："运昌同志，这究竟是怎么回事？"

金运昌额头冒汗，耷拉下脑袋："我错了，我检讨。"

二

民主生活会从上午九点，一直开到晚上八点多才结束。周亦农回到家，看到墙边堆放着大大小小的纸箱、礼盒，不由皱起眉头："小芹，我不是告诉你不要收人家送来的东西吗？"

小芹说："姑父，来人叫开门，放下东西就走，我也挡不住呀。"

吴芳洁走过来："是啊，人家送来了，小芹总不能扔出去吧？我看了，就是些烟酒、茶叶、水果、海鲜，没有啥贵重的东西。"

小芹接过公文包，周亦农沉着脸走进屋，环视房间，问道："乐乐呢？"

"又在机关加班呢。"

夫妻俩在餐桌前坐下来，小芹摆上碗筷。吴芳洁念叨着："我告诉乐乐了，你为他说了话，万远鹏答应把他调到城建局，安排个正科，你猜怎么着，他还不愿去。"

周亦农鼻子哼了一声："傻小子，回头我跟他谈谈。"

"你们的会开完了？"吴芳洁问。

周亦农叹道："会是开完了，唉，全砸锅了。"

吴芳洁两眼望着丈夫："怎么了？"

周亦农用筷子指点着妻子："都是你给我出的馊主意，哼。"

"我？"妻子不解。

"可不是你，我准备发言稿吧，你说不用，让我照着上次的发言稿再说一遍。结果呢，人家郑君毅早把去年的发言材料找来了。一边听我发言一边比对，嘿，我是一字不差。他也不讲情面，当场揭穿，这个让我下不来台。"

吴芳洁捂着嘴"咯咯"笑起来，周亦农摇着头："还笑呢，我这还是好的，老金可就惨了。烟花厂爆炸那天晚上，怎么也找不到他，蓝天今天揭了底，原来老金在一个老板的私人会所喝酒唱歌呢。"

吴芳洁睁大眼睛："哟，这事可就大了。"

"是啊，"周亦农奚落道，"大伙儿在会上对老金那个批评，我看他寒碜得恨不得钻到地缝去。啧，这个老金，都啥时候了还闹出这事。"

吴芳洁问道："这么一来，他这个市长还能干下去吗？"

周亦农沉吟道："谁知道，我看悬乎。"

吴芳洁转过话题："不说你们的事了，明天大年三十，咱们去北京老爷子那里过年，你跟机关说换个面包车吧，不然东西放不下。"

周亦农点点头："嗯，这好办，一会儿我跟车队说。"

金运昌会上挨了批评，心里越想越气。回到办公室抓起电话，把丁茂鑫臭骂一通。金运昌恨恨地说："你个王八蛋，尽给我坏事，我去你那喝酒，外人怎么会知道？肯定是你一张臭嘴到处显摆，等过年回来我再跟你小子算账！"

丁茂鑫靠在床头接听电话，林丽娜依偎在他胸前，他哭丧着脸说："大哥，我对天向您发誓，除了林丽娜知道，我真没跟别人说。要是我说了半个字，出门就让车把我撞死！"

金运昌恼怒骂道:"事都出了,你发誓有个屁用?你还想缓交土地出让金,做梦去吧。过了年我就叫土地局找你,一分不少地给我交上来!"

丁茂鑫急了,一把推开林丽娜,恳求道:"大哥,金市长,求您了,千万别这样,我这资金链一断,非得跳楼不可,市长、市长……"

金运昌挂断了电话,丁茂鑫把手机狠狠地摔在床上。林丽娜惊诧地:"怎么了?"

丁茂鑫两眼盯着林丽娜,厉声质问:"那天金运昌过来喝酒,就咱俩陪他,是不是你说出去了?"

林丽娜噘起小嘴:"我才没说呢。什么就咱俩陪他?你还找了两个歌厅小姐,装成公司的人陪他喝酒唱歌。还有厨师、保安,知道这事的人多了。"

丁茂鑫大声吼道:"你给我去查,把泄密的人找出来,都他妈的给我开了!听见没有?!"

林丽娜眼珠一翻:"你跟我这么凶干吗?"

丁茂鑫缓下口气:"丽娜,金市长为这事翻脸了你知道吗?过了年就要逼着咱们交土地出让金,我能不着急吗?"

林丽娜整理着衣衫起身下床,抱怨道:"你好好说不就得了,大吼大叫的,对我凶得像个老虎,在市长面前像个三孙子……"

林丽娜一撩散发,扭着美臀走出屋去,丁茂鑫望其背影大喊一声:"我求他们的时候是三孙子,可我点钱的时候就是爷爷!"

金运昌站在办公桌前,依然余气未消,气呼呼地对小苗说:"你记着,告诉吕江,过了年叫丁茂鑫马上把土地出让金交上来!"

小苗答应着递过大衣,金运昌穿上走出屋去,小苗拎包紧随其后。

走廊里,于涛迎过来:"市长,这就走?"

金运昌边走边说:"嗯,我回省城,过年期间政府有什么事,你多经心吧。"

"嗳,机关值班我都安排好了,你放心吧。"于涛又说:"市长,还有个事得向你请示。市委办发了通知,除了值班车,春节期间所有公务车一律封存。可万远鹏回老家需要用车,周亦农去北京也找我要车,我又不好说不行,您看……"

金运昌不假思索,一口答应:"不就是过年用个车嘛,给他们。"

"好的,我过年在机关值班,也需要留下一辆。"

金运昌不耐烦地:"你是秘书长,这点小事不用问我,你自己看着办吧。"

汽车停在楼前,小苗拉开车门,金运昌坐进车里。于涛拱拱手,笑嘻嘻地说:"市长,给您和嫂子拜年了!"

金运昌挥挥手:"好好,互拜了!"

小苗坐到副驾驶座上,于涛叮嘱司机:"道上有雪,天黑路滑,车开慢点。"

司机答应着一踩油门,汽车疾驶而去。

三

天际泛白,晨光熹微。

万远鹏驾驶汽车行驶在高速路上,妻子和女儿坐在后座。

宋彩荣把剥开的橘子放在万欣手里:"欣欣,妈有一件事,就等着你过年回来跟你说呢。"

万欣笑笑,把一瓣橘子填进母亲嘴里:"您不说,我也知道,准是又给我介绍对象,对吧?"

万远鹏笑道:"没错,你妈就是惦记着这件事。"

"我给你介绍了那么多对象,你一个都看不上,这回你保准满意,你看。"宋彩荣划开手机,点出相册中的一张照片:"他是我们省行高行长的儿子,二十八了,硕士,金融专业,留英海归,刚安排到中行工作,怎么样,人挺帅吧?"

万欣瞟了一眼:"嗯,是不错,可我已经有男朋友了。"

宋彩荣感到意外:"有了?你啥时谈的?咋没听你说呀?"

万欣笑着说:"这不过年回来,正想跟您和我爸汇报呢。"

万欣拿出手机,点出郑志的照片:"形象怎么样?比那高行长的儿子更有气质吧?"

宋彩荣仔细看着照片,面露满意之色:"他叫什么?哪里人?干啥工作?"

万欣说:"他叫曲波,家在省城,文艺工作者,搞歌曲创作。"

"这倒和你职业相近,多大了?"

"二十八了。"

"年龄倒也合适,他家有什么人?"

"父母,只有他一个儿子。"

"他父母做什么工作?"

"他妈我不清楚,他爸在省直机关。"

万远鹏忙问:"在省直哪个部门?干啥工作?"

万欣想了想:"好像在研究部门工作,是个调研员吧。"

宋彩荣稍有不满:"他爸少说也五十多岁了,才当个调研员,我们高行长那是正厅呢。"

万欣不以为然:"管他老人是啥级别呢,我找的是他,又不是他爸。"

宋彩荣振振有词:"他爸职务越高,家庭环境越好,接受教育的程度也不一样。这孩子呢,就越有发展前途。"

万欣反驳道:"那可不一定。我爷爷有啥职务?农民。我爸在农村家庭环境好吗?贫困户。我爸还不是照样当副市长?对吧，爸？"

万远鹏得意扬扬，笑而不答。

宋彩荣抿嘴一笑："像你爸这样的有几个？"

万欣嘴不饶人："就这么一个，还让您找上了。"

宋彩荣拍了女儿一下："你这孩子。"

实际上，万欣也没有告诉郑志，自己父亲是宁滨市的副市长万远鹏。只是说"母亲在银行上班，父亲是搞城市建筑的"，郑志一直以为她的父亲在建筑设计院工作。说起万远鹏，那还真是一个贫苦农民家庭的后代。他是老大，母亲在生第二个孩子时难产身亡。父亲没有再娶，他七岁上便跟着父亲下地割草上山放羊。父亲不幸身患胃癌，乡村缺医少药，未得及时治疗，不久撒手人寰。二叔、二婶把远鹏当儿收养，后来二叔走了，他与二婶相依为命。在那艰难的岁月，二婶省吃俭用供他念书。万远鹏天资聪颖，刻苦勤读，依靠国家奖学金，完成大学学业。他当了干部不忘二婶恩德，将老人接到家中，对二婶像亲娘一样精心赡养。二婶过世后，每年大年三十这一天，万远鹏都要带着妻子女儿，先到二叔、二婶坟墓祭奠，然后再去父母坟上。在万欣眼里，父亲忠孝两全，才能出众，始终是自己心中的偶像。万远鹏也十分疼爱这个漂亮女儿，从小严格要求谆谆教诲，期望她有所作为，将来过上幸福生活。如今女儿已有男友，自然感到高兴。

万远鹏对女儿说："我和你妈只是为你参谋一下，婚姻大事还是你自己定。等你们谈得差不多了，领回家来，让我们看看。"

万欣自信地说："爸、妈，你们见了保准满意！"

正说着，前方一辆大卡车并道驶入，万远鹏猛然脚踩刹车，妻子女儿手抓座背，身体前倾后仰。

宋彩荣惊呼："哎哟，你开慢点！"

万远鹏回头笑道："没事，我开车，你放心。"

四

周乐驾驶着一辆高级面包车奔驰在京宁高速上。周亦农夫妇坐在后排,说了一会儿话,周亦农便合上眼头靠座背昏昏睡去。路上车不多,经过六个多小时的行程,终于回到了父亲周文重在北京的家。

周文重是位老干部,刚刚过了八十五岁的生日。他1947年参加革命,20世纪六七十年代当过县委书记、地委书记,80年代调到中央某部担任副部长,1994年在京离休。后来老伴病逝,有个远房亲戚刘姨在身边照顾生活。周亦农逢年过节便来京看望老人,有时周文重也到宁滨儿子家中住些日子,生活过得倒也安逸。今天早早地就在等待着儿子一家回来过年,直到下午快四点了才全家团聚。

吴芳洁和乐乐下了厨房,帮着刘姨准备年夜饭,周亦农则陪着父亲坐在客厅说话。周文重关切地询问郑君毅到宁滨之后的工作情况,周亦农向父亲一一作了汇报,特别谈到了金运昌的事。周文重感到忧虑:"如果是这样的话,君毅要想打开局面就很困难了。"

"是呀,"周亦农苦笑道,"他俩尿不到一个壶里,我被夹在中间难受得很呢。"

刘姨不让吴芳洁帮厨,她回到客厅坐到丈夫的身边。

周文重正色道:"君毅的做法是正确的。亦农,你应该站在君毅一边,坚持原则,分辨是非,从思想上积极帮助运昌同志。"

周亦农感到为难:"话是这么说,可到了事儿上哪里好掰开面子?"

周文重批评说:"哎,只顾面子,不讲原则,总想当老好人,那你就不对了。"

吴芳洁端壶续水,插话说:"爸,实际上人家老金对亦农不错,曾亲口向亦农许诺,姚书记退了,如果他接书记,就让亦农接市长。可郑君毅一来,这事吹了。"

周文重沉下脸来:"他让亦农接市长,他能代表省委吗?简直是一派胡言!"

吴芳洁还想解释:"人家老金也是好意……"

周文重一拍沙发:"好个屁!这完全是目无党纪,私下封官许愿的错误行为。"

周亦农瞪了妻子一眼,吴芳洁吐吐舌头,坐下不再言语。周亦农连忙打圆场:"爸,我当时就看出来了,这不过是老金笼络人心的手段,谁接市长,他金运昌说了也不算。"

周文重缓下口气:"对嘛。"

周亦农摆出一副淡然的姿态:"爸,我呢,五十七了,也没啥想法了。我这个常务副市长最多干到明年初换届,不是去人大、政协,就是挂个闲职等着到点退休。这样,我也就可以平安着陆,万事大吉了。"

周文重引起警觉,问道:"什么叫平安着陆?"

吴芳洁解释说:"就是平安退休,没犯啥事呗。"

周文重锐利的目光盯着儿子:"亦农,你还有什么不安心的事吗?"

周亦农一怔:"我?爸,看您……"

周文重忧心忡忡:"跟我说实话,你不会像有的人那样,晚上连觉也睡不安稳吧?"

周亦农不悦地:"爸,看您想到哪里去了,我是那种人吗?我是您的儿子,您还不了解我吗?"

吴芳洁连忙解围:"爸,这么多年,一是您教育得严,二是亦农自己管得紧。我敢保证,凡是不该拿的钱,亦农从来没收过。最多逢年过节，收了点土特产品。"

周亦农补充说："那是过去。自从中央有了八项规定，我是什么礼品也没收过。今年过年人家送的年货，我都叫秘书退回去了。"

周文重点点头，放下心来："这就对了。亦农啊，千万不能有'船到码头车到站'的想法，你要跟上形势，跟上时代。你看，党的十八大之后，中央正在狠抓党的作风转变，教育全党筑牢思想防线，保持党与人民群众的血肉联系，这非常重要啊。你越是快退休了，越要抓紧时间，多为百姓做些事情。你要记住我的话，存志守恒，终生无悔啊！"

周亦农连连表示："爸，我一直在按照您的话去做，您就放心吧。"

这时，周乐走进屋，大声招呼着："爷爷，爸妈，年夜饭都准备好了，请入席吧。"

"爸，您请吧。"周亦农上前搀起父亲。

周文重笑呵呵地站起来："好，我们过年！"

第十章

一

潘敏是大年三十的下午才来到宁滨的。她的堂妹潘美娟一家住在这座城市，妹夫冯允喜在城建局工作，官不大是个小科长，权不小负责项目审批。一大早，夫妇俩便把孩子送去了姥姥家，二人来到郑君毅三室一厅的宿舍，把这套领导干部周转房收拾干净，贴上春联。然后洗鱼、炖肉、剁馅、和面，忙着准备年夜饭。冯允喜开车把潘敏从火车站接回家，他说，姐夫惦念着烟花厂罹难者家属，带着年货到家慰问，完了事才能回来。他忙得很，来宁滨一个多月了，我们只见过一次面，还是在他办公室，只有十分钟。

晚上七点多钟，郑君毅走进家门。潘敏迎上去，郑君毅笑着说："老伴儿，我们终于又见面啦！"

潘敏上下打量着丈夫："你身体还好吧？"

"你看这不是挺好的吗？"郑君毅环视房间，问道："儿子呢？"

潘敏说："他下午有个活动，演出完了就赶回来。"

郑君毅与潘敏在餐桌前坐下来，美娟端来饺子馅："姐夫，三鲜馅，猪肉、虾仁，还有香菇，搁了一点韭黄提味，您看行不？"

郑君毅看看饺子馅，闻了闻："真香啊，我和你姐都吃过你包的饺子，错不了！"

允喜拿来面板、盖帘、面团和擀面杖："我来擀皮。"

"好，我们一块儿包。"郑君毅洗过手，坐回来对妻子说："你不在这儿，这家都是他们俩帮我收拾好的。早就想和他们一块儿坐坐，一直没有抽出工夫，允喜、美娟，对不起啊。"

潘敏笑道："跟他们还客气啥，自家亲戚又不是外人。"

"就是，"美娟喜滋滋地揪着面剂子，"我跟允喜干点活儿还不应该的嘛。姐夫，我们都知道您忙，这不，今天过年就见到您了。"

郑君毅转向允喜："哎，允喜，我来宁滨之后，你都听到一些什么反映呀？"

允喜擀着皮随口应付："嗯，挺好的。"

郑君毅拿过面皮包着饺子："啥叫挺好的？实话实说嘛。"

冯允喜看看美娟，美娟说："姐夫叫你说，你就说呗。"

允喜坦言道："姐夫，还真听到一些议论，人家都不知道我和您的关系，所以呢，他们说话也不避讳。"

郑君毅点点头："这好，这样才能听到真话，说说吧。"

允喜接着说："听到议论最多的是，前头走了个卖汤圆的，后边来了个卖大盐的。"

郑君毅不解："什么意思？"

允喜解释道："过去的姚书记'卖汤圆'又软又圆，新来的郑书记'卖大盐'又硬又咸(严)。"

郑君毅听了哈哈大笑。

潘敏说："人家姚书记待人温和，不像你那么较真，不讲情面。"

美娟接过话头："姐夫，这干部们呀，都散漫惯了，你猛地一管严实，还真有些受不了呢。"

"可不是的。"允喜绘声绘色地说着，"书记市长没本事，稀松二五眼，干部们看不起你；你真是动真格的，拉开架式干事业，有些人又不愿跟着你费力气。虽说嘴上跟着喊为人民群众谋利益，可到事上都打自己的小算盘。就说这年终奖吧，大伙儿也知道财政一时困难，不是不发而是缓发，先把钱补发拖欠下岗职工的工资了……"

郑君毅用心倾听："嗯嗯，对呀。"

"有的人可不这么说。"

"他们怎么说？"

允喜口无遮拦，实话直说："说啥难听的都有，什么市委不关心干部生活了，什么人家是市委书记口袋不缺这点钱了，什么自己贪够了又买老百姓的好了……"

郑君毅沉下面孔，美娟见状连忙打断："允喜，快把饺子收了，再拿个盖帘过来。"

美娟使个眼色，允喜应声端走盖帘上的饺子，美娟拿过抹布擦着桌子："姐夫，万人万张嘴，唾沫星子淹死人。大过年的，甭听这些恶心人的话，说您好的人还是多，您可千万别生气。"

"怎么会呢？"郑君毅淡然一笑，"一会儿吃饭，我接着听允喜说。"

这时，潘敏的手机铃声响了。郑志打来了电话，说已到市委宿舍大院门口，潘敏忙叫允喜去接。不一会儿，允喜提着行李箱，带着郑志走进家门。

郑志脱下羽绒服，便和父亲一个熊抱："爸，好想您啊！"

郑君毅拍着儿子的臂膀，咧嘴笑道："臭小子！爸也想你呀！"

潘敏召唤着："儿子，快坐沙发来，跟你爸说会儿话。"

郑志与娟姨打过招呼，跟父亲坐到沙发上，美娟端详着郑志:"真是个大帅哥啊,一看就是文艺工作者的范儿!"

郑君毅看着郑志戴的帽子:"啥时买了这么一顶帽子?"

"新买的,八角作家帽,好看吧?"

郑志摘下帽子递给父亲,郑君毅夫妇望着儿子的发型,顿时瞠目结舌。郑志脑袋两侧光亮,只有中间长发背向脑后,还留有一个小辫。

允喜"咯咯"笑着:"你这头……真滑稽。"

郑志看看爸妈,嘿嘿笑道:"今天为了参加摇滚乐队的演出,才理的。"

郑君毅皱起眉头:"你怎么能理这样的头?"

郑志反问:"我为什么不能理这样的头?"

郑君毅板起面孔,质问道:"节后你就这样去上班?嗯?就不怕同事们笑话?"

郑志满不在乎地说:"这都啥年代了,谁笑话?我们又不是党政机关。"

郑君毅拍着沙发:"可我这是市委宿舍!"

郑志小声嘟囔:"天这么黑,我又戴着帽子,谁能看得见?"

潘敏连忙劝阻:"行了,郑志,你少说两句吧。"

郑志低下头,郑君毅生气地说:"明天,我还想带你出去转转呢,你这个样子,我怎么带你出去?"

"我不跟您出去转,行了吧?"郑志又回一句。

郑君毅手一挥:"不行,吃了饭你就去理发,剃个光头算了。"

允喜背后捅捅郑志,说道:"姐夫,这大过年的,理发店早都关门了,上哪儿去剃头呀,过了年再说吧。"

郑君毅不容置喙:"你去,给我找个推子,我给他剃!"

郑志脖子一梗:"我不剃,您不待见,我今晚就回去!"

郑君毅指着儿子,喝道:"你敢!"

潘敏拉着丈夫胳膊:"哎呀,你们爷儿俩,不见就想,一见就呛，连个年也过不好……"

这时，郑君毅手机忽然铃声响起，允喜连忙递上。郑君毅接听电话："喂，我是郑君毅，呈祥啊……什么？于涛撞车了？"

郑君毅大惊，众人瞬间安静，目光注视着郑君毅。

"嗯，嗯嗯，我知道了，我马上过去！"郑君毅挂断电话，对潘敏说："政府秘书长于涛撞车了，情况很严重，正在医院抢救，我去看看。"说着，郑君毅站起身来。

年夜饭已经上桌，潘敏说："让娟先给你煮上饺子，你吃几个再走。"

"我得赶紧过去，你们吃吧，允喜，你开车送我。"

冯允喜答应着连忙穿上外衣。

郑君毅回头看了一眼郑志，从茶几上抓起八角帽扣在他的头上："你老实给我在家待着，哪也不许去！"说完，急匆匆地走出家门。

潘敏看着儿子，埋怨道："你也是的，跟你爸呛呛半天，他啥也没吃呢，空着个肚子就走了。"

郑志懊悔地摇摇头："谁知道为我这么个头惹他生气？"

潘敏轻叹一声："唉，这事闹得……"

二

郑君毅很快赶到了市人民医院，在一间会议室，钟呈祥、赵云强向他汇报了于涛发生车祸的情况。大年三十下午，于涛把司机打发回家过年，自己开车回到郊外老家，同父母妻儿还有兄弟姊妹们一块吃年夜饭。于涛有点酒量，平时工作忙回来不多，一大家人聚在一起又逢过年，自然喝了不少酒。他觉得过年路上车少，又无交警查车，吃过饭仍自己开车返回市政府值班。乡间公路狭窄，途中一辆小货车对面疾驰而来。于涛连忙刹车闪让，情急之下误踏油门，汽车猛然冲向路边一棵大树。于涛头撞前窗顿时昏迷，右腿卡在驾驶座里血流不止。交警闻讯赶来，才把他拖出车外送往医院。由于伤势非常严重，大夫们正在手术室进行抢救。

郑君毅心情沉重，他问赵云强："市委办不是已经下发通知，过节期间所有公务车一律封存吗？"

赵云强说："我问了政府车队，周亦农、万远鹏、于涛所用公务车没有封存，是经金市长批准同意的。"

这时，李院长走进屋，向郑君毅报告："书记，我们尽了最大的努力，于涛同志的命是保住了，但右腿截肢了。"

郑君毅深感震惊，沉默少顷，他嘱托钟呈祥做好于涛家属安抚工作。同时叮嘱李院长继续积极治疗，防止伤口创面感染，有何情况及时报告。

郑君毅已无心回家过年，从医院出来直接回到了市委机关。匆匆吃了几个允喜从家送来的饺子，便坐在办公桌前，冷静思考事情如何处理。郑君毅虽然来到宁滨工作时间不长，却与金运昌产生了很深的矛盾。他原以为，尽管金运昌和自己观念、发展思路不同，至少他还是想干事的，也有一定工作能力。可以通过耐心引导，逐步形成共识，团结带领大家把宁滨的发展搞上去。但金运昌对中央八项规定置若罔闻，屡踏禁区，这让郑君毅感到不能容忍。金运昌到丁茂鑫私人会所喝酒唱歌，烟花厂爆炸贻误指挥，事后欺骗组织，造成恶劣影响。刚在民主生活会上做了检查，承认了错误，表示今后一定改正。可回过头来，便无视市委春节期间封存公车规定，擅自开了口子。导致于涛公车私用，酒驾发生车祸，酿成右腿截肢的恶果。郑君毅打算节后一上班，立即向肖书记当面汇报，请省委考虑金运昌是否还能继续担任市长的问题。

这时，赵云强走进屋，向郑君毅亮出手机网闻："书记，你看，网上已经曝光。今晚，宁滨市政府秘书长于涛公车私用，酒后驾车发生车祸。据悉，于涛伤势严重，右腿已经截肢……书记，消息很快就会传开，肯定在社会面造成恶劣的影响。"

郑君毅双眉紧锁，当即决定："事不宜迟，我马上去省城，明天向肖书记当面汇报！"

郑君毅给妻子打个招呼，带着赵云强连夜赶赴省城。第二天上午，省委书记肖国华在家听取了郑君毅的详细汇报。肖国华神色凝重，思忖片刻，对郑君毅说："金运昌同志一再违反中央八项规定，问题是严重的，我认为他已经不适合继续在宁滨工作。如果免去金运昌的职务，那么市长由谁来接呢？是省委选调一位同志过去，还是从你们党政班子中选拔产生？"

郑君毅考虑自己刚去宁滨不久，正在熟悉情况，认为还是在当地选拔一位市长为好，这样有利工作大局。肖国华表示同意，并对郑君毅的发展思路和工作重心予以肯定。肖国华说："我们就是要树立以人民为中心的发展观，紧紧抓住党的建设这个牛鼻子，坚定信念，正风肃纪，锐意改革，加快发展。也只有这样，才能从根本上扭转宁滨的被动局面。"

郑君毅手拿笔本，边听边记。

肖国华强调："选什么人、用什么人，是党政治生态的具体体现，是党的事业成败的关键。我们一定要按照习总书记选拔干部的五条标准，选出一位让人民满意的好市长！"

从肖书记那里出来，郑君毅没有马上回宁滨，因为近日要开省委常委会，需要他列席会议汇报有关情况。初三晚上开的省委常委会，初四潘敏和儿子回到省城，而郑君毅未见潘敏和儿子的面，又立即赶回了宁滨。

郑志本想过年期间跟父亲谈谈自己的个人问题，可又偏偏赶上发生了意外事件。晚上，他靠在床头和万欣通着视频。万欣从手机显示屏上看到郑志亮闪闪的大光头，忍俊不禁，调侃说："你怎么成了这样？这三九天的也太清凉了吧。"

郑志苦笑道："嗨，别提了，我参加演唱会，留了个两边平的小辫头，回到家我爸一看就火了，逼着我马上剃了。这大过年的理发店都关门了，我只好通过熟人找了个理发师傅，给我剃了个大光头。"

万欣笑着说："看来你爸还是挺传统的，接受不了你那个性化的发型。"

"没错，你爸妈是否也是这样？"

"我爸开明些，我妈么，倒是有点儿那个……"

宋彩荣恰好走进屋："我怎么了？跟谁打电话呢？"

万欣捂住手机，压低声音："我正和男朋友视频呢。"

宋彩荣凑过来，悄语："我瞧瞧……"

万欣不愿让母亲看到郑志的大光头，连忙关了视频，娇嗔道："妈，看您，您先出去。"

"你爸有话跟你说，打完电话到客厅来。"说完，宋彩荣走出屋去。

万欣与郑志重新恢复视频："刚才断了，嗯，你说吧。"

郑志问："哎，你们那的政府秘书长出事了，你知道吗？"

万欣说："网上看到了，于涛，酒驾撞车。"

郑志透露说："他不光是酒驾，还用的是公车，省纪委要介入调查，听说涉及好几个市领导公车私用呢。"

万欣一怔："是呀？你怎么知道的？"

郑志秘而不宣："这你别问，消息绝对可靠，这回你又有大新闻可写了。"

万欣沉思未语。

郑志呼唤："喂，喂，欣欣，你什么时候回来？好几天不见，我都想你了。"

万欣脸红了，悄声说："我也想你呀，初六我就回去，晚上咱们一块吃饭。好了，我爸叫我呢，就过去一下，回头再聊。"万欣关了视频，走出屋去。

万远鹏夫妻二人坐在客厅沙发上喝茶说话。宋彩荣问："于涛这次出事，秘书长恐怕干不成了吧？"

万远鹏冷冷地说："那是肯定的，少了一条腿，还当啥秘书长？"

宋彩荣感到有些惋惜："于涛人不错，又有才，真是可惜了的。"

万远鹏奚落道："他还想着明年换届弄个副市长呢，这下好了，不仅官做不成了，还要挨处分呢。"

万欣悄悄走过来，坐到父亲一旁："爸，我们过年回老家，你用的是机关的车吧？"

万远鹏点点头："嗯，是的。"

宋彩荣问道："怎么了？"

万欣担忧地说："这是公车私用，于涛出了事，省纪委要来查呢。"

"哟，是呀？"宋彩荣不安地看着丈夫。

万远鹏淡定地说："我知道，公车私用是违反中央八项规定的。所以呢，我用车之前，先给车队交了三百块钱，这最多算是租车私用吧。"

万欣放下心来："噢，这就好。"

宋彩荣笑了："你爸这脑袋瓜聪明着呢！"

万欣给父亲杯中续上茶，笑问："爸，你要跟我说啥事呀？"

万远鹏放下手中的茶杯："哦，我是想和你说，过了节你要回去上班了。我和你妈都不在你身边，你呢，工作起来没时没点的，要注意劳逸结合，身体出了毛病，啥事业也干不成了。"

"爸，我会注意的，过去总熬夜，现在少多了。"

万远鹏接着说:"你在外面搞新闻报道,经常接触社会上方方面面的人。要记住不该收的礼品、酬金千万不能收,更不能搞什么有偿新闻。这是底线,绝不能踩,啊?"

万欣表示:"爸,您早就这样教育我,我把握着呢,您就放心吧。"

宋彩荣接过话说:"你爸是怕你买房子缺钱,不小心惹上麻烦。现在你有男朋友了,婚事迟早要办,我和你爸商量,给你在省城买套房,钱我们出。"

万远鹏交代说:"房子可以买大些的,宽敞点,今后我和你妈去看你,也好有个地方住。"

万欣高兴地搂着母亲的肩膀:"谢谢啦。爸、妈,等您们都退休了,就跟我们住在一起,我来伺候你们!"

三

春节过后第一天上班,金运昌原本安排召开市政府常务会议,研究调整市重点投资项目。会议室里,金运昌的位置空着,周亦农等各位副市长依次而坐等着开会。

周亦农问:"老万,听说于涛出事了?"

万远鹏点点头:"嗯,大年三十晚上,酒驾撞了车。"

陈宇插话:"你还不知道呀,几天前网上就传开了。"

周亦农解释说:"我刚从北京回来,昨晚上才听说。"

陈宇撇嘴一笑:"我说周市长,你也学学电脑,每天上网看看新闻,那消息可快多了。"

周亦农不屑地:"上网谁不会呀,我是不愿意耽误工夫。"

陈宇晃悠着手机,嘲弄道:"别给自己找理由了,新科技马上进入5G时代,赶快跟上现代潮流吧。不然,可就端午节贴春联——晚喽。"

周亦农脸上挂不住了，反讥道："别以为懂点科技就你行，我当年引进高科技项目的时候，你还没走出大学的门呢，哼。"

万远鹏忙转话题："啧啧，说于涛呢，你们扯哪去了。哎，蓝天，你不是去看于涛吗？快说说，现在是啥情况呀？"

蓝天沉静地说："一会儿吧，等金市长来了，我把情况给大家汇报一下。"

周亦农看看手表："都过半个钟头了，老金怎么还不来？"

一名工作人员推门走进，报告说："各位领导，上午政府常务会取消，十点召开全市领导干部会议，请大家准时参加。"

全市领导干部会议在市委召开，数百名正县级领导干部坐满会议大厅。周亦农等市级领导台下前排就座，郑君毅、钟呈祥和省委组织部张部长坐在主席台上。首先张部长宣读省委决定，免去金运昌的宁滨市委副书记、市长职务，新市长人选将从现有党政班子中选拔产生，依法按相关程序进行。与会者神情各异，交头接耳，窃窃私语。郑君毅接着讲话，在表态拥护省委决定之后，对于涛发生车祸的前因后果作了说明，警示各级领导干部必须以此为戒，认真吸取教训，严格遵守中央八项规定，坚决杜绝此类事件再次发生。

一石激起千层浪。新市长将从现有党政班子中产生，人们揣摩着、估量着、盘算着，这个人会是谁呢？

散会之后，周亦农一回到办公室，马上拿出五百块钱交给秘书小秦，让他去车队把车费交了。小秦说不用，不就是用了点油和高速过路费嘛。周亦农不容置喙，叫小秦赶紧去办。这时耿秘书打来电话，通知周亦农到郑君毅办公室去一下。

周亦农心情忐忑地走进郑君毅办公室，两人坐下来，周亦农感叹道："唉，真没想到，于涛会发生这样的事情。"

郑君毅自责地说："还是怪我，市委办发了通知，要求过年封车入库，如果我要求检查一下落实情况那就好了。"

周亦农不安地说："我也有疏忽，过年去北京看老爷子，借用了机关的公务车，尽管我给车队交了费用。"

郑君毅没有深究，询问老领导周文重近况之后，转入正题。叮嘱周亦农主持市政府工作，要加强机关干部管理，不能有任何懈怠放松。要抓紧调整市重点投资项目，尽快腾出资金，投入企业转型升级，农村扶贫攻坚。周亦农表示一定按照郑君毅指示精神，把各项工作落到实处。最后郑君毅就谁来接任政府秘书长，征询周亦农的意见。周亦农想了一下，笑笑说："这个么……我还真没考虑，你定吧，谁来我都欢迎。"

周亦农回到办公室，踱步沉思，心中暗自琢磨。新市长人选从现有党政班子中产生，若论资历副厅时间属我最长了。郑君毅对我知根知底，让我和他搭伙那是再合适不过。再说，郑君毅曾是老爷子的秘书，这点面子他是不会不给的。周亦农忽然眼前一亮，停下脚步抓起电话，告诉吴芳洁下班早点回家，他有要事相商。

吴芳洁下班急急忙忙地赶回家，走进家门，只见周亦农坐在沙发上闷头沉思。吴芳洁放下包，坐在一旁："你一个电话，我下了班紧往家赶，有啥急事呀？"

周亦农不慌不忙地说："于涛出车祸了，截了一条腿。"

吴芳洁松了口气："我今天一上班就听李院长说了，人们议论纷纷的，你叫我就为这事？"

周亦农摇摇头："金运昌被免职了，上午宣布了省委的决定，省里不派人来了，市长将在我们党政班子中选拔产生。"

"这是好事呀，"吴芳洁来了兴趣，问道，"你有希望吗？"

周亦农笑笑，分析道："希望是有，但没把握。钟呈祥是市委副书记，原先在省委组织部工作，年龄比我小五岁，又和郑君毅走得挺近，他是不会放过这个机会的。"

吴芳洁不以为然："他和郑君毅再近，还有你近吗？郑君毅跟过老爷子不说，早年还对他有提拔之恩，到了事上，他的胳膊肘总不会往外扭吧？"

周亦农点点头："我想也是，所以我想让你明天去趟北京，把老爷子请来，跟郑君毅好好谈谈。"

吴芳洁思忖着："我去可以，可咱们刚从北京回来，跟老爷子怎么说呢？让老爷子专门过来，为你去跟郑君毅说好话，他才不会来呢。"

周亦农已有主意："我已经想好了，你就这么说……"

吴芳洁第二天便来到北京，她对老爷子说，这次来北京，是邀请专家到宁滨给患者会诊，同时接老爷子去宁滨住些日子。

周文重说："咱们刚见了面，等到天气暖和了，我再过去吧。"

吴芳洁早有话等着："亦农说，您的神经性皮炎又犯了。正好长春来了一位有名的老中医，在宁滨济世堂行医接诊。人家有祖传秘方，说是药到病除。"

周文重有点心动："这么神，不会是吹牛皮吧？"

"爸，人家好多人都治好了。"吴芳洁劝道，"我是学医的我知道，这神经性皮炎是免疫系统出了问题，光抹西药膏治标不治本，得用中药进行调理。这位老先生就在宁滨坐诊半个月，亦农说一定请您过去看一看。"

刘姨也在一旁劝说："既然都联系好了大夫，芳洁又来接您，您就去瞧瞧呗。不然每天刺痒，您晚上连觉也睡不好。"

周文重终于点头答应，让刘姨备好所需随身物品，第二天便跟着吴芳洁坐车去了宁滨。

第十一章

一

在郑君毅的办公室，赵云强、韩广仁坐在长沙发上，郑君毅坐在单人沙发上与他俩谈话。

郑君毅说："现在，你们二位都是秘书长了，云强在市委，广仁到市政府。希望你们俩相互配合，携手并进，努力开创办公室工作的新局面。"

赵云强、韩广仁手拿笔本，边听边记。

郑君毅接着提出要求："我曾在省委办公厅工作，深知秘书长不好干啊。既要站位高、谋大事，又要上传下达，协调四方。辛苦不说，有时还会受到一些莫名其妙的委屈。作为一名合格的秘书长，不仅要有信念、胸襟、谋略，还要严格自律，敢于担当。这里最重要的是敢讲真话，尤其对我，我哪些地方做得不妥，你们要直言纠正，我保证闻过则喜，绝不翻脸，啊？"

赵云强、韩广仁相视而笑。

这时，耿秘书推开门，周亦农走进屋："书记，你找我？"

郑君毅招招手："来来，亦农，我已经和他们二位谈过话了，广仁同志马上就到你那里报到。"

"欢迎啊。"周亦农笑着坐下来:"广仁,按书记指示办,把市政府办公室的工作干出个样子来!"

韩广仁充满信心:"一定努力!"

郑君毅笑着说:"好,你们去吧。"

赵云强、韩广仁一同离开,耿秘书给周亦农端上一杯茶,带门退下。

周亦农说:"我过年回北京才知道,老爷子得了神经性皮炎总治不好。有一位长春的老中医对治这个病很有办法,正好这几天到宁滨坐堂接诊,我叫芳洁接老爷子过来看看。"

郑君毅问:"老人家什么时候来?"

周亦农说:"昨天下午已经到了,今天芳洁带他去看病。晚上呢,老爷子请你到家吃个饭,想和你好好叙谈叙谈。"

"好啊。"郑君毅欣然答应,"晚上我不安排事了,咱们一块给老人家接风!"

中午,周亦农高高兴兴地回到家,周文重看病已经回来。吴芳洁告诉丈夫,给爸抓了不少的中药,她已交代医院制成汤剂,以便于老人家服用。

周亦农走到客厅,坐到父亲对面,说:"爸,郑君毅知道您过来了,晚上来看您,在家一块吃个饭。"

周文重点点头,问道:"亦农,我听芳洁说,金运昌调走了?"

"是的,省委免去了金运昌的职务,鉴于他所犯错误,给予他党内严重警告处分。"

周文重又问:"金运昌离开了,谁来接任市长呢?"

"省里不派人来了,市长在我们现有党政班子成员中产生。"周亦农端过茶壶,给父亲杯中续上茶,自己也倒了一杯。

周文重注视着儿子:"亦农,你是怎么考虑的?"

周亦农不再掩饰,坦露出内心的想法:"我么,副厅九年多了,除了年龄大点,其他条件都不比其他班子成员差,就是轮大襟也该轮到我了。当然，要过民主推荐这一关，但谁也清楚，关键还是得看郑君毅的态度。您知道，省委主要领导在很大程度上会尊重他的意见。晚上吃饭见了面，您不妨跟君毅谈谈，他是您的老下级，这点面子还是会给的。"

周文重一听，心中便明白了，这就是周亦农接他来宁滨的目的。他没有点破，只是淡淡地说："亦农，关于谁当市长，自己不要有太多的想法，啊？一切服从组织的安排。"

周亦农摆出一副淡定的样子："我知道，这么多年我从来不跑官、要官。我是想如果我当市长，肯定能和君毅配合得更好一些，这对宁滨的发展是有利的。"

周文重若有所思，沉思未语。这时，赵云强打来电话，告知周亦农，今晚郑君毅接老领导到他家中吃饭，请周亦农一家都过去。周亦农感到纳闷，周文重笑道："这就对喽，我来了，君毅就该请我吃饭。他到咱家来，不成了我请他了吗？"

傍晚，赵云强亲自带车来接，周文重、周亦农夫妇和儿子周乐一同前往。周亦农一见郑君毅，便埋怨道："说好去我家嘛，怎么又接到你这儿来了？"

郑君毅笑着说："老领导来了，我请他吃饭才对嘛！"

大家相互寒暄，尔后落座。餐桌上摆着八盘菜肴，荤素搭配，以素为主。郑君毅说："老书记，我让潘敏的表妹夫，炒了几个家常菜，您尝尝怎么样。"

周文重拿起筷子点着菜："挺好挺好，这个白菜心拌粉丝、豌豆荚炒肉皮，还有这个大葱炒豆腐，都是我爱吃的。"

赵云强插话说："郑书记亲自拉了个菜单，我们照着办的。"

周文重笑了："君毅当秘书跟了我五年，我喜欢吃啥，他都知道。"

赵云强给大家斟酒，周文重不喝，手把着茶杯："你们喝，我以水代酒吧。"

郑君毅端起酒杯："老书记，我们一块儿敬您，祝您健康长寿啊！"

大家一同敬酒，周文重笑着端端茶杯，算是喝过。

郑君毅给周文重夹着菜，回忆说："老书记向来作风简朴，对自己要求严格。三十年前，我跟着老书记下乡。那天中午在老乡家吃派饭，是白菜炖豆腐和玉米面饼子，按规定我们每人要交四毛钱的饭费。回来的路上，老书记问我饭费交了没有，我说给老乡钱，人家说啥也不要，村干部记上账了，工分上找齐。老书记一听就急了，马上叫车掉头，返回二十里地，把饭费亲手交到老乡手里。我说，书记，这汽车油钱可比饭费贵多了。老书记批评我，油钱还可以省回来，你把党的形象损坏了，是挽回不了的！这件事对我教育很深啊，始终铭记在心。"

周文重感慨地说："千里之堤，毁于蝼蚁。党的十八大之后，中央为什么作出了新的八项规定，就是要各级干部以身作则，继续保持共产党人的本色嘛。"

周乐用敬佩的目光望着爷爷。

赵云强给郑君毅斟上酒，郑君毅端起杯："亦农，这段时间辛苦了，这杯酒我敬你和大嫂。"

周亦农摆摆手："哎，你来宁滨之后对我工作支持很大，我来敬你才对。"

吴芳洁附和道："是啊，亦农回家就念叨你对他的好，还是咱们近呀，我俩一块儿敬你。"

"妈，还有我呢，"周乐端杯站过来。

周文重笑道："你们还客气啥，互敬吧。"

大家一起把酒喝下，周亦农话中有话地说："君毅，在咱们班子里，我虽然年龄大了点，但脑子并不糊涂。市委有你把舵，政府这边我还是能压住阵脚的。我相信，在你的领导下，咱俩共同努力，用不了多久，就一定能打开宁滨工作的新局面！爸，您说是吧！"

周文重知其含意，故意岔开话题："你有这个自信心好啊，但不是靠你们俩，你俩加起来才有多大分量？嗯？要想打开新局面，要靠全体干部和全市人民。"

周亦农还想解释："爸，我的意思是说……"

周文重摇摇头，摆手打断："你不用说了，不准确……不准确。"

郑君毅连忙说："亦农，咱今晚给老人家接风，只叙家常不谈工作，工作上的事咱回头再说，啊？哎，云强，敬酒啊。"

窗外，一弯寒月挂上天边。

屋里，大家边吃边谈。才过半个多钟头，周文重放下筷子，对郑君毅说："晚上吃不下多少东西，我吃好了。君毅，咱俩单独说会儿话，好么？"

郑君毅站起身来："好的，咱们去里屋谈吧。云强，你陪着周市长和大嫂，吃好喝好。乐乐，照顾好你爸妈。"说着，郑君毅搀起周文重，端着他的茶杯，一块儿去了书房。

周亦农不悦地看看妻子，赵云强斟上酒，说："周市长，书记他们说话，咱们接着喝。"

周亦农闷闷不乐，按住酒杯："不喝了，上饭吧。"

赵云强笑着说："这哪行呀，来，我敬您和大嫂。允喜，别忙活了，快过来陪酒！"

冯允喜应声解下围裙，拿双筷子走过来。

赵云强介绍说："他是冯允喜，郑书记的亲戚，在咱城建局工作，项目审批科科长。"

"副的，没啥出息。"冯允喜笑嘻嘻地在赵云强旁边坐下。

吴芳洁来了兴趣："允喜，你们局怎么样？忙吧？"

冯允喜点点头："忙，天天加班。"

"哪个处室轻闲些？"吴芳洁问。

冯允喜想了想："法规科、人事科好一些。"

吴芳洁看着周亦农，沉吟道："嗯，人事科……"

冯允喜问道："大嫂，您有什么事吗？"

周乐岔过话去："妈，冯科长忙半天了，你快让人家吃点饭吧。"

吴芳洁忙说："嗳嗳，没啥事，快吃点东西。"

冯允喜嘴来得快："大嫂，您有事跟我说，我去给您跑腿。"接着端起酒杯："来，我敬您和周市长！"

周亦农心不在焉，侧目望着书房，吴芳洁拉拉丈夫衣角："哎，允喜敬你酒呢。"

周亦农回过头来："好好，喝喝……"

二

周文重与郑君毅坐在书房沙发上谈话。周文重显得有些心事重重，他坦率地对郑君毅说："君毅，这两年亦农的思想有些消沉，只想安身守成，到点退休。最近金运昌调走，他又产生了想接市长的念头。"

郑君毅对此表示理解："亦农做过县长、县委书记，担任副市长、常务副市长也九年了。现在有了这个机会，想接市长这很正常。"

"资历不代表能力。"周文重问道："亦农就算是民主推荐入了围，组织考察过了关，你认为他能挑起市长这副担子吗？"

郑君毅含蓄地说："亦农熟悉经济工作，基层经验丰富，为人处事稳重，也有一定的干部群众基础……"

周文重摆手打断："不说这些，你直接回答我的话，你认为亦农他能挑起市长这副担子吗？"

郑君毅不再回避，坦言道："老书记，亦农挑起市长的担子没问题，但关键是看他挑起担子之后，能不能走得快、走得稳、走得远。"

周文重一拍沙发扶手："哎，这才是关键嘛。"

郑君毅接着说："现在我们已经进入了一个全新的时代，面临着国际、国内诸多尖锐矛盾的严峻挑战。宁滨作为一个沿海开放城市，我们选出的市长应该是——不仅要有坚定的信念、亲民的情怀，而且要有放眼世界的胸襟格局，迎难而上的改革锐气，无畏艰险的担当精神！"

周文重大为赞同："对嘛，要选就选这样的人。你说，亦农具备这样的条件吗？"

郑君毅笑笑说："显然……亦农在这些方面还存在一些差距。"

周文重加重口气："不是一些差距，而是有很大的差距。当然，通过大家帮助和他自身的努力，素质可以进一步提高，差距可以逐步缩小。但形势逼人，拖延不得啊。一个市长跟不上时代的步伐，就会耽误一座城市的未来啊！"

郑君毅频频点头："是的，您说得对。"

周文重郑重表示："君毅，我在这儿跟你讲清楚，亦农的进退去留，一切按照党的原则去办，绝不要顾忌与我的关系。要记住，党把宁滨的重担压在了你的肩上，全市五百万人民的眼睛都看着你呢，绝不能辜负党和人民的期望！"

周文重的肺腑之言，让郑君毅深为感动："老书记，您这么一说，我心里就踏实了，放心吧，您的话我记住了。"

回到家，周文重没有跟儿子说与郑君毅谈了什么，便回到自己住的房间。

周亦农夫妇走进卧室，周亦农坐到小沙发上一脸不快，抱怨道："爸对我的事一点都不上心，我想借这个机会让他为我说句话吧，可你看他，根本不搭我的茬儿，尽说些没有用的。"

吴芳洁坐在梳妆台前梳着头发："我看这叫老爷子聪明。"

"聪明？聪明个啥？"周亦农不解。

吴芳洁转过身说："你想啊，爸做了一辈子的官，正部级退下来，官场的门道啥不清楚呀。你想当市长，他能当着大家的面跟郑君毅直说吗？"

周亦农沉思着点点头："这倒是。"

吴芳洁继续说道："爸即便说也得单独去说，爸说好了也不会告诉你。就算是爸什么也没说，在这个节骨眼上来见面，他郑君毅还不明白什么意思吗？"

吴芳洁一番话，说得周亦农怨绪顿消："嗯，有道理。"

吴芳洁提醒说："今晚上，那个冯科长说城建局人事科还不错，我看就让乐乐去那好了，他从组织部出来正合适。"

周亦农一口答应："行啊，我跟老万说。哎，你去把乐乐叫来。"

"明天再说吧，"吴芳洁指指隔壁，"他正陪着爷爷聊天呢。"

周文重坐在床头，周乐一边给爷爷后背挠着痒痒，一边汇报着工作情况。周乐告诉爷爷，妈妈撺掇着爸爸，要把他调到城建局工作，说是能安排一个正科职位。自己不愿去，已经悄悄地报了名，要到贫困县下乡挂职，参加农村扶贫攻坚，为乡亲们干点实事。周文重对周乐的想法非常支持，鼓励他在乡村的实践中干出一番事业。周乐说，此事还没跟爸妈说，让爷爷为他保密，周文重点头答应。

三

周文重来宁滨一周了，吃了老中医开的方剂，身上皮炎有所好转，至少不那么刺痒了，夜间可以安然入睡。这天是周六，天气晴好。吃过午饭，周文重提出，很久没有到宁滨来了，想让乐乐陪着他到城市周边转转。周亦农欣然同意，马上与赵云强联系，时间不长，市委派车过来，拉着周文重爷儿俩上了路。

汽车沿着城区二环行驶，司机小徐问："首长，您想去哪儿看看？"

周文重似乎早有考虑，手向西一指："去翠屏，到榆树沟乡。"

小徐应声朝翠屏县方向驶去。

"爷爷，去那干啥？"周乐问。

周文重说："我去看个人。"

"您在那儿工作过？"

"没有。"

"爷爷，那里是革命老区，乡亲们生活还很贫困，人均收入还不到千元。"

周文重若有所思地点点头："所以呀，不能忘了他们啊。"

车行一个小时的工夫，进入了翠屏县境，群山延绵，层峦叠嶂，峰耸云天。小徐看着前方榆树沟乡的标示牌，问道："首长，是去乡政府吗？"

周文重说："不，去牛营村。"

"我问一下怎么走。"车在山边停下，小徐跳下车，见一村民骑着自行车迎面驶来，上前招手问路："老乡，牛营怎么走啊？"

村民停下车，回头一指："从前面那条向西的岔口，一直往山里走就对了。"

小徐跑到岔口看了看，回来对周文重说："首长，去牛营要从前面那条小路进山，汽车开不进去了。"

周文重披上大衣："你就在这等着吧，乐乐，咱们走。"

小徐拉开车门，把周文重扶下汽车，周乐身背挎包，搀着爷爷向山前小路走去。

寒风劲吹，林海呼啸，山路陡峭，崎岖不平。周乐给爷爷穿好大衣，搀着他的胳膊缓步前行，周文重喘着粗气走走停停。走到半山腰，周乐扶着爷爷坐在路边大青石上。

"爷爷，歇会儿吧，您喝口水。"周乐从包里取出一瓶矿泉水，拧开盖递到爷爷手中。

周乐问："爷爷，您去过这个村吗？"

周文重摇摇头："没有。"

周乐又问："您要看的是什么人呀？"

周文重喝着水，秘而不宣："一个很好的人，一个我一直想见的人，我们走吧。"

周乐收起矿泉水，搀起爷爷继续向山上走去。

大山对面山间半坡，米来顺和蓝天沿着鹰嘴山崖边小路走来，秘书小王、县委办的小刘跟在身后。

米来顺指着掩映在山林中的村落，介绍说："你都去看过了，这榆树沟的四个贫困村，百分之九十的乡亲生活在贫困线以下。主要是地少、缺水、交通闭塞，就是有农产品也卖不出去。要想改变这种状况，只有易地搬迁，下山另谋发展。你看，北牛营山下那有一片丘平地带，宁滨通向北京的新高铁，将从那里穿过。我们正在建设一座新村，修一条下山公路，把乡亲全部迁居到新村居住。同时，规划建设三个不同类型的创业园，开发绿色产品，安排村民就业。"

蓝天颇为赞许："米书记，这太好了，你的规划实现之后，就能使这四个村彻底摆脱贫困！"

米来顺一脸愁色："好是好，可钱呢？修公路、建新村、办学校、搞创业园，样样都要钱。唉，都快愁死我了。"

蓝天劝慰道："郑书记说了，坚决腾出资金，加大扶贫力度。周市长肯定会跟着转弯子，别发愁，咱一块儿想办法。"

米来顺抱怨道："这个老周，对扶贫这块太不上心，嘴上说重要，事上不撑腰。他要是像你一样支持我，那就好了。"

蓝天笑笑说:"我给你透露个小信息,周市长的儿子叫周乐,在市委组织部工作。我听他们单位的人说,已经批准他下乡挂职了。"

米来顺问:"去哪儿?"

蓝天摇摇头:"不清楚,但肯定是贫困县。"

米来顺眨巴着眼睛说:"你是说我把他要过来?"

蓝天笑道:"为什么不呢?"

米来顺心领神会,跷起大拇指:"嗯,好主意!"

"快去要,不然就晚了。再见吧,我回去了。"

蓝天与米来顺握手告别,老米指着下山的路:"你们顺着这条路往东就出去了,我从西边下山回县里,明天我就去找钟呈祥!"

沿着大山东侧的小路,周乐扶着爷爷慢慢地走着。周文重"呼哧呼哧"地喘息,上气不接下气。

一老农手持镰刀,肩背柴火,迎面走来。周乐上前问路:"大叔,去牛营村还有多远?"

"这东西南北,四个牛营村呢,你们去哪一个?"

周乐看看爷爷,周文重想了想:"哎呀,记不清了,这个村好像姓牛的比较多。"

"这四个牛营村姓牛的都多。"

"最近的是哪一个?"

老农用镰刀朝北一指:"你们看,对面那座山叫鹰嘴山,北牛营就在山崖半坡上。翻过这座山,穿过那道梁就到了。"

周乐轻呼:"哟,还有这么远啊!"

周文重摆摆手:"我们慢慢走吧。"

周乐扶着爷爷,周文重步履沉重地向前迈动。

老农走了几步,又回过头来说:"像你们这个走法,天黑也到不了。"

往前又走了几百米，周文重腿已不听使唤，不由得停下脚步。

周乐随之停下："爷爷，累了吧！歇一会儿。"

周文重点点头，一屁股坐在路边土坡上。

周乐有些担忧："爷爷，您没事吧？"

周文重捂着胸口："胸闷，气短，水。"

周乐忙取出矿泉水，周文重接过喝了两口。

此时，已是残阳西下，一阵阵山风袭来，周乐不禁打个寒战。他看看疲惫不堪的爷爷，顿时心里紧张起来。

周乐不安地说："爷爷，天快黑了，路还很远，不行咱们回去吧。"

周文重闭着双眼，喘息着说："我走不动了，歇会儿再说。"

已是晚上七点，爷儿俩外出还没回来，吴芳洁给乐乐打电话手机关机，不由得心里焦虑起来。周亦农连忙通过赵云强找到了司机，小徐告知周文重已经下了山，正在回家的路上，夫妇二人这才放下心来。

八点多钟，周文重和乐乐回到家，老人饭也不吃，直接回屋躺到床上睡了。周乐坐在客厅，向爸妈叙说事情的经过。原来，周乐正在山间不知所措，恰遇蓝天和秘书小王途经此地。蓝天一看情况，立即决定不能停留马上下山。他蹲下身子背起周文重，小王、周乐前后照应，小心翼翼地原路返回。来到山前公路，天已漆黑，周文重坐上汽车，蓝天才放心离去。

吴芳洁责怪道："你这孩子，让我和你爸急得没法儿，你总该给家里打个电话呀。"

周乐掏出手机说："我也想呢，没有电了。"

周亦农连连摇头，后怕不已："这是遇上了蓝天，赶紧把你爷爷背下了山。要是晚上困在了山里，这大冬天的，不要了你爷爷的命吗？"

周乐一脸沮丧："谁知道爷爷要去大山里呀。"

周亦农问："他去牛营干啥？"

周乐说："他要找一个人。"

"什么人？"

"爷爷没说，他也没有见过，只说是一个很好的人。"

周亦农颇为纳闷，沉吟道："我怎么没听说过呢？爸没有在翠屏县工作的经历，妈又是江苏人，跟这儿也不沾亲带故的，啧，这事怪了。"

吴芳洁催促道："别琢磨那么多了，你快给蓝天打个电话，谢谢人家。"

"对对。"周亦农拿过手机拨打电话。

吴芳洁对儿子说："乐乐，你爷爷上了岁数，以后陪他出去，可要千万小心呢。"

周乐点点头，没再言语。

第十二章

一

这几天，万远鹏心里一直盘算着谁接市长。他是市委常委、副市长，排在市委副书记钟呈祥、常务副市长周亦农之后，知道自己没有什么希望。如果钟呈祥接任市长，周亦农则不动，他依旧还是原职原位；若是周亦农接了市长，他便能前进一步，有望接任常务副市长。所以，他更希望周亦农接任市长。但没想到这次与以往不同，采取的是差额竞选方式，首先进行党内民主推荐，在十四名市党政班子成员中选取前三名。然后，通过组织考察，征询各方意见，提出一名市长候选人报省委常委会研究决定。这让觊觎市长位置已久的万远鹏，争当市长之心油然而生。

万远鹏含而不露，低调行事，摆出一副无意竞争市长的姿态。他对周亦农说，老兄德高望重，阅广资深，政绩有目共睹，市长非你莫属。说得周亦农喜不自禁，提出儿子调去城建局人事科工作，万远鹏满口答应。到了钟呈祥那里，万远鹏则说，周亦农年纪大了，老气横秋，思想保守，干不出什么名堂，你当市长那是众望所归。钟呈祥淡然一笑，没有表态，只是说，谁接市长组织上定吧，我们都干好各自工作也就是了。万远鹏回家也没闲着，一头钻进书房，伏案思考宁滨今后发展愿景。他顺着郑君毅所强调的发展思路，洋洋洒洒写了十大建议，呈送郑君毅参阅。他的建议很快有了批复，郑君毅对其一些建议予以肯定，万远鹏颇为惬意，心里暗自高兴。大会小会，张口便是"认真落实郑书记重要指示"，同时把自己分管的各项工作抓得很紧。

丁茂鑫坐在办公室，愁眉苦脸，满目惆怅。刚刚市土地局来了电话，催促他赶紧缴纳土地出让金，过期不交将收回御都广场的地块。丁茂鑫给万远鹏打去电话，恳求无论如何帮助渡过难关，请他到会所餐叙。万远鹏不愿前来会所，但同意找个茶楼谈谈。

林丽娜坐在一旁嗑着瓜子，瞟了丁茂鑫一眼："要说还是万远鹏有良心，到了事上还能帮你一把。"

丁茂鑫叼着雪茄，沉思着点点头："金运昌走了，今后就靠老万了，他要是能当上市长那就好了。"

林丽娜杏眼一转："你去找天津的牟爷呀，让他跟上边说说呗。"

"找牟爷没问题，"丁茂鑫吐着烟圈，"这得看老万怎么想了。"

林丽娜鼓动说："他肯定愿意，天上掉下的馅饼谁不接着？"

"他吃馅饼是美了，可我得给牟爷捅银子。"丁茂鑫捻动着手指。

林丽娜吐着瓜子皮，戏弄道："赔本赚吆喝的事你才不干，我还不知道你？"

丁茂鑫把雪茄丢进烟灰缸站起身来，绕到林丽娜身后，双手揽过她的肩头，侧脸轻轻亲了一口："宝贝，我至少赚到了你。"

林丽娜撒娇地"哼"了一声，忽闪着一双媚眼，悄声说："晚上早点回来，我等着你。"

"知道了。"丁茂鑫从椅背上拿过大衣走出屋去。

二

丁茂鑫找了一个茶楼雅间，万远鹏如约而至。二人坐在茶案边，丁茂鑫亲自泡了一壶茶，给万远鹏倒入杯中："有名的仙蒲老树白茶，您品品，怎么样？"

万远鹏端杯呷了一口："嗯，好喝。"

丁茂鑫指指桌边装有茶叶的纸袋："这是朋友专门从福建给我寄过来的，一斤两千多块。我喝着不赖，给您准备了几包，拿回去喝。"

万远鹏看了一眼："这么贵的茶，你自己留着喝吧，我没你那么讲究，喝什么茶都一样。"

丁茂鑫大咧咧地开着玩笑："咱兄弟还客气个啥？好妞一起泡……不对不对，好茶一起泡，有钱一块儿花嘛。"

万远鹏指着丁茂鑫，笑道："你小子没个正形，哎，说真格的，你那土地出让金什么时候交？"

丁茂鑫发愁地说："您也知道，不是说好了吗，金市长答应让我缓交三个月。"

万远鹏把事挑明："那是先前，后来出了事老金又变了，他跟土地局交代了，叫你过了年就交。"

丁茂鑫抱怨道："这也真是的，他金运昌到会所来喝酒唱歌，正好赶上事了，这是他命里该着，这能怪我吗？您说是吧？这个老金，临死还拉我个垫背的，真不够意思……"

万远鹏摆手打断："行了，过去的事不说了，说你打算怎么办吧。"

丁茂鑫恳求道："老兄，我正在想办法融资，很快就会有一笔资金过来，等钱一到，我马上缴清。您帮我跟土地局吕局长说说，再宽限些时间，怎么样？"

万远鹏故作姿态："我只是个副市长，说话哪有那么灵？"

"谁不知道呀，吕局长就听您的。"接着丁茂鑫话头一转，"欸，我听说省里不派人来了，新市长就在你们党政班子中产生，您也在范围之内呢。"

万远鹏笑笑："你倒是消息灵通，听谁说的？"

丁茂鑫点燃一支雪茄叼在嘴上，问道："这您别管，说实话，您想不想争这个市长干干？"

万远鹏想了一下，口吐真言："要说不想那是假的，可是难啊。钟呈祥是市委副书记，周亦农是常务副市长，都排在我的前面，眼睛都盯着市长的位子呢。"

丁茂鑫卖着关子："谋事在人，成事在天，只要您点了头，我就有办法。"

万远鹏似信非信："你少忽悠我，你有啥法儿？"

丁茂鑫夸言吹嘘："猫有猫道，狗有狗道。我有个拜把子大哥，名叫牟存善，家住天津，人称津门牟爷。这个牟爷手眼通天，道行大了。他表舅是中央首长，管干部的，好多头头想要升官都是找他，办成的人多了！"

万远鹏眼睛一亮，怦然心动："是吗，我能见见他吗？"

丁茂鑫一拍胸脯："怎么不能，还不就在我一句话嘛。"

万远鹏喜出望外："你小子有这门道，咋不早说呢！"

丁茂鑫掏出手机："这也不晚，我马上跟他联系。"

丁茂鑫给牟存善拨通电话，对方却无人接听。

丁茂鑫放下手机，万远鹏有些不放心，问道："老弟，你说的这位牟先生，靠谱吗？"

"当然了，您见了面就知道了，人可好啦。别看人家有那么牛的背景，对人实诚和善，平易近人，一点架子都没有。"

丁茂鑫正神采飞扬地说着，铃声响起，他连忙拿过手机：

"喂，牟爷，我是茂鑫呀！您好啊！牟爷，有这么个事，我们市有个副市长叫万远鹏，嗳，远近的远，鹏就是天上飞的那个大鸟，对对。我们是多年的哥们儿，他对我帮助很大，我那荣景花园、御都广场的大项目全靠他的支持。今天说话我提到您了，他想去天津登门拜访，怎么样，您有时间吗？"

丁茂鑫打开语音开关，传来牟存善的声音："老弟，你的哥们儿就是我的哥们儿，你说话了，我再忙也得抽出时间见呐。"

万远鹏注视着丁茂鑫，面呈喜色。

丁茂鑫又问："您看我啥时候带他过去？"

牟存善停顿一下，说道："老弟，我最近事挺多的，这样吧，今天是周三……周六你带他过来吧。有啥事尽管说，我一定帮忙。"

"好嘞，谢谢牟爷，嗳嗳，周六见。"丁茂鑫挂断电话。

万远鹏欣喜地："好，太好了！"

丁茂鑫看着万远鹏："老兄，我的事，您多帮忙了。"

万远鹏毫不迟疑，一口答应："行，我跟吕局长说吧，三个月内你可一定要交上。"

丁茂鑫信誓旦旦："我保证，您放心好啦。怎么样，高兴了吧？今晚上咱们喝一壶？"

"喝！"万远鹏站起身来，"我先回机关处理点事，晚上再聊。你安排吧，不过我可不去你的会所。"

丁茂鑫随之站起，咧嘴自嘲："得，我的会所成了癞蛤蟆爬到脚面上，硌硬人哪。"

万远鹏拍着丁茂鑫肩头哈哈大笑。

晚上，丁茂鑫找了家僻静餐馆，与万远鹏海阔天空，边吃边聊，一瓶茅台喝完各自回家。万远鹏余兴未消，坐在沙发上和老婆聊天。他像打了鸡血亢奋不已，畅谈当上市长，今后宁滨发展大计。

宋彩荣没有什么兴趣，因为她觉得丈夫希望不大，看着万远鹏说个没完，有意给他泼点冷水："我看你呀，就安生地干你的副市长算了。比你资格老的、学历高的、年龄小的多了，你争不过人家。"

万远鹏兴奋地说："那可不一定，能和我竞争市长的无非两个人，一是钟呈祥，二是周亦农！"

宋彩荣补充说："还有陈宇呢，人家可是博士。"

万远鹏轻蔑地："我是市委常委，他只是个普通的副市长。"

"那蓝天呢？"

万远鹏更是不屑："蓝天就更不行了，他干副市长还不满两年，根本就不在民主推荐的范围之内。"

宋彩荣说："即便这样，你也很难争得过钟呈祥、周亦农……"

万远鹏踌躇满志，自负地说："钟呈祥，他是市委副书记兼组织部长，还是从省委组织部下来的，优势确实比我强。但他没在县区干过，缺少基层工作经验，这是他无法弥补的短板，要想当市长我看也难。周亦农虽说是从县里干上来的，但他岁数大，已经五十七了。而且思想守旧，没有气魄，胆小怕事，唯唯诺诺，郑君毅才不喜欢这种人呢。我当过县长、县委书记，副市长干了五年，虽然不是名牌大学毕业，但我学的是金融专业。如今搞经济，不懂金融运作，那是不行的。我给郑君毅提了十条建议，他马上就批了，还给予我充分的肯定。我这么一说，你听明白了吧？"

宋彩荣笑了："这样说来，你还是有点希望。"

"什么叫有点希望，希望大啦！再说，我还有……"万远鹏本想说今晚与丁茂鑫一块喝了酒，还要带他到天津去见老牟，可话到嘴边又收回来："再说，我还有很好的干部基础，局长们哪个不服我？"

宋彩荣听着高兴，也不免担忧："你能当上市长，那当然好。

可人们都盯着市长这个位置，肯定要找你的事。你别到头来抓不到狐狸，反倒弄个一手骚。"

万远鹏志得意满，笑道："放心吧老婆，我这脑瓜灵光着呢，你等着瞧，我非让我万家的祖坟再冒一缕青烟！"

三

丁茂鑫是翠屏县人，从小在家乡务农。他的大伯丁怀山，早年是市政府机关的司机，借着给市长开车，结识了不少局处领导。20世纪80年代，丁怀山停薪留职，下海经商，做起了建材生意。政府哪个地方盖个楼，不管是剧院、会堂、招待所，都需要墙面砖、地板材。那时也不招标，只要通过老市长打个招呼，丁怀山私下一活动，工程便轻易拿到手。局处长们要求也不高，丁怀山送上箱好酒、好烟，最多买个彩电送到家，就高兴得不行。丁怀山渐渐发达起来，把亲侄丁茂鑫带进城里跟他打工。丁茂鑫脑瓜聪明，不怕吃苦，很得大伯赏识。派他常驻广东佛山，负责买材料、订车皮、运货物。丁茂鑫在商圈里摸爬滚打，广交朋友，不出几年工夫，已是业务纯熟，外场练达，公司营销独当一面。丁怀山五十多岁，正要宏图大展，却发现得了肝癌，而且已是晚期。治病期间，丁怀山将公司完全交由丁茂鑫管理。丁茂鑫精心照料大伯的同时，把公司经营得井井有条，利润大增。一年后丁怀山去世，按其遗嘱，公司一亿六千万资产，一亿留给家属，六千万归丁茂鑫所有。丁茂鑫把盛元建筑材料公司，重新注册为盛元房地产开发公司。利用他大伯与区政府先前达成的协议，收购了一家地处市中心的区属汽车修理厂。利用这块厂地，盖起一座大型商厦，赚了八千万元。随后又逢宁滨市城中村改造，他用商厦抵押，获得银行大笔贷款，加上公司自有资金，投入荣景花园住宅楼建设。为了下一步地产开发，他又拍得御都广场项目。此时显然资金吃紧，他正在通过各种渠道融资，所以企望万远鹏帮忙缓交土地出让金。如今万远鹏已经答应，至少一块石头暂时落地。若是能帮万远鹏当上市长，今后公司发展自然会一片光明。

丁茂鑫心情高兴，喝完酒回到家已是半夜时分。他走进家门，直接上了二楼卧室。打开门，暗淡的灯光下，只见林丽娜粉面桃花，双目微合，似睡非睡地躺在床上。丁茂鑫是有妇之夫，他的老婆安丹宁本是公司财务经理，儿子高中毕业后赴新加坡上了大学，她陪同儿子到国外就读。老婆走后，经人介绍林丽娜来到公司当了会计。林丽娜和丈夫离婚，带着一个儿子生活。丁茂鑫看上了林丽娜的姿色，老婆又不在身边，便与林丽娜勾搭成奸，并把林丽娜提为公司副总兼财务总监。

丁茂鑫走进卧室，林丽娜听到动静，懒洋洋地睁开眼睛，问道："回来了，谈得怎么样？"

丁茂鑫脱掉外衣，坐在床边："一切搞定，牟爷周六见他。"

林丽娜放下心来："这就好了，万远鹏肯定不催你了，至少你现在可以睡个安稳觉了。"

丁茂鑫兴奋地说："万远鹏说了，他要是当了市长，对我一定全力支持，别说土地出让金缓交三个月，半年也没问题！"

林丽娜讨功说："还不是我给你出的主意，这你还得谢我。"

丁茂鑫一双醉眼望着林丽娜，故意挑逗："你说，让我怎么谢你？"

"你知道……"林丽娜妩媚一笑，羞涩地蒙上被头。

丁茂鑫一把撩开被子，手伸进女人的睡衣，坏笑道："宝贝，来吧，我这就好好谢你。"

"等等。"林丽娜推开丁茂鑫的手，坐起身子："你说，你答应给我买房，什么时候办？"

丁茂鑫敷衍道:"等我缓过手,马上就办,不就是五百万嘛。"

林丽娜紧盯一句:"你可要说话算数,不要骗我。"

"当然,"丁茂鑫一把将林丽娜抱在怀中,"放心吧,宝贝。"

四

星期六大清早,丁茂鑫驾驶着奔驰轿车接上万远鹏,行进在宁津高速公路上。

万远鹏坐在后座,小心翼翼地问丁茂鑫:"咱们去天津,你没跟公司的人说吧?"

丁茂鑫摇摇头:"没有,司机我都不用,我还不知道吗,这事可不能走漏一点儿风声。"

"这就对了。"万远鹏感到满意,接着交代说,"茂鑫,我去牟家登门拜访,总要带些礼品才好。你说不用,我也没有准备,到了天津,还是看看买点什么合适。"

丁茂鑫笑道:"真的不用。买啥玩意儿,牟爷也看不上眼。你去了就知道了,人家喝的茅台是陈酿三十年的,泡的茶叶是从福建百年老树采的,吃的人参都是长白山棒槌论斤送的,您说,咱送啥?"

万远鹏思忖着:"这倒是,可咱求人家办事,也不能空着手去,总得有所表示。"

"那是当然,这还用您操心吗?"丁茂鑫捻了一下手指,"有这儿就行,我早准备好了。"

"他要多少钱?"

丁茂鑫举出一个巴掌。

"五万?"

"加个零。"

"五十万？"

"这只是见面费，答应办了，马上给他一百万。事办成了，再给他一百万，都要现金。"

万远鹏有些吃惊："这么多？"

丁茂鑫摆出一副毫不吝惜的神色："不多，只要您能当上市长，这点小钱算什么？"

万远鹏不再言语，暗自寻思，这个姓牟的也真够黑的。中午时分，丁茂鑫开车驶进高速公路一侧的塘沽服务区，停了车，对万远鹏说："咱在这儿吃点便饭，再有五十公里就到天津了。"

牟存善的家住在天津和平区黄家花园一幢别墅里，客厅摆放着全套红木家具，八仙桌、太师椅、软榻床、薰香炉，两端青花瓷瓶玉立，八幅翠彩屏风掩映，颇有一些古色古香气息。牟存善五十多岁，中等个，大背头，瘦长脸，八字眉，嘴角有颗黑痣。他身着中式蓝色丝绵衣裤，独自坐在八仙桌前太师椅上喝茶。

女秘书拿着万远鹏有关资料走来，放在桌边。牟存善拿过浏览，看着万远鹏的照片："条件还是不错，形象也好，倒像是块当官的料。"

"他们下午就到了，"女秘书问，"您看晚上怎么安排？"

牟存善把资料放到桌上，诡谲一笑："急什么？放他两天再说。"

下午三点，万远鹏、丁茂鑫到了天津，住进离黄家花园不远处一家高级宾馆。丁茂鑫坐到沙发上，给牟存善打去电话，告其已到天津，订好了一家饭店，晚上见面餐叙。牟存善则称自己还在北京，今晚有位大领导请他吃饭，实在不好推辞。他吃完饭连夜赶回天津，明天中午同万远鹏见面。

丁茂鑫只好答应，万远鹏问："他去北京了？"

丁茂鑫把手机扔在一边："是，老牟经常进京，见的都是大人物，想见他的人多了，他有时也是身不由己。"

万远鹏有点不悦："那只好明天见了。"

"明天就明天，您难得出来一趟，也放松放松。"丁茂鑫站起身来，"走，我先带您去服装精品店，把您这身行头换了。"

万远鹏向来自尊心很强，他整整夹克衫："怎么，我这身行头给你丢人吗？"

丁茂鑫忙说："我不是这个意思，您也是宁滨的副市长呢，换身牌子西服，叫他老牟一见，就得眼前一亮，不能小看了咱！"

万远鹏笑笑答应了："好吧，听你的。"

丁茂鑫带着万远鹏来到劝业场高级精品服装店，给他挑了两套名牌西服，另外买了两件白衬衫和三条漂亮的领带。离开劝业场，他们来到一家比较正规的洗浴中心，泡了一个热水澡，男子按摩师作了全套按摩。尔后找了个雅间，二人身穿浴衣坐在床榻，一边喝茶一边聊起天来。

万远鹏感叹地说："老弟，我跟你不一样，从政这么多年，这种地方我从没有来过。别人看见了，说不清楚。"

丁茂鑫嘿嘿一笑："知道，这不是在天津吗，没人看见。再说了，咱又没找女人。"

万远鹏说的是实话，歌厅、桑拿、酒吧这些地方他还真的不去。这也不是他有多么洁身自好，而是忌惮一旦染上女色，唯恐毁了自己的前程。万远鹏想在从政的路上一步一步向前迈进，直至抵达人生理想的彼岸。他要让那些曾经看不起他的人们看看，这个农村的苦娃是怎样出人头地的。只有这样万家才能受到社会的尊重，也只有这样才能对得起把他养大成人的二叔、二婶。

万远鹏知道，自己早晚有一天要退下来，光靠他和妻子那点工资是过不上风光日子的。而收取他人钱财贿赂，又怕一旦出事毁了自己的前程。这次来找牟存善办事，是丁茂鑫掏的"跑办费"，万远鹏对他说以后如数归还。

丁茂鑫明了万远鹏的心思，故作姿态："您见外了不是，为了老兄我出点小力还不应该吗？"

万远鹏笑着说："老弟，你帮我联系上老牟，我已经很感谢你了，哪能还让你出钱呢。"

"您也真是的，就挣那么个死工资，手里能有几个钱呀。"丁茂鑫摆摆手说，"老兄，这事咱别再提了，我跟谁也不说，您还信不过我么？"

万远鹏不再勉强，感慨道："茂鑫啊，你这个人重感情、讲义气，办事也精明，要是再多上几年学那就好了。"

"是是，我一个农娃子，连小学都没念完，嘿嘿，没文化。"丁茂鑫自嘲地说。

万远鹏一本正经地说："我也是农家子弟呢，你只要下功夫去学，肯定就会有长进。老弟，现在时代不同了，你过去跟政府官员打交道的那一套，现在行不通了。你呀，没事找两本书读读，增加点现代知识，对企业发展有好处，官员们也愿意跟你交往。特别是要管住你这张嘴，出去不要瞎叨叨，炫耀和我关系如何好。否则，我想帮你也帮不成了，明白吗？"

丁茂鑫连连点头，笑道："听哥一席话，胜读十年书！"

"又瞎转上了，走吧，找个地方吃饭。"俩人脱了浴衣，穿上衣服，提包离去。

第二天吃过早餐，万远鹏和丁茂鑫坐在客厅等着牟存善的电话。十点多了，还没有音讯。万远鹏心里着急，让丁茂鑫再打电话问问。丁茂鑫正要拨打手机，牟存善电话打了过来。告诉丁茂鑫，他在北京实在脱不开身，好几位大领导都要请他吃饭，星期一才能赶回去。并向万副市长表示抱歉，请他在天津再住两天，一回来马上见面。

万远鹏大失所望，不由心生疑窦："这个牟先生……不会是要我们吧？"

"不会。"丁茂鑫深信不疑，"他可是个义气人，您别着急，咱再耐心等几天。"

万远鹏焦虑地说:"我哪有时间等啊,省委组织部很快就派人下来。再说我也得回去上班呀,我是悄悄出来的,万一郑书记有事找我怎么办?"

丁茂鑫想了想:"这样吧,您先回去,我留下等老牟回来,先把见面费付了,他只要答应办了,我马上把第二笔钱给了他。"

万远鹏点点头:"也好,我看这个老牟是不见兔子不撒鹰,钱不到手不谈事。老弟,这事就拜托你了,你一定跟他说,抓紧办,时间不等人啊!"

丁茂鑫心领神会:"明白,我跟他说,您放心吧。"

第十三章

一

在省委组织部张部长办公室，张部长告诉钟呈祥，下周三举行市长民主推荐会。省委组织部派员负责操作，市委组织部予以配合，一切依党规程序进行。并将具体事项逐一作了交代，让钟呈祥回去向郑君毅汇报，提前做好相关安排。

钟呈祥这次到省里汇报工作，临来时妻子杨柳提醒他，一定抽空去看看老部长。你曾在老部长手下当过秘书长，他对你是了解的。老部长虽然退了，但仍有很大的影响力。你把宁滨的情况，还有你的想法，跟老部长好好谈谈。咱不是非要争这个市长，应该让老部长对宁滨的情况有更多的了解。钟呈祥走出张部长办公室，在走廊正好碰到老部长的秘书小胡。小胡热情地握着钟呈祥的手说："我跟领导请示了，他让我转告你，请你今晚八点到家里去。"

钟呈祥回到宾馆吃了晚饭，提着一盒茶叶，坐上一辆出租车直奔老部长住的省委领导宿舍。

汽车行驶在省城大街上，坐在车上的钟呈祥心里有些忐忑不安。他是老军人的后代，20世纪90年代初父亲在师职岗位上离休，安置到省会军队干休所。钟呈祥大学毕业后，考上了公务员，录用到省委组织部工作。父亲对钟呈祥的要求是严格的，从小教育他别人的东西不能往家拿。记得上小学的时候，钟呈祥借了同学一本小人书拿回家看。父亲看见了，叫他跑了好几里路，当晚给人家送回去，告诫他别人的东西不准在家过夜。钟呈祥当时感到很委屈，大了才明白父亲用心良苦。二十多年来，钟呈祥从一名普通干事干到市委副书记，始终坚持党的原则，廉洁自律，从无跑官要官，他认为那样做是可耻的。很快就要民主推荐市长了，在这么敏感的时候，到家看望老部长，这样做好吗？虽然只是顺便把宁滨的情况谈一谈，但肯定会涉及周亦农等班子成员，老部长又会怎么想呢？钟呈祥心中纠结，张部长与自己谈话的声音又在耳畔响起："你回去和君毅同志说，要强调党的组织纪律，特别是进入参选范围的领导干部，决不能托门子、找关系、拉选票……"

此时，出租车猛然刹车，在交叉口红灯前停下。司机回头笑笑："对不起，过了这个路口就到了，我想超过去。"

钟呈祥却说："师傅，不去了，掉头，回宾馆。"

司机怔了一下没说什么，等绿灯一亮，前方掉转车头原路返回。

钟呈祥连夜返回宁滨。进家刚坐下来，杨柳便问："你见到老部长了？"

钟呈祥摇摇头："没有。"

"他没时间？"

"不，约好了，我没去。"

"为什么？"

钟呈祥坦承："我觉得这样不好，我和老部长说，市里有急事，马上赶回去。"

杨柳有些不悦："你呀，这点我就不赞成，有啥不好，这不是人之常情吗？"

钟呈祥解释说："杨柳，我不是那种人，你还不了解我吗？"

"这我知道。"杨柳给丈夫倒上水，一旁坐下来，"我从来看不起那些没有骨气、低三下四到处跑官的人。可你不一样，你是为了事业，为了宁滨今后的发展。"

钟呈祥轻叹一声："唉，那是你这么说，别人又会怎么想？"

杨柳较真起来："那我问你，你到底想不想当这个市长？"

钟呈祥毫不迟疑："那还用说，我干肯定比他们强。"

杨柳直言："你要是真想，就坦诚地跟郑书记说，和组织上讲，至于用不用你那是另外一回事。你别心里头想，有话又不愿说，憋屈在肚子里。在外挺阳光，回家生闷气，没劲。"

说完，不等丈夫回应，杨柳起身走了。

钟呈祥摇摇头，脸上掠过一丝苦笑。

二

第二天一上班，钟呈祥来到郑君毅办公室汇报工作。两人正说着，秘书没有通报，陈宇忽然闯进门来。郑君毅扭过头，笑呵呵地问道："哎，陈宇，你怎么突然跑来了？"

陈宇往对面沙发上一坐，气呼呼地说："正好你们二位都在，我得跟你们好好说说。不能再让吕江当土地局局长了，否则，我这个副市长没法儿干了！"

郑君毅感到诧异："怎么回事？"

钟呈祥给陈宇倒杯水，劝道："别着急，消消火，有话慢慢说嘛。"

原来，按照郑君毅的想法，由陈宇牵头近期赴京，举办一次高科技项目人才洽谈会。陈宇预先召开项目调度会，其中数据产业园、无人电动汽艇、芯片研创中心三个重点项目，都是由于土地没有落实而影响签约。陈宇询问个中原因，吕江说，早已经报省局了，上边不批我也没法儿，只有等着。陈宇一听急了，都等半年多了，还要等到什么时候？你去省局催办呀！吕江揶揄陈宇，你是副市长，你亲自跑一趟，我陪你去。陈宇训斥吕江，让我去跑，还要你这个局长干什么？吕江反呛陈宇，不要拉倒，你有本事就把我撤了！说完，吕江会也不开了，拎包就走。

陈宇气愤地说：“郑书记，你在全市领导干部大会上讲，各级领导干部必须转变作风，不换思想就换人，不想干事就让位，对吧？”

"没错，我说过。"

陈宇连珠炮似的继续说道："吕江对工作极不负责，消极怠工不作为。对这样的干部，郑书记，就得把他撤了！"

郑君毅思忖少顷："陈宇啊，事情我都听清了，我找吕江谈一谈，然后咱们再交换意见，啊？"

"好吧，我回去了，下午调度会还得接着开呢。"陈宇说完匆匆离去。

钟呈祥感慨地说："陈宇干工作就像一团火，充满激情，干部们都能像他这样那就好了。"

郑君毅沉思着点点头，钟呈祥走后，他拿起电话："小耿，你叫吕江到我这儿来一下。"

时间不长，吕江来到郑君毅的办公室。伏案批件的郑君毅抬起头，严峻的目光注视着他。吕江站在桌边不远处，不好意思地耷拉下头。

郑君毅问道："吕江，我问你，项目调度会上，陈宇同志批评你有什么不对吗？"

吕江瓮声瓮气地："也不能说不对，我不服气……"

"哈哈，你不服气，你就尥蹶子是吧？还说什么你有本事就撤了我？嗯？"郑君毅绕开办公桌，走到吕江对面："说呀，你对着我怎么不说了？"

吕江嗫嚅地："我……郑书记，你跟他不一样。"

郑君毅厉声质问："是不一样，我是书记，管干部，陈宇拿你没辙，是吧？"

吕江摇摇头："我不是这个意思。"

郑君毅坐回办公桌："狡辩，你是什么意思？"

吕江申辩说："书记，我承认，我项目跑办不够积极主动，可也不是吃饱了闲着不干事呀，陈副市长他就一点也不体谅我们的难处……"

郑君毅指指桌前椅，吕江坐下来，诉说一肚子的委屈："陈副市长有事业心，工作抓得紧，这我承认。可他一向恃才自傲，目中无人，我没有一次见他不挨训的。不信，你可以问问，他对别的局长也是一样。干部们敢怒不敢言，谁对他没意见？我才不服他这劲儿呢！"

郑君毅沉着面孔："你们工作上不去，他当然心里着急，难免会发脾气。"

吕江不吐不快，索性坦率直说："光着急发火有啥用？他得想办法帮着解决具体问题。比如，电动汽艇项目用地，我建议他和分管我们局的万副市长沟通一下，他不做；我说陪他去省局争取上边支持，他不去。为啥不去？因为他跟人家关系搞砸了！去年，省局领导到宁滨考察，我安排了一次宴请，他拒绝参加。他说，面见了事说清了，还吃什么饭呀。我好说歹说，把他拉上了桌，人家吴局长敬酒，他把酒杯一收，'我不会喝酒，咱就免了吧。'闹得吴局长好下不来台，干脆酒也不喝了。万副市长喝了一大杯酒赔不是，才把这个场圆了下来。唉，陈宇他也不想想，和省局不搞好关系，咱有急需办的事，谁理你呀！"

郑君毅缓下口气，对吕江说："你对陈宇有意见可以提，他不接受可以跟我讲。但你对他要尊重，不能在会上闹情绪，要态度，都像你这个样子，陈宇同志还怎么工作？嗯？"

吕江平静下来，自我检讨："我今天是态度不好，故意赌气。实际上，土地批不下来，项目落不了地，我也着急得很呢。我和广仁秘书长已经商量好了，明天一早出发去省里找吴局长。"

郑君毅脸上终于露出笑容："嗳，这就对了嘛。这次高科技项目人才洽谈会很重要，事关咱们宁滨今后的经济发展。"

郑君毅想了一下，拿过信笺提笔写信，然后交给吕江："我跟吴局长很熟，你把这封信带上，请他支持一下。"

吕江接过信，心悦诚服地笑着说："这太好了，书记，这回我说啥也得把事办下来，再完不成任务，你就马上撤了我！"

郑君毅用笔指着吕江："换个局长并不难，难的是换思想、转作风啊！"

陈宇一直开会，忙到晚上十点多钟才回家。一进门，梅颖便告诉他，黄老板要到宁滨来，还想见你。

陈宇问："他是来投资项目，还是又要说上次的事？"

梅颖摇摇头："他没说。"

陈宇对妻子说："你告诉黄老板，我最近要去北京开洽谈会，恐怕没空和他见面，等过了这段时间再说吧。"

三

周文重在宁滨住了十天，郑君毅安排车把老书记送回了北京。这天晚上，周亦农夫妇和周乐吃过晚饭，小芹擦了桌子收走碗筷，周乐把一纸公文放到爸妈面前。

"这是什么？"周亦农拿起浏览。

周乐说："通知书。"

吴芳洁凑过头看:"通知你去城建局?"

"不,批准我下乡挂职。"

周亦农皱起眉头:"钟呈祥叫你下去的?"

"不是,是我自愿报的名,部里批准了。"

吴芳洁责怪道:"你这孩子,你爸都跟老万说好了,把你调到城建局提个正科,去搞人事工作,你怎么要挂职下乡?"

周乐说出自己的理由:"老待在机关没意思,我要到贫困县去扶贫攻坚,为那里的群众干点实事。"

周亦农并未责怪,只是说:"你下去扶贫我不反对,但翠屏县不能去,我跟钟呈祥说,给你换个地方。"

"我不换,部里让我去哪我就去哪。"周乐拿过通知书,起身回了自己的卧室。

吴芳洁抱怨道:"这事闹的……放着好好的城建局不去,非要去大山沟子里扶贫,傻小子。"

周亦农淡然一笑:"乐乐不傻,下乡挂职锻炼一下,有了基层工作的经历,对他今后进步有好处。你看,钟呈祥一辈子在省市机关工作,没在县区干过,这次民主推荐就是他无法弥补的短板。"

吴芳洁似懂非懂地点点头,周亦农沉思着继续说道:"只是这个县不能去,老米与我向来不和,乐乐到了他的手下,还能有啥好果子吃?不过这也好办,明天我去找钟呈祥说说,让他给乐乐换个地方也就是了。"

第二天一早,饭做好了已摆上桌,还不见周乐的身影。吴芳洁推开儿子卧室的门,只见床上被子叠放整齐,枕头上放着一张纸条。

吴芳洁连忙拿过纸条,上面写着:"爸、妈,我走了,今天去翠屏县委报到。我决心已定,要在党需要我的地方,为贫困乡村办点实事。我会好好干的,绝不给你们丢脸。我不在您们身边，望多加保重。乐乐。"

吴芳洁一脸茫然，把纸条拿给周亦农看了。周亦农喝着小米粥默默无语，半天才说了一句："生米煮成了熟饭，再跟钟呈祥说也晚了，随他去吧。"

周乐乘坐长途大巴来到翠屏县，身背挎包拉着行李箱走进县委大院。打量着院里的几排红砖平房，寻找县委组织部的门牌。

一名年轻干部跑过来："你是周乐同志吧？"

周乐点点头："对，我来县委报到。"

"我是小刘，县委办公室的。"小刘接过行李箱，热情地说，"我带你去见米书记，他在办公室等着你呢。"

周乐跟着小刘走进米来顺的办公室。老米一见周乐，两眼笑成了一条线，拉着周乐的手坐到沙发上，打问道："你来咱们县下乡挂职，你爸怎么说？"

周乐隐去与父母的争执，说道："他很支持，让我服从县委安排，努力干好工作。"

米来顺放下心来："这就好，这就好啊！"

周乐问："米书记，我到哪个村去扶贫？"

米来顺说："你是副科级干部，又从大机关下来，县委研究了，安排你到榆树沟乡担任副乡长，你看怎么样？"

周乐有点迟疑："米书记，您还是把我放到村里去吧，当个扶贫工作队长或者驻村第一书记都行，在那里我可以直接为乡亲们干点实事。"

米来顺摆摆手："不不，那就大材小用了，你这个副乡长，任务很重要。咱们扶贫是要让乡亲们易地搬迁，从大山上下来住进新村，安排到创业园就业。目前，咱们的创业园正在施工建设，关键是两件事，一跑项目，二找资金。我琢磨了，一般人干不来，只有你最合适。"

周乐想了想，答应下来："行啊，我年轻，能跑路，市里各部门都熟，哪个环节跟不上，我让我爸催他们！"

米来顺一拍大腿："哎，对喽，就是这个意思。这就跟打仗一样，前方攻坚夺高地，后方得有人供弹药啊！你把这件事做好了，就是为乡亲们办了最大的实事，你说是吧？"

周乐点点头，爽快地："您说得对，我听您的。"

米来顺套着近乎："我和你爸是老同事，关系好得很。我比他岁数大，你还得叫我伯伯呢。"

周乐憨厚地笑着说："那是，伯伯，我是晚辈，您多指教。"

米来顺高兴地拍拍周乐肩头："好小子，走，咱先去食堂吃饭，下午我送你去乡里！"

周亦农在机关吃完晚饭，马上接着开会。北京洽谈会正在抓紧筹备，郑君毅和他需要把一些大事定下来。

周亦农晚上走进家门，吴芳洁放下电话，问道："怎么又是这么晚才回来？"

周亦农坐到沙发上："这就是五加二，白加黑。"

吴芳洁不解："什么意思？"

周亦农说："五加二是五个工作日加上周六星期天。白加黑，就是白天忙不完，晚上接着干。老郑提出来的，我能不干？"

吴芳洁念叨着："怨不得乐乐不愿干了，在机关成天加班也是没啥意思，到下边转一圈也好。"

周亦农沉下脸，不悦地说："我不是说了嘛，我不反对乐乐下去，我是不愿意让他去老米的那个县。"

吴芳洁嘴一撇："你呀，对人家老米就是有偏见。我跟乐乐通了电话，乐乐说米书记对他可好了。上午和乐乐谈了话，安排他当副乡长，中午单独和乐乐吃的饭，下午又亲自把乐乐送到乡里。办公室、宿舍都安排好了，人家米书记还给乐乐配了一辆专车，说是乐乐回个家啥的也方便。"

这是周亦农没想到的，米来顺对乐乐这么重视，安排得如此周到，他的脸上浮现出满意的笑容："这个老米头，对乐乐还真是用心了。"

"是啊，米书记还不是看着你的面子，给你儿子长脸。"吴芳洁劝说道，"你以后呀，也对老米好点，别总是跟人家过不去。"

周亦农笑道："其实，我跟老米也没啥大的过节，我是烦他总爱斗个嘴抬个杠啥的，缠磨起人来没完没了。"

说话间，手机响了，周亦农掏出手机看了一眼，连忙打开接听："喂，你好啊，可不，我刚开完会回来。嗯，你说，嗯嗯……我知道了。电话不说了，你明天上班到我办公室来一下，嗳，咱们见面谈。"

周亦农挂了手机，吴芳洁问："谁的电话？"

"夏文宝。"周亦农说，"他告诉我，两天后省里来人召开民主推荐会，干部们要投票了。"

"他怎么知道的？"

周亦农悄声说："他侄子在省委组织部工作，出去可别说。"

"知道，"吴芳洁又问，"哎，你觉得有把握吗？"

"难说。"周亦农注视着对面墙上的《花王牡丹图》，陷入了沉思。

四

夏文宝是周亦农的老部下，十五年前周亦农在当县委书记的时候，把他提为县委常委、办公室主任，后来接了县长。周亦农担任常务副市长之后，又推荐他当了市人力资源和社会保障局局长。夏文宝对周亦农一直感恩戴德，念念不忘，自然对周亦农是否能够接任市长格外上心。第二天一上班，夏文宝便来到了周亦农办公室，二人坐到沙发上谈话。

夏文宝说："自从金运昌调走之后，谁接市长这个话题，在干部圈里就没停过。当然，说啥的也有，但很多同志为您鸣不平呢。您在副市长、常务副市长的位置上干了九年，勤勉敬业，德高望重，早就该扶正了。"

周亦农含而不露，微笑着说："我做副市长这么多年，就算有点政绩，还不是全靠大家的支持嘛。我是这么想，这次民主推荐，如果同志们推举、组织上认可，我就挑起市长的担子，配合郑书记再干几年。若是大家选了他人呢，也没关系，我等换届到人大或者政协去，落个轻闲也不错。"

夏文宝则竭力劝进："周市长，先谋其一再图其二，事在人为，您得积极争取。"

周亦农故作为难地说："怎么积极争取？我总不能给大家一个个打招呼拉选票吧。"

"这肯定不行。但既然是民主推荐，大家总会相互沟通，哪次推荐人不都是这样？"夏文宝主动把事揽起，"这您不用管，我来办好了，我还是有点人缘的。"

夏文宝此言一出，正中周亦农下怀："这我清楚，你这个人讲义气、重感情，又善于交往。到了人社局干得不错，无论市领导还是中层干部对你反映都很好，今后当个副市长还是很有希望的。"

夏文宝心中暗喜，恭敬地说："这么多年我的成长都是靠您培养，我是不会忘记的。您忙吧，我赶紧回去琢磨琢磨，一定把这件事办好。"

周亦农站起身，将夏文宝送出屋，刚坐回办公桌，秦秘书把吕江带进门。吕江走过来，兴奋地说："周市长，我刚从省里回来，咱那几个重点项目用地指标办下来了。"

周亦农感到高兴："好，辛苦了，坐吧。"

吕江坐下来，周亦农说："吕江，虽然事办成了，可我还得说你几句。以后有事好好说，可不能意气用事，说顶就顶。那天，看你把陈副市长气得……找我、找郑书记告状。我给陈宇做了半天的工作，他才消了气。我又跟郑书记为你说了不少的好话，这才把事情压下来。"

吕江连声道谢，周亦农摆摆手："谢啥呀，这个时候，我不帮你谁帮你？我告诉你，郑君毅可不是原来的姚力夫，说撤就撤了你！"

吕江感到后悔，表示认错："郑书记批评我了，我确实做得不对。"

周亦农宽慰道："谁还不出个差错呀，以后注意也就是了。我还不了解你吗？直筒子一个，只要顺了劲，干起工作来那就是拼命三郎！"

"还是您了解我。"吕江从包里掏出一瓶补品放在桌上。

周亦农拿过来看看："这是什么？黑蚂蚁……"

吕江"嘿嘿"一笑："大补，晚上吃上几个，来劲儿……"

"你个坏小子！"周亦农指着吕江哈哈大笑。

吕江刚走，财政局石局长拿着一份批件走进屋来："周市长，郑书记一直催办扶贫款，第二批扶贫款一共五千万，省里拨下来了。翠屏、南沧两个贫困县各两千五百万，您看……"

周亦农看看送审件，毫不迟疑："行啊，马上拨下去。"

石局长递过笔："您批字吧。"

周亦农提笔签字，然后交给石局长："抓紧办吧。"

石局长接过批件转身欲走，周亦农忽然想起什么，招手叫住："等等，翠屏比南沧脱贫攻坚任务重一些，这次多给他们五百万，好吧？"

石局长爽快地："行，听您的。"

周亦农拿过批件，挥笔数字一改，翠屏县三千万，南沧县两千万。

石局长笑道："这回米书记肯定高兴了。"

周亦农放下笔，对石局长说："哎，不要说是我的意见，就说是你提的建议，你本来对老米的扶贫工作就很支持嘛。"

石局长感激地说："老米对我意见大了，还是您体谅我啊。"

石局长拿着批件高高兴兴地走了，周亦农端杯饮茶，刚喝一口，又拿起电话："喂，韩秘书长吗，你过来一下。"

民主推荐会如期举行，市委、市政府、市人大、市政协领导班子成员，市直各部门、县区党委政府主要负责人，二百余人坐满市委大会议厅。工作人员把新时期好干部标准、参选人员名册和选票分送每位同志。郑君毅和省委组织部干部一处邓处长坐在台上，邓处长宣布民主推荐要求。他说，按照省委安排，我们这次民主推荐会，是在宁滨市党政班子党员领导干部中，推荐三名市长人选。所推荐人选，必须符合新时期好干部标准和省委选拔干部三项要求。希望大家以认真负责的态度，正确行使民主权利，真正把优秀干部推荐出来，为省委选好用好干部提供准确参考。请大家仔细阅览有关资料，不要相互商量，独自慎重思考。完成画票后，折好放在桌上，可以自行离开，现在开始。

干部们悄然无声，埋头翻阅参选人员名册，时间不长，画好票的干部陆续走出会场。

周亦农一出门，正好碰见米来顺，热情地打着招呼："老米，钱给你拨下去了，收到了吧？"

米来顺乐呵呵地说："收到了，这回你给我吃了偏饭，谢谢啦！"

周亦农拍拍老米的肩头："谢啥，我说话算数，绝不会亏待你的。"

"那是。"米来顺边走边说，"周乐到我那工作了，真羡慕你呀，有这么个好儿子。"

周亦农托付道："孩子年轻，没有基层工作经验，你多教育帮助吧。"

米来顺满口答应："没的说，你的儿子就是我的儿子，孩子交给了我，你尽管放心，我会照顾好他的。"

"好、好，拜托老兄啦。"周亦农满面笑容，一直把米来顺送出楼，看着老米坐车走了，自己才上车离开。

第十四章

一

周乐下乡半个多月,这是第一次回家。餐桌上摆着四盘炒菜,红烧肉、清蒸鱼、青笋炒木耳、蒜薹炒鸡蛋,周乐端着一碗白米饭,狼吞虎咽地吃着。

吴芳洁看着儿子,嗔怨道:"你慢点吃,又没人抢你的。"

周乐笑笑:"香,好吃。"

吴芳洁问:"你们乡里伙食怎么样?"

"很一般,没有鱼,肉菜也少,每天都是白菜粉条大锅菜。"

"光吃这个哪行呀,营养跟不上,你的身体会受不了的。"

"我这不是挺好嘛。妈,不说这个,我现在有个迫切的事情需要解决。"

"什么事呀?"

"给我买个车。"

"买车?乡里不是给你配了个车吗?"

"我们乡政府只有这么一辆车,正副乡长四个,车给我专用,别人怎么办?"

"这是米书记交代的,又不是你要的,车不够用,乡政府再买一辆呗。"

"再买一辆？您说得轻巧，乡里穷得叮当响，哪里有钱买车呀。"

"你为公家办事，让妈妈给你买车，这也不合适吧？"

周乐放下饭碗，抽出一张纸巾擦擦嘴，煞有其事地说："妈，我可跟您说，乡里这辆车跑了十多年了，浑身是毛病，我开着它都心里发颤。您想啊，这车行驶在大山里，山高路险的，要是一个刹车不灵，就会翻下山去。"

吴芳洁闻言色变："真的？你可别吓唬妈……"

周乐认真地："妈，我说的是真话。我想好了，买个切诺机大吉普，二十五万够了。您出二十万，剩下五万，我把我在银行的存款作了贡献，行吗？"

吴芳洁想了想，没有马上答应："这事我得跟你爸商量商量再说。"

"商量个啥？"周乐说服着母亲："咱家您是总管，钱都攥在您的手里，我爸还不是听您的？"

吴芳洁摇摇头："这钱不是小数目，你爸不点头，我可不敢动。"

周乐问："我爸啥时回来？"

吴芳洁说："你爸来电话了，今天下午就回来。"

周乐拿过桌上的车钥匙，站起身来："那行，您就跟我爸说吧。我爸要是不同意，您得说服他，我开着这么一辆破车，万一出点事那可就麻烦了，您说是吧？"

吴芳洁若有所思地点点头。

参加民主推荐会后的当天下午，周亦农、陈宇便带队去了北京。高科技项目人才洽谈会开了三天，收获颇丰。八十六个项目正式签订协议，其中投资超过十亿元的十二个，一亿元以上的三十九个，还引进了百余名高科技人才。周亦农开完会，去家看望父亲。周亦农告诉父亲，民主推荐会已经开了，还不知结果如何。周文重让周亦农放平心态，一切服从组织安排，好好配合郑君毅做好工作。周文重问起周乐，周亦农说儿子背着他自愿报名，已到翠屏县榆树沟乡挂职工作。周文重夸奖周乐下乡扶贫大有可为，让周亦农积极支持。说到这儿，周亦农问道："爸，您过去在翠屏县榆树沟乡工作过吗？"

周文重摇摇头："没有。"

周亦农又问："那您去牛营村要找什么人啊？"

周文重沉吟道："一个好人，一个很好的人，已经很多年联系不上了。"

周亦农说："您把名字告我，我叫乐乐去找。"

周文重摆摆手："不用，等天暖和了，我还要亲自去找，一定要找到这个人。"

周亦农、陈宇回到宁滨，向郑君毅作了工作汇报，郑君毅为会议成功举办感到欣慰。要求政府有关部门结合企业转型升级，抓紧项目审批、落地、开工、投产。

周亦农离开市委回到市政府，夏文宝已在办公楼门厅等候。周亦农看看左右无人，小声问道："有什么消息吗？"

夏文宝悄悄说："还没有，这次省里口风把得很紧，我侄子只是说快了，结果还不知晓。不过，不少干部向我表示，票是投给你的，我看问题不大。"

周亦农不露声色地点点头："我知道了，一有消息马上告诉我。"

"好的。"

夏文宝离去，周亦农上了三楼，走廊上碰到万远鹏。

万远鹏上前打着招呼："回来了？"

周亦农笑着说："刚回来，还没进屋呢。"

万远鹏跟周亦农边走边说："老兄，乐乐这事可不怨我，我都搞清了,是米来顺专门跑到组织部,把你儿子要走的。"

"嗯?"周亦农不由一怔,停下脚步,"这是怎么回事?"

秦秘书打开周亦农的办公室,万远鹏推开门:"到你屋里说吧。"

二

周亦农下班回到家,沉着个脸,一见吴芳洁便问:"乐乐呢?"

吴芳洁说:"到农科院办事去了。"

小芹接过公文包,周亦农和夫人在餐桌旁坐下来。吴芳洁说:"正好你也回来了,我还有事和你商量呢。"

"什么事呀?"

"乐乐下了乡,以后经常往家跑,他想买个车。"

周亦农板着面孔,冷笑道:"买车?我还给他买房子呢!"

吴芳洁一头雾水:"买房子?买啥房子?你说啥呢?"

周亦农气呼呼地说:"这个老米头鬼透了,两眼一眨巴就是一个鬼点子!"

吴芳洁更是不解:"这跟米书记有啥关系,乡里只有这么一辆车还给了乐乐用。是你儿子嫌车破,山路上开着不安全,才要买个新的,这关人家米书记什么事?"

正说着,周乐打开家门,笑嘻嘻地走进客厅:"爸,您回来了?"

周亦农"嗯"了一声,不悦地瞥了周乐一眼:"你刚下去,不好生在乡里工作,跑回来干啥?"

周乐桌旁坐下:"回来看看您和我妈呀。"

周亦农皱起眉头:"你妈打电话跟我说,你都回来三天了,乡里的工作就扔下不管了？"

周乐拿过桌上茶壶，给自己倒了杯水，不紧不慢地说："米书记跟我说了，我不用在乡里坐班，我的扶贫任务就是给创产园找项目、跑资金，回家就是工作。"

周亦农一听就火了，质问道："他是让你给我做工作是吧？是让你天天催着我给他拨钱是吧？"

周乐反驳说："也不能说是为了他吧，是为了我们贫困乡的乡亲们。"

周亦农指着周乐，对妻子说："芳洁，你听见乐乐说了吧，这就是老米的鬼主意。老万都跟我说了，周乐报名下乡挂职，本来组织部分配他到南沧县，老米专门去找钟呈祥，把乐乐要到他那去的。老米过去天天跑来找我要钱，现在好了，他不用到政府催我了，换了个乐乐常驻家里来磨我。对，我们再给乐乐买辆车，我这个家都成了老米的办事处了！"

吴芳洁不以为然，反而说："这有啥呀，乐乐干啥不是干啊，他在那里扶贫，你该拨的钱就给他们拨呗。老米还有不到半年就退了，人家图什么呀？再说了，乐乐已经去了，你跟老米把关系处好了，有啥亏吃呀？"

周乐附和道："就是。"

周亦农生气地手一挥："我不跟你们说了，我告诉你周乐，这个车不能买！"

小芹端上炒菜准备开饭，周乐拿过酒瓶，哄着父亲："爸，您生啥气呀，来，我陪您喝一杯。"

周亦农一口回绝："不喝。"

吴芳洁劝道："儿子回来了，你们爷俩就喝点呗！"

"喝什么喝，吃饭。"周亦农刚拿起筷子，手机铃声作响，周亦农看了一眼手机，立即起身走进书房。

吴芳洁看看儿子，周乐嘟囔道："不买就不买，我就开着这个破车，万一出了事，妈，你们可别后悔。"

"你别这么说，我也不想担惊受怕的……"吴芳洁内心纠结，不知如何是好，她看了一眼书房，悄声说："可你爸不同意，让我怎么办？你好好跟你爸说，只要他点了头，我就给你买。"

正说着，周亦农笑逐颜开地走出书房，妻子、儿子面面相觑。周亦农坐到餐桌旁，把手机放在一旁，对周乐说："去，拿酒来。"

"您不是不喝吗？"

"叫你拿来就拿来！"

吴芳洁感到莫名其妙："你今天这是怎么了？一会儿生气发火，一会儿又咧着嘴笑，怪事。"

周亦农笑道："文宝来电话了，民主推荐会的结果出来了。"

吴芳洁忙问："你入围了？"

周亦农得意地点点头："何止入围？排名第一。"

"钟呈祥呢？"

"他得票第二，老万第三。"

吴芳洁欣喜地："哟，这可是好事。乐乐，快拿酒来，给妈也倒上一杯，先为你爸祝贺一下。"

周乐倒上酒，三人碰杯把酒喝下。

周亦农兴奋不已："我的年龄大一些，原以为钟呈祥最有希望。可同志们还是把票投给了我，这真是苍天不负有心人啊！"

周乐倒是显得十分冷静："爸，您也别太乐观了，民主推荐这才是第一步，接着要组织考察、干部谈话、查阅档案、省市沟通、拟定人选。就是省委常委会过了，还要社会公示，步骤多着呢。"

周亦农刚愎自用地说："这还用你说，我还不清楚吗？接下来步骤再多，我也是十拿九稳了。"

周乐还想说什么，吴芳洁对他挤挤眼，周乐忙给父亲斟满酒。

周亦农继续说道:"周乐,你呀,优点是憨厚实诚,缺点是太憨厚实诚。你才在从政的路上刚刚起步,哪里知道这官场里水有多深。老米他们一个个猴精猴精的,你到了下面嘴要严实,不能把家里的事跟老米他们说,知道吗?"

"知道。"周乐拉着长声,随之话题一转,"爸,您入围高兴了,也让儿子跟着沾点喜庆。您就说句话,让我妈出点钱,给我买辆车呗。"

周亦农看看夫人,吴芳洁担忧地说:"乐乐开着个破车,天天翻山越岭的,我也是不放心,万一出点事……"

"别说这些背兴的话。"周亦农挥手打断,想了想松了口,"行了,买就买吧。不过,要是老米问起你来,乐乐,你可不要说是我出钱给你买的。"

"明白,"周乐高兴地端杯敬酒,"爸、妈,谢谢啦!"

三

其实,召开民主推荐会的第二天,省委组织部张部长便把推荐结果告诉了郑君毅。昨天晚上,张部长又打来电话,已向肖书记作了汇报,经肖书记同意省委组织部将派员前往考察。由于钟呈祥是此次考察对象之一,所以需要回避,郑君毅让市委组织部一位副部长负责具体事务安排。省委考察组入驻宁滨迎宾馆,分为三个小组,与全市正县实职以上领导干部单独谈话。从德、能、勤、绩、廉五个方面,对周亦农、钟呈祥、万远鹏进行全面考察。

这意味已经公开民主推荐结果,万远鹏欣喜万分,马上告知丁茂鑫这一消息。第二天,丁茂鑫又把万远鹏约到茶楼,与牟存善接通了电话。牟存善称，只要入了围事就成了，他向大舅报告了，大舅很高兴，已跟省委肖书记打了招呼。牟存善还说，在考察结束之后，他将专程前往宁滨，当面向万远鹏祝贺！万远鹏闻言兴奋不已，自然和丁茂鑫又去了酒店畅饮一番。

次日是清明节，万远鹏开着丁茂鑫的大奔，独自回到了老家。他跪在父母坟前，望着焚香冒着的缕缕青烟，向父母倾诉心声："爹、娘，今天是农历乙未年清明，儿远鹏前来给大人祭奠。万家自高祖始，世代务农，无一人为官。儿幼失双亲，生活贫困，饱受冷落，备尝艰辛。承蒙二叔、婶娘抚养，儿发愤图强，不负所望，将成为一市之长。待儿功成名就之日，光宗耀祖，衣锦还乡，告慰二老和二叔、二婶，以谢苍天。"而后，万远鹏抹去腮边泪痕，伏身叩首祭拜。

陈宇对这次民主推荐结果极为不满，自己不仅没有入围，据说排名还在十名之后。他气冲冲地来到郑君毅办公室，当面直言："郑书记，这次民主推荐我有意见！"

郑君毅放下手头工作，指指桌前椅子："坐，有什么话，你说。"

陈宇没坐，站着愤而陈辞："你来宁滨两个多月了，对干部情况应该有所了解，这三个人怎么能当市长？周亦农思想僵化，因循守旧，不求进取；钟呈祥人是不错，公道正派，可他不懂经济；万远鹏虽说精明能干，但此人为官不正，巧言令色，争功图利。我敢肯定地说，不管选他们谁当市长，都不能把宁滨的发展搞上去！"

陈宇一口气说完，才在郑君毅的对面坐下来。郑君毅微笑着注视着陈宇，问道："那么你看，在我们党政班子中，哪一位同志当这个市长更合适啊？"

"我呀，我最合适！"陈宇毫不掩饰，"我是工学博士，通晓现代经济，具有创新意识，干净、干事、敢于担当。就是因为我工作中太较真，得罪了一些干部，所以他们不投我的票，这样以票取人不公平啊！"

郑君毅心平气和地说："陈宇啊，我们搞民主推荐，只是选拔干部过程中的重要一环，并不是全部。还有一些程序要走，比如组织考察正在进行嘛。你的意见我知道了，消消气，啊？"

陈宇余气未消，抱怨说："一个金运昌把宁滨耽误了好几年，再上来个二五眼的囚包市长，还不知道会把宁滨搞成什么样子。唉，我看这工作是没法干了。"

郑君毅正色道："欸，陈宇，你是副市长，是党员领导干部，在任何情况下，都要相信党组织。工作该怎么干照样怎么干，千万不能闹情绪，啊？"

陈宇从机关回到家，坐在沙发上向妻子诉说心中的忧愤。梅颖把一杯奶茶放在茶几上，看了一眼丈夫，劝道："你呀，干吗生这么大气呀，你就好好当你的副市长算了。"

陈宇忿忿不平："我不是非要争这个市长，是让他们当市长，我不服气！"

梅颖淡然一笑，反问道："你不服气又能怎样？你把干部们都得罪了，人家不投你的票，你连围都入不了，生气又有什么用？"

陈宇长叹一声，无可奈何地摇摇头。

这时手机铃响，梅颖接听电话，对方是黄国才。他说，已经来到了宁滨，晚上邀请陈宇夫妇吃饭，不知是否方便。

陈宇没有心情，推辞不去。梅颖劝道："人家既然来了，你就见个面嘛，别老闷在家里，出去散散心吧。"

第十五章

一

黄国才这次从香港直飞宁滨，就是奔着陈宇来的。他与陈宇上次见面之后，便同陈宇的秘书小尹挂上了钩。时常和小尹通个电话，话里话外地了解陈宇有关工作动态。小尹毫无警惕，无意间便把一些事情透露给了黄老板，包括陈宇这次民主推荐会落选，陈宇生气不满，等等。黄国才闻讯大喜，立即飞来宁滨，他要利用这一机会，说服陈宇下海。对他来说，没有什么比挖走陈宇这样的人才更为重要了。

黄国才和陈宇夫妇见了面，装作不知状况，还预祝陈宇竞选市长成功，事业发达。当梅颖告知陈宇已经落选，黄国才故作惊讶："怎么会是这样？这可太不应该了。我从商三十余年，见过的大小官员多了，像陈副市长这样有追求、有才华、有魄力的，还真不多见。遇宝不识，弃才不用，可惜啊！"

陈宇神色黯然，摇头叹息："唉，没办法，或许是命该如此吧。"

黄国才摆摆手："哎，可不能这样说，你的命运应该比现在更好。既然你在这里怀才不遇，心情不畅，何不换一个地方大展身手呢？比如我上次跟你说的，到我们新的投资地通州。"

陈宇与梅颖相视，黄国才循循诱导："我知道，你对宁滨有感情，舍不得离开这里。可通州也是中国大地啊，你去那里工作，不也是为国家作贡献吗？"

陈宇沉默不语，黄国才接着说："我在通州组建集团公司，当地政府非常支持，已经都谈好了。第一期投资五十个亿，主要做三件事。一是基础设施建设，二是房地产开发，三是智慧城市电子操作系统研发及产业化项目。通州作为首都副中心，将来城市全部是智能化管理，包括政务、交通、医疗、教育、社区等等。未来三年，我们的总投资要超过两百亿元。你不仅有事业心、责任感，还有技术专长，又有管理城市的经验，我心中想要寻觅的总裁，你是再合适不过了。"

陈宇心情舒展一些，说话也变得风趣起来："我确实有自己的专长和优势，但驴脾气发作起来，也是会炸蹶子的。董事长若是看走了眼，后悔可就来不及喽。"

黄国才笑道："我说过，你着急是为了事业，而非为一己私利一争高低。据我所知，你对夫人、女儿可从来不发脾气啊。"

梅颖点点头："嗯，还真是，我俩结婚这么多年，从来没有吵过架红过脸的。"

黄国才自信地说："对吧？我看人是不会错的。我这个人一向是疑人不用，用人不疑，你和我相处时间长了就知道了。怎么样？陈副市长，下决心吧。"

梅颖已然心动，目光急切地注视着丈夫，恨不得陈宇马上表态。陈宇思忖少顷，然后说："黄先生，这不是一件小事，容我再考虑考虑，好吧？"

黄国才已看出几分希望，高兴地说："好的，我不走呢，就住在这里，等待你的最终决定。"

吃过晚饭回到家，陈宇走进书房，站在写字台前，铺展开《宁滨市高新技术发展项目规划图》，上面标记着产业分类、项目布局、领军人才及工作重点等密密麻麻的文字。陈宇望着规划图，蹙额凝思。

梅颖走进屋，坐到对面椅子上，望着丈夫："陈宇，我知道你的内心纠结，你对宁滨发展缓慢一直感到不满。郑书记来了，你看到了希望，又重新鼓起了信心。这次民主推荐的结果令你失望，可你又不愿放弃宁滨远走高飞。我觉得，你与其这样在痛苦矛盾中徘徊，还不如下决心离开，换一个更适合你的环境，发挥你的特长，开创新的事业，你说呢？"

陈宇长叹一声，拍拍桌案上的规划图："这都是我这些年的心血啊，只要能照此去做，大胆创新，持之以恒，用不了多长时间，宁滨的发展就会走到全省前列。我扔下不管，一走了之，谁来完成这些事啊？"

梅颖淡然一笑："地球离开谁也照样转，宁滨离开你也照样发展。"

"这倒是，可我对这些项目和发展前景更为了解，如果我在，科技创新、企业转型升级的速度可以更快一些。"陈宇依然恋恋不舍。

梅颖问道："那你说，他们三人无论谁当市长，你在他们手下工作，你的抱负、才干能够得到充分发挥吗？"

陈宇陷入沉默，梅颖劝道："陈宇，咱不跟别人争了，谁当市长谁就当吧，你也不要想那么多了。我看黄老板这个人还不错，又给你这么优厚的待遇，我们还是走吧。女儿毕了业也不要留在澳大利亚，在北京给她找个工作。等有一天我们老了，还有孩子们在身边，一家人团团圆圆的不是挺好吗？"

陈宇沉思着点点头，看着妻子："我如果去了通州，你怎么办呢？"

梅颖似乎早有考虑："我好说，你先去，等安顿好了，我可以辞职，跟你一块儿过去。"

陈宇有些过意不去："为了我，你这个歌舞团的团长，放弃了自己热爱的专业，不觉得可惜吗？"

梅颖毫不在乎："你连副市长都放弃了，我一个小团长还有啥可惜的？"

陈宇卷起规划图："也好，走就走吧，不过，有些话我还是要跟黄老板讲在前面。"

第二天下午，陈宇把黄国才约到一家茶社，二人闭门详谈。陈宇说："黄董事长，我和梅颖商量好了，我可以到你的公司应聘任职。但是，有几个条件我想和你先讲清楚。"

黄国才喜不自禁："好哇，我从来喜欢与人交往以诚相待，你有什么条件尽管提出来。年薪、住房、用车，等等，我一定尽力满足你的要求。"

陈宇摆摆手说："这些都不重要，我想说的是公司经营管理。譬如，我作为总裁，所属副总裁由谁选定？管理层负责人的待遇由谁确定？还有，公司管理人员的使用、辞退由谁决定？"

黄国才一一作答："三名副总裁、各部门及下属子公司总经理，当然由你选取录用。管理层负责人和职工的待遇，包括年薪及奖金，由你自主裁量。所有管理人员的录用、晋升、解聘、辞退，全部由你决定。这是公司董事会的规定，我作为董事长也不能违反哟。"

陈宇打消了顾虑，放下心来："你看我什么时候上任为好？"

黄国才唯恐陈宇有变，迫切地说："当然是越快越好，我先带你去深圳、香港，到咱们公司总部看一看，对公司发展情况有所了解后，我再陪你去通州。"

陈宇表示同意："嗯，这样好，我马上写报告，辞去副市长职务。"

黄国才开心地笑了，伸出手："一言为定，那我们就订后天的机票，一起走！"

陈宇笑着点点头，和黄国才的手紧紧握在一起。

二

　　一辆中型面包车行驶在乡间公路，郑君毅、蓝天等有关人员坐在车上。

　　郑君毅伏身小桌看着地图，与坐在旁边的蓝天交谈着："我们今天在南沧转了一个贫困乡看了两个村，从乡到村大家有着脱贫奔小康的强烈愿望。但大多都在设计谋划，还没有进入实施阶段。蓝天，你分管农业和民政，你说说，下一步扶贫攻坚的着力点应该放在哪里？"

　　蓝天心中底数清楚，侃侃而谈："咱们市翠屏、南沧两个贫困县八个贫困乡76个贫困村，涉及8965户53792人。其中轻度贫困户占百分之二十一，中度贫困户占百分之四十七，重度贫困户占百分之三十二。这些贫困村我都去过，有的在丘陵地带，有的在大山里，每个贫困村情况各不相同。我认为，我们应该每村一策，像习总书记说的那样，在精准扶贫上下功夫。抽调得力干部组成扶贫工作队，担任驻村第一书记，进村入户、调查研究，统筹考虑每一个贫困家庭的居住、生活、就业、医保以及子女上学等问题……"

　　郑君毅认真倾听，仔细思考。蓝天接着说："在此基础上，制定整村脱贫实施方案，有的可以因地制宜就地脱贫，有的要易地搬迁二次创业。政府根据每个村的实际情况，有针对性地加大资金投入，由扶贫工作队统一管理使用，真正把钱用在刀刃上。米来顺同志在榆树沟乡，已经动起来了，但很困难，主要是缺乏资金。"

　　郑君毅赞同地点点头，问道："蓝天，你大致算过没有，我们需要多少资金、在多长时间内，可以实现翠屏、南沧两县脱贫摘帽？"

蓝天想了一下："资金至少需要四十亿，如果工作能到位，资金跟得上，我想短则三年长则五年，翠屏、南沧可以脱贫摘帽。"

郑君毅沉思着点点头，手指轻轻点着桌面："四十亿……数额不小呀。我们只有把经济搞上去，财政收入增加了，才能从根本上解决资金短缺的问题，可是扶贫攻坚这件大事不能等啊。"

蓝天提出建议："郑书记，光靠政府资金投入是不够的，我们可以出台一些优惠政策，鼓励民间企业把资金投向扶贫攻坚。比如修路、办学、建创业园、旅游景点，有许多事是可以做的。"

"对呀，你这个想法好！"郑君毅颇为赞许。

蓝天补充说："还有，扶贫攻坚是一项系统工程，涉及方方面面，我们市直部门和科研院所都应该动员起来，同心协力，各尽其能，为乡村扶贫攻坚奔小康贡献力量。"

郑君毅收起地图，交给蓝天："好，我完全赞同。我们近日就召开市委、市政府党政联席会，专门听取一次你和老米的汇报。你们把扶贫攻坚的想法举措都讲出来，大家统一思想认识，拿出切实可行的若干意见，然后形成市委、市政府的决定，各级各部门遵守执行！"

下乡调研回来已是晚上八点多钟，蓝天一进家门，妻子便对他说，陈宇刚才来家找你，说有重要事跟你谈，让你回来去他家一下。蓝天与陈宇同住一栋楼，隔着一个单元。蓝天匆匆吃了饭，赶紧来到陈宇家。

梅颖不在，团里有演出，陈宇把蓝天让到沙发上。蓝天问："老兄，有什么重要事，这么急着找我。"

陈宇郑重其事地说："蓝天，五年前我从省科技厅来到宁滨，咱俩一见如故。观念上彼此相通，工作中相互支持，我们既是好同事，又是好朋友，对吧？"

蓝天笑道："当然。"

陈宇话转正题："蓝天，有几件事我放心不下，我想再跟你说说。超薄型钢材项目，乔厂长跟冀所长谈成了，也签了合作协议。冀所长马上派人过来，乔厂长要注意尊重对方科研人员的意见，要按照现代企业与科研院所的合作模式去管理。这一点，你要特别提醒他。"

蓝天点点头："好，我跟他说。"

陈宇接着交代："电动汽艇、生物制药，还有大数据产业园，这些项目对宁滨今后发展至关重要。虽然厂址定了，地落实了，但项目审批手续还没走完，你要帮着他们催促快办，千万不能半途生变……"

蓝天感到有些蹊跷："老兄，这都是你管的事，怎么都交给我了？"

陈宇没有回应，从一旁拿过规划书交给蓝天："这是我搞的高新科技项目发展规划书，刚刚打印出来，给你留下或许有用。"

蓝天接过规划书，两眼直直地望着陈宇："老兄，你今天这是怎么了？是不是要调离宁滨呀？"

陈宇回避道："咱不谈这个……以后你就知道了。"

离开陈宇的家，蓝天愈发觉得不对劲儿。他看看手表，掏出手机给耿秘书打去电话，知道郑君毅还在办公室，急忙打车赶到市委。

灯下，郑君毅伏案批阅厚厚的一摞群众来信。耿秘书把蓝天送进屋，郑君毅抬起头："哦，蓝天啊，这么晚了，你怎么又跑过来了？"

"书记，我有重要的事向你报告。"

蓝天在郑君毅对面坐下，耿秘书拿着书记的批件离开。

郑君毅放下手中的笔："什么事，说吧。"

蓝天把同陈宇见面的情况讲了一遍，不无担忧地说："书记，陈宇是不是想要调走啊？"

郑君毅思索着："不会吧……即便他要调走，省委组织部也会事先跟我打招呼的。"

蓝天揣测道："陈宇他会不会离开宁滨，另谋职业呢？"

郑君毅蹙起眉宇："你是说下海经商？"

蓝天点点头："现在又掀起一波干部下海潮，猎头公司到处挖干部人才呢。"

郑君毅顿时警觉起来："不能排除这种可能性，前两天陈宇找过我，他对这次民主推荐很有意见，情绪非常不好。"

蓝天充满焦虑："书记，陈宇为人正直，很有才干，正是需要他发挥重要作用的时候，千万不能放他走啊！"

郑君毅站起身来："走，你马上带我去家找他。"

蓝天看看手表："都十一点了，现在去他家恐怕不方便吧？"

"我先打个电话。"郑君毅拿过电话，拨通陈宇的手机，铃响却无人接听。

"可能是休息了……"郑君毅挂断了电话，"这样吧，明天一上班我找陈宇，我要跟他好好谈谈。"

三

第二天一上班，耿秘书便给陈宇打电话，约他到郑书记办公室，可陈宇一直关机。耿秘书正感到纳闷，陈宇的秘书小尹来了，把一个信封交给耿秘书，说是陈副市长让转呈郑书记。耿秘书随即送达，郑君毅打开一看，大吃一惊，这是陈宇的辞职报告。郑君毅忙问陈宇现在何处？小耿说，听他秘书讲，陈宇已去机场，和一位香港老板到深圳考察。

实际上，郑君毅昨夜给陈宇打电话时，陈宇正在写辞职报告。他看到了郑君毅的来电，迟疑片刻想接而又未接。陈宇很怕一接这个电话，会动摇他出走的决心。因为他知道，作为党员领导干部，以这种方式离开宁滨，肯定是不对的，这会让郑君毅感到失望。转念又想，自己只是去北京也没跑往国外，况且已经向黄老板作出承诺，机票都买了还是走吧。经过一番思想斗争之后，陈宇写好辞职报告，第二天一早交给小尹，让他转交耿秘书。说他去深圳考察项目，尔后便和梅颖到酒店与黄老板汇合，一同乘车去了机场。

十一点二十分的飞机，陈宇在机场与妻子挥手告别。他同黄老板一起走进空港，经过安检进入候机厅，心境复杂地坐在长椅上等候登机。不久，大厅传来播音员通知旅客登机的声音，黄国才和陈宇站起身，各自拉着行李箱走向登机口。

一位工作人员走过来，礼貌地拦住陈宇："您是陈宇副市长吧？"

陈宇点点头，工作人员说："市委郑书记找您，请您过来一下。"

陈宇不由一怔，想说什么，身后传来郑君毅厚重的声音："陈宇！"

陈宇转过身来，不远处的郑君毅正在大步向他走来。

陈宇两眼呆滞，木讷地说："郑书记……"

郑君毅目光严峻，大手一挥，不容置疑："跟我回去！"

郑君毅说完便走，赵云强走上前来，接过陈宇的行李箱，拉着陈宇的手，温和地说："你出门怎么也不说一声，走，回去吧。"

黄国才呆呆地看着眼前一幕，失望地摇摇头，悻悻地走向登机口。

陈宇坐上了郑君毅的车，回来路上向郑君毅如实讲述了事情的经过。

回到郑君毅办公室，陈宇低着头坐在沙发上，心里像堵着铅块一样沉重。

郑君毅站在陈宇对面，厉声质问："陈宇，你是党员副市长，你不知道你这样做是完全错误的吗？"

陈宇抬起头，一脸懊丧："知道，我也是无奈之举。香港的这位黄老板早就提出聘任我，但我拒绝了。现在很明显，宁滨的干部对我有看法，我何必还留在这里？我换一个环境，到通州去照样能干出一番事业。"

郑君毅神色严肃，批评道："你有什么想法，可以跟我说嘛。即便辞职，你也要得到组织批准、履行法律程序后才可以离开，你怎么能违反组织纪律，擅自出走呢？"

陈宇反问："可我不这样做，你会放我走吗？"

郑君毅把陈宇的辞职报告放在茶几上，在对面的沙发上坐下来："当然，我会劝阻你不要离开，因为宁滨需要你。"

陈宇怨气难平："但这里的干部不容我，这次投票就是明证！"

郑君毅斥责道："这次投票没入围，你就灰心丧气了？就把宁滨扔在一边，拍屁股走了，嗯？"

陈宇不服地："我在宁滨这样认真努力地工作，总应该得到组织的认可吧？书记，平心而论，我各方面哪一点比他们差？为什么我就不能当市长？"

郑君毅坦言道："我不否认，你有追求、有知识、有才干、有贡献。但你不要忘了，你从一个大学生到工学博士，从一名普通党员干部到走上副市长的领导岗位，这是党和国家对你多年辛勤培养的结果。这不应该成为你个人从政的资本，更不能成为你向党讨价还价的筹码。作为一名党员领导干部，在任何情况下，都要以党和人民的利益为重，经受住各种考验。不管有什么委屈、挫折、诱惑，理想信念绝不能动摇，这就是共产党人最大的德。我可以明确地告诉你，你辞职我不同意；但你执意要走，市委不会拦你，宁滨人民也不会挽留你！"

郑君毅一番话掷地有声，振聋发聩。陈宇垂首不语，陷入沉默。

郑君毅倒了一杯水放在陈宇面前，语重心长地说："陈宇，你知道，我们市百余家大中企业正在转型升级的阵痛期，还有数万下岗职工等待着尽快走上就业岗位。离市区几十公里之外，大山里的贫困农民至今还住在土坯房里，生活十分艰难，期盼着早日过上好日子。你负责全市高科技项目产业集群的发展，这是把宁滨建设成为经济强市的希望，你肩负着这么重要的责任，怎么能一走了之呢？"

陈宇眼里噙着泪花："郑书记，说心里话，我也不想走啊，我多么想，把我一腔热血洒在宁滨这块土地上。我一直在痛苦矛盾中纠结、挣扎，可答应了黄老板，我不能失言失信，所以还是走了。"

郑君毅义正词严："你对那位黄老板不能失言失信，你对党就能失言失信？嗯？你入党时的誓言难道都忘了吗？随时准备为党和人民牺牲一切！这还没有让你上断头台呢，遇到这么一点风浪，就当逃兵？嗯？"

陈宇冷静下来，长叹一声："唉，书记，我错了……"

"知道错了就改嘛，你回去好好想一想，从思想深处认真反省，向市委作出深刻检查。"郑君毅把辞职报告还给陈宇，"至于谁当市长这只是组织考察阶段，我还是那句话，要相信党组织，相信广大干部群众。人们心中自有一杆秤，一定会选出一位让人民满意的市长！"

郑君毅与陈宇的谈话，让陈宇郁闷的心情豁亮许多，他回到市政府，沉思着向自己的办公室走去。

尹秘书迎上来："您不走了？"

陈宇没有回答："把我办公室的门打开。"

"开着呢。"

小尹说着推开门，陈宇走进屋不禁愣住了。蓝天、韩广仁、土地局的吕局长、财政局的石局长、科技局的穆局长呼啦站起来，上前把陈宇团团围住。

陈宇惊奇地看着大家，蓝天笑着说："一听说你要走，大伙儿都跑过来了！"

陈宇苦涩一笑："我倒想走呢，可还是没有跑出郑书记的手心！"

穆局长拉着陈宇的手："陈市长，你可不能走啊！"

"是呀，一听说你要走，大家都急了！"韩广仁大声说道。

蓝天悄悄捅捅吕江，吕江眼圈发红："陈市长，都怪我惹你生气，你骂我打我都行，可千万不要走呀！"

陈宇眼里闪着泪花："不不，是我不好，一些工作上不去，心里头着急，经常跟你们发脾气，你们不要往心里去。"

蓝天拍拍吕江肩膀："好啦，陈市长不会走的，今后啊，咱们同心协力，和陈市长一起把这块工作搞上去！"

石局长表态说："陈市长，刚才蓝市长批评我们了，以后呀，你就看弟兄们的行动吧！"

陈宇激动地握着大家的手："好、好，我们一块努力！"

韩广仁等人离去，蓝天把《宁滨市高新技术项目发展规划书》放到陈宇办公桌上，说："老兄，物归原主，这可是你的宝贝，还是你留着用吧。"

陈宇笑笑，问道："蓝天，我问你，是不是你向郑书记泄了密？"

蓝天坦承道："是的，我不能看着你往那条路上走下去。"

"我也知道自己错了，郑书记叫我写检查。"陈宇拉着蓝天坐下来，"蓝天，你坐下，你站位高，文笔也好，帮我想想。"

蓝天想了一下，直言道："你未经组织批准擅自出走，这头一条就是无视党的原则，违反组织纪律……"

第十六章

一

周乐开着崭新的切诺机大吉普驶进县委院里，米来顺正好从平房办公室走出来。

周乐跳下车，迎上去："米书记！"

米来顺笑呵呵地挥挥手："哈哈，周乐，你来啦！"

"刚过来，找扶贫办说点事。"

米来顺关心地："怎么样，在乡里工作还适应吧？"

周乐笑道："没问题。这段时间，我一直盯着后边的第三批扶贫款，一下来就催我爸快点批。同时跑科技局、农科院，抓紧找产业园的项目，刚有点眉目。"

米来顺满意地点点头："好哇，你就照我说的办，多往市里跑跑，常回家里看看。"

米来顺说着，走到周乐的汽车旁。

周乐拍拍车头："您看，我妈给我买了辆新车，乡里车我不用了。"

"不赖，不赖。"米来顺打量着新车，"周乐啊，我再给你加个官衔。"

"什么官衔？"

"翠屏县驻宁滨市办事处主任！"

"米书记，我爸早给我任命了。"周乐学着父亲的腔调："周乐，你看看你，天天泡在家里磨我，我们家都成老米的办事处了！"

米来顺仰首哈哈大笑。

县委办小刘带着中铁勘测队高队长匆匆走来。高队长汇报说："米书记，高铁线路勘测只剩下北牛营那片地了，工程指挥部很着急，总指挥让我跟您说，勘测工作不能再拖了，否则会影响整个工程进度！"

"我也是马踩着车呢，北牛营的地还没有谈下来。"米来顺想了想，"这样吧，我抓紧做村民的工作，你们可以先开始前期勘测。这是我们榆树沟乡的周副乡长，让他带你们去。"

高队长转忧为喜，握着周乐的手说："这太好了，周副乡长，谢谢啦！"

周乐爽快地："你们给百姓建铁路，应该感谢你们啊。一会儿我就回乡里，我带路，咱们一块走！"

鹰嘴山奇峰高耸，地势险峻，北牛营坐落在山崖半坡。全村一百二十九户八百多口人，大多住在低矮破旧的土坯房里，下山只有一条崎岖不平的羊肠小道。山下沿着一条小河，旁边有一片开阔地，可种植一些谷物。村民人均耕地不过三分，粮不到百斤，生活贫困，多年来一直靠吃国家商品粮救济。如今修建京宁高铁，需要从北牛营这片土地穿过。县里依法征用土地，这如同在瘦骨嶙峋的人身上割肉，村民们坚决不同意。他们提出各种苛刻条件，县乡政府包括米来顺亲自到村里协商，但始终没有谈下来。

这天，村干部们在村委会围坐在地桌旁，又一次商议县里征地的事。村支书牛玉田说，请贵爷去了，这事贵爷不点头，谁也没法儿。门外一阵声响，牛金贵手里拎着一把锄头，大步走进屋来。

大家连忙起身让座,牛金贵把锄头撂在墙角,在地桌旁小板凳上坐下来,问道:"啥事呀,这么急着找我?"

牛玉田往茶碗里倒着水:"贵爷,还是县里征地的事,请您过来一起商量商量。"

大家恭敬地注视着牛金贵。

牛金贵才刚六十出头,已是满头白发。他长方脸,高鼻梁,布满褶子的脸上,一对不大的眼睛,闪动着精明、深炯的目光。牛金贵不慌不忙地掏出烟荷包,抽出一张纸片卷着烟叶:"说吧,咋着?"

牛玉田说:"贵爷,县委米书记和乡里面又找我了,说修高铁其他村的地都征下来了,就差咱们村还没动。说咱们提的条件太高,叫给村民做工作,把价降下来。比如土地补偿费,别的村一亩大约七八万,咱们要价二十万,人家铁路部门接受不了。"

村委会主任牛梦水说:"要说是高了点,我看每亩要他十五万就不少了。"

牛玉田接着说:"还有迁坟补偿金,这都包括在土地补偿费里。我们按照您说的,坟头另算,一个坟头两万块,这个人家也不接受。"

另一位村干部说:"贵爷定的这一条咱得坚持,这可是刨老祖宗坟的钱,少了村民肯定不干!对吧,贵爷?"

牛金贵闷头抽烟,沉思未语。牛玉田催促道:"贵爷,您在咱村德高望重,大伙儿都听您的,咱得赶紧定下来,上边等着回话呢。"

牛金贵抽着烟,不紧不慢地说:"这事呀,咱不能急,我看就是一个字——拖。等拖到他们没法儿了,就会答应咱们的条件。玉田,你是村支书,梦水是村主任,你俩要为全村乡亲们的利益着想,眼光要看得远一点。就算全村搬下山,是有新地方住了,可大伙儿没地种了,养家糊口的路断了,咱喝西北风呀?说是给找就业的门路，万一找不到呢？再说了，咱一个农民除了种地别的不会，又能干什么？你们不趁这个机会多给村民手里讨个钱，以后小孩子念书，老人们看病，上哪儿找钱去？嗯？"

牛金贵说得入情入理，大家点头赞同。

牛玉田感到为难："贵爷，您说得在理，可国家修铁路，卡在咱这儿不动也不行啊。"

牛梦水犯愁地说："是啊，要是条件谈不拢，人家强行开了工，那咱可就被动了。"

牛金贵沉下脸，把烟头扔脚底一捻："他敢？他们要是动粗，我牛金贵豁上老命跟他们拼了！"

正说着，几个村民急匆匆地跑进屋来。一个村民报告："支书、主任，他们铁路上的人，已经进到咱村的地里开工啦！"

大家不禁一怔，牛玉田说："不会吧，米书记亲口跟我说的，等做通了村民工作再动工，他还等我回话呢！"

另一位村民证实说："我们在山口坡下亲眼看见的，他们连机器都架巴起来了！"

牛梦水站起身来："他们咋能这样？走，我去看看！"说着起身就往外走。

"慢！你回来！"牛金贵大声喊道，"你们村干部都别动，我去！"

牛金贵站起身来，抄起墙边的锄头，手一挥，带着村民们大步奔出屋去。

二

谷雨刚过，田里的庄稼已是绿油油的一片。周乐和同来的乡干部站在地头看着，不远处高队长指挥着勘测队员，架起三脚支架,用高度望远镜测量地形。牛金贵带着二十多个村民,手拿锄头、铁锹从山坡上直奔而来,大步流星地冲到田边,把勘测队员团团围住。周乐见状,急忙跑上前去。

牛金贵指着高队长的鼻子:"你们到俺们地里干啥来了?"

高队长赔着笑脸:"老乡,咱不是要在这里修铁路吗,我们在搞测量……"

牛金贵板着面孔质问:"谁让你们来的?"

周乐走上前来:"米书记!"

牛金贵打量着这个年轻后生:"你是谁?"

乡干部回答:"这是周副乡长!"

周乐说:"我叫周乐,是米书记派我带他们来的。"

牛金贵冷眼相觑:"米书记派你来的?他还没问我同意不同意呢。你们都给我停下,赶紧回去!"

周乐手一挥:"高队长,不要听他的,你们接着干!"

牛金贵威胁道:"你们要是不撤走,可别怪我这锄把子不客气!"

周乐毫无惧色,严正警告:"你别胡闹,他们是铁路勘测队,在执行国家公务,你这样做是违法行为!"

牛金贵冷笑一声:"我违法?你们不经我们村委会准许,擅自占地开工,这违不违法?"

周乐问道:"你是谁?"

牛金贵怒喝:"我是谁?我是你大爷!来呀,老少爷们儿抄起家伙,把这小兔崽子们赶回去!"

村民们挥舞着农具一拥而上,周乐和乡干部上前阻拦,村民和勘测队员缠斗一起,推搡驱赶。愤怒的村民推倒三脚架,把望远镜摔到田里,高队长跑到一边,焦急万分,连忙拨打电话求救。

此时,高铁工程项目负责人正在市政府会议室,向周亦农等人通报工程进度及存在的问题。接到高队长的紧急电话，马上向周亦农报告："今天，县委米书记派周副乡长，带着我们勘测队到榆树沟乡北牛营村地段开展测绘工作，遭到村民强行驱离。两名队员被打伤，测量器材也被损毁。"

周亦农一听大惊，立即给市公安局崔局长打电话，下达指令："翠屏县北牛营村民聚众滋事，阻挠铁路部门执行公务，还打伤了勘测队员，损毁了测量仪器。你马上派人过去，把挑头闹事的人给我抓起来！"

按照崔局长的命令，县公安民警迅速赶到现场，把牛金贵抓起来，押上警车带走。

牛金贵被抓走了！消息传开，顿时村里炸了锅。

金贵妻哭着跑到村委会要人，愤怒的村民们吵吵着要到市委告状。牛玉田、牛梦水一边安抚众人，一边和周乐商议怎么办。周乐一看事态严重，马上开车拉着他俩到县委汇报。

米来顺已经得知情况，自责地拍着脑门："这事怪我，我想得太简单了。"正说着，郑君毅打来电话，他认为尚未与村里达成共识，便让勘测队贸然进场是不妥的，应当马上放人，避免进一步激化矛盾。同时，立即向村民说明情况，化解矛盾冲突，研究解决问题的办法。

金贵妻回到家已是中午，赶紧给年迈的婆婆做了口饭。金贵娘八十多了，双目失明，盘腿坐在炕沿。金贵妻给婆婆喂着饭，金贵娘问，大晌午了金贵咋还不回家吃饭？金贵妻不敢告诉婆婆丈夫被抓，谎称金贵去了城里，得晚半晌才能回来。婆婆没再多问，吃了饭躺到炕上歇息。金贵妻简单喝了口粥，又跑到村委会打问消息。没有得到丈夫的音讯，她便站在村口树下翘首张望，直到日头落下山峦，才心情沉重地慢慢走回家去。

金贵妻走进家门，听见儿子住的东厢下房传出一阵动静，连忙推开门走进屋。这时，院门"咣当"推开，牛玉田、牛梦水和村民们，簇拥着牛金贵走进院里。金贵妻跑出来，望着丈夫眼里噙着泪花："他爹，你可回来了？"

"回来了！"牛金贵笑呵呵地把手里的纸袋交给妻子，"这里面有红烧肉，给咱娘和儿子晚饭吃。"

妻子接过纸袋，牛梦水晃晃手里带的一瓶酒："二奶奶，炒个鸡蛋、花生豆，我拿来了酒，给俺贵爷压惊。"金贵妻答应着走进西厢下房。

牛金贵先到正房东屋向老母问了安，然后来到西屋，和玉田、梦水等人围着炕桌坐到炕上。

牛玉田说："贵爷，你一被带走，我们就去县委报了情况。米书记责怪自己说，这勘测队过来测量地块，他应该先跟村里打个招呼。当然，也批评咱们打人不对。后来，他一给公安局打电话，说马上放人，我这心里呀，才一块石头落地。"

说话间，金贵妻已把四小碟菜、酒碗筷子摆上炕桌，牛梦水打开酒瓶，斟满小酒碗，端起来："贵爷，敬您，给您压惊了！"

金贵妻不上桌坐到对面木凳上，看着丈夫端起酒碗，与大伙儿一饮而尽。只见牛金贵抹把嘴，笑道："受啥惊啊，我这次在县里转了一圈，不仅啥罪没受，还开了眼了！"

"怎么说？"牛玉田问。

牛金贵绘声绘色地说道："我进了拘留所，肚子早饿得'咕咕'叫了。蹲在牢房墙根儿边，正寻思着这拘留所中午吃啥饭食呢，一个狱警来了，向我招招手，起来，走吧。我问去哪儿，他说你可以回家了。我蹲着没动，说让我吃了饭再走行吗？狱警手一挥，我们不管饭，快走吧。"

众笑，牛金贵接着说："我从拘留所一出来，大门口有辆小汽车候着呢，把我接到了县里招待所。服务员带我到了餐厅，给我找个桌坐下。上了一盆红烧肉，还有一盘烧茄子，一大碗白米饭。到底是县衙门的厨子，菜做得那个好吃！我吃了饭，米书记来了，给了我一盒烟，又给我倒上茶。他批评我打人不对，我说不经村里同意就下地开工，你们不占理。他不跟我争了，开导我说，要想富，先修路，不仅要建公路，还要通铁路。都是为了乡亲们，有条件可以提，但你们不能狮子大开口。"

牛玉田说："米书记就是要说服您，把条件降下来，赶紧迁坟腾地。"

"知道。"

牛梦水问："您答应了？"

牛金贵狡黠一笑："我才不上这个钩呢。我编了个理由说，你们修铁路，从我们北牛营头上'咻溜'蹿过去了，不仅没给我们村民带来实惠，还惊动了我们九泉之下的老祖宗，连个安稳觉也睡不成了。你们要是在北牛营建个火车站，哪怕是老慢车呢，你停一下，让这四周的乡亲搭个车，也算为百姓办点好事，我们也好向老祖宗们交代。你们只要答应这一条，我们北牛营二话不说，马上把地给你们。"

牛玉田忙问："米书记咋说？"

"他眨巴着眼睛瞅着我，半天才说，让他考虑考虑。"

牛梦水说："这是铁路上的事，他做不了主。"

牛金贵得意地："我还不知道么，我就是不谈地价，故意给他出难题呗！"

牛玉田又问："后来呢？"

牛金贵说："他让我先回家好好想想，过几天再和我谈。还谈啥呀，我们论了岁数，他已经快六十了，还有几个月退休。他现在答应啥，也不能听他的，后边新来个县太爷又变了，咱找谁说理去？"

牛玉田犯了愁："那咋办呢？"

"咋办？"牛金贵自有主张，"沉住气，我还得找更大的官。哎，别光听我说了，喝酒。"

三

已经是深夜十二点，郑君毅的办公室依然亮着灯光。

灯下，郑君毅坐在桌前批阅文件，耿秘书把一叠公文放在案头，说："这是您批示的群众上访件，上面附有市信访局的办理结果。"

郑君毅拿过来翻阅，只见每份群众上访件的批复卡上，都盖着大红印章"正在督办"。郑君毅不满地皱起眉头："正在督办……正在督办，还是正在督办，这进度也太慢了。"

正说着，赵云强走进屋，把一份省委办公厅通报放在郑君毅面前："今年以来，我市进京赴省上访批次、人数排名第一，省委办公厅对我市通报批评，要求我们限期整改。"

郑君毅看着省委办公厅通报说："这个问题一直是困扰我们的老大难，必须下决心改变这种状况。"

赵云强说："我明天就去信访局，和大家研究一下，看采取哪些措施，尽快扭转这一被动局面。"

郑君毅踱步沉思，少顷，他对赵云强说："我看呀，什么法儿，也不如走出办公室，去直接面对上访群众。云强，我想拿出两个月的时间，举办市领导大接访，我和党政班子成员半月一次，亲自接待上访群众。现场办公，分案处理，拿出解决方案，市领导挂牌督导。由你负责总协调，你看怎么样？"

赵云强完全赞同："书记，这个办法好！"

郑君毅："那好，你把这项议题列入明天的市委常委会，研究定下来，马上就办！"

但让郑君毅没有想到的是，周亦农对此持有不同意见。常委会还没开始，他提前来到郑君毅的办公室。

周亦农神情不安地："郑书记……"

郑君毅摆手打断："亦农，我跟你说好几次了，你就叫我君毅好了。"

"嗳嗳。"周亦农坐下来，问道："君毅，我听说，你要搞大接访？"

郑君毅点点头："嗯，对呀，一会儿上会研究。"

"我看你还是不要搞了。"

"为什么？"

周亦农说："姚力夫在任的时候搞过，不叫大接访，叫领导接待日。信访局把那些老上访户找来，市领导亲自出面接访。你猜怎么着？不仅没有解决遗留的问题，还找来了一大堆麻烦。那些上访户缠磨住了市领导，天天往机关跑，在办公室一坐就不走了。他们提出的都是些早年六辈子的烂杂事，根本没法儿办，最终闹了个不了了之。白白浪费了时间，群众也不说好，还说是领导作秀。你可别再弄这事了，这纯粹是引火烧身自找苦吃。"

听了周亦农的一番话，郑君毅稍加思忖，然后说道："亦农，你说的这些情况，云强也跟我介绍过。从我过去接访的经验看，上访群众包括一些老上访户，绝大多数提出的诉求是有道理的。谁愿意闲着没事，天天往信访局跑？当然也有个别人无理取闹，但那只是极少数。上访者们提出的问题，很多都是老大难，越拖越复杂，越拖越不好办。关键是，我们各级领导同志是不是真正用心去办，把上访者堵心的难事愁事不平事，尽快解决掉。"

"话是这么说，难啊。"周亦农摇摇头，"君毅，我是为你好，提前给你提个醒。如果你会上定了这样办，我是不会再提不同意见的。"

耿秘书推开门："书记，开会时间到了。"

郑君毅和周亦农站起身来，一同走出屋去。

四

　　这天晚上，金贵妻躺在炕里已经入睡。牛金贵依在炕头，听着小收音机，里面传来播音员的声音："记者昨天从有关部门获悉，为了保障人民群众权益，维护社会大局稳定，市委决定从四月十日起，开展市领导大接访活动，每半月举行一次。市委书记郑君毅明天上午在市信访局接待大厅，亲自接待上访群众……"

　　牛金贵又惊又喜，他望望窗外，已是月垂星稀，连忙穿上衣裳，翻身下床。

　　金贵妻醒来，揉着眼睛问："这么晚了你还不睡，折腾啥哩？"

　　牛金贵站在炕边，把一叠发黄的材料塞进破旧的提兜里："我现在就去市里，有大事要办。"

　　金贵妻"嚯"地坐起来，两眼盯着丈夫："你又去上访，是吧？"

　　牛金贵点点头："嗯，我要去见市委书记。"

　　金贵妻一听急了，光着脚跳下炕，身子顶住门："不行，你不能去！"

　　牛金贵压低声音："小声着，别把老娘吵醒了。"

　　金贵妻怨责道："你要是心里还有老娘就别去，你不能再到外面惹是生非了。"

　　牛金贵哭丧着脸："我哪是惹是生非呀，我是在为村里人办事情。"

　　金贵妻诉说着："这些年，你就知道上访上访，不是去省里就是跑北京，你办成啥事了？整天让我和老娘担惊受怕的，前两天你才刚放回来，要是你又被关进去，我们这日子可怎么过呀……"说着，金贵妻掉下泪来。

牛金贵恳求道:"老婆,你听我说,过去是我找人家,这次是市里最大的头头找我。就这一次,我以后再也不跑腾了,行不?起开,让我走。"

牛金贵拽拽妻子的胳膊,金贵妻扒拉开丈夫,抹着泪坐到炕沿上。

牛金贵伸过手:"给我个钱。"

"我没有。"金贵妻扭过头去。

牛金贵转到妻子面前:"你刚卖了一篓鸡蛋,我知道。"

"那是过日子的钱。"

"你总不能让我饿肚子吧?"

金贵妻低头涕泣不语。

牛金贵无奈地拎起提兜,转身欲走,金贵妻掀起炕席一角,拿出几张零钱扔在炕边。

牛金贵收起钱揣进口袋,笑笑说:"老婆,你好生在家等着,我这次访下来,咱就有大钱了。"

牛金贵开门离去,金贵妻伏在炕头哭泣。

第十七章

一

牛金贵一大早便赶到市信访局接待大厅，前面已经排了十几个上访者了。牛金贵领到的号排在第13位，安排在2号屋。他手里拿着号在长条椅上坐下来，心里琢磨着，这个屋接访的市领导肯定不是郑君毅，市委书记应该是在1号屋。于是，眼睛紧盯着1号屋门，寻思着如何才能见到这位市里最大的官。

郑君毅正在接待一位年轻的姑娘，她叫王冬梅，是为邻居闫大妈跑来诉访的。冬梅气愤地说，闫大妈是烈士遗属，无儿无女，原来在虹桥区国营汽修厂上班。十多年前，这家汽修厂被开发商收购了，建起了商贸大厦，可开发商承诺的职工经济补偿金一直没给。老人八十多了，生活很困难，冬天连暖气费都交不起，政府应该管一管！

郑君毅即刻把蓝天叫过来，对他说："这件事交给你，迅速调查清楚。如情况属实，马上去找开发商，把欠职工的经济补偿金一分不少地追回来！"

蓝天接过郑君毅交给他的材料："好的，我来办！"

郑君毅安慰冬梅："这是蓝天副市长，分管民政，军烈属的事他正管，你把详细情况再跟他谈一谈。另外，请转告闫大妈，我们一定会为她讨回公道！"

王冬梅抹着眼泪："我回去就跟大妈说，让她放心！"

蓝天带着冬梅离去，牛金贵"哧溜"钻进了屋，上前一把抓住郑君毅的手："你是郑书记吧？"

郑君毅握着牛金贵的手："我就是，坐吧。"

牛金贵一屁股坐下来，把提兜抱在怀里："哎呀，郑书记，我可见到你了！"

一个工作人员追进屋："哎，牛金贵，你在2号屋，周市长等着你呢！"

牛金贵坐着没动："我不去，我就想跟郑书记说说。"

周亦农走进屋，看看牛金贵："怎么回事？噢，我想起来了，你就是北牛营挑头闹事的那个牛金贵吧？"

牛金贵把头一扬："我是牛金贵，但我没有挑头闹事。"

周亦农摆摆手："来吧，到我那说吧。"

郑君毅一听此人是牛金贵，正想和他谈谈："亦农，坐吧，咱们一块听听。"

周亦农在郑君毅一旁坐下，郑君毅递给牛金贵一瓶矿泉水。

牛金贵接过扭开盖喝了两口，说："还真是渴了……"

郑君毅微笑着说："老哥，你有什么话，就对我说吧。"

牛金贵抹了把嘴，不慌不忙地从提兜掏出一叠发黄的材料，说道："书记，我姓牛，也是为了牛的事来找你。四十年前，我家养了一头老母牛，老母牛生下一头小母牛。队里说，一户只能养一头牛，这头小母牛是资本主义的尾巴，就硬把小母牛拉走杀了。肉呢，他们吃了。那会儿'文革'咱不敢吭气，后来改革开放了，我就找他们赔牛。乡里、县里、市里、省里都跑遍了，谁也不管，还说我是瞎胡闹。书记，你给评个理，他们杀了我的牛对吗？"

郑君毅直截了当："不对。"

牛金贵追问："该不该赔我牛钱？"

郑君毅不假思索："该赔。"

牛金贵竖起大拇指："还是官大水平高，咋赔法？"

"按现在市场价，可以吧？"

"几头？"

"不是一头吗？"

牛金贵知道郑君毅钻进了自己的圈套，狡黠地笑了。

郑君毅有点纳闷："你笑什么？"

牛金贵掐扒着手指："书记，农村俗话说，母牛生母牛，三年五个头。六年呢，25头。九年呢，125头。十二年，625头，这四十五年得有多少头？"

"多少头？"

"千万头！"

在场的人有的惊异，有的大笑，周亦农两眼瞪着牛金贵："胡说！"

牛金贵眼一翻："咋是胡说？不信你算算。"

有人用手机计算器算了一下，小声说："还真是……"

郑君毅并没生气，笑着说："不对呀老哥，你家的母牛再能生，也不能胎胎都是母的吧？"

牛金贵笑道："那是，咱按一比五算，那也是百万头呢。再少，也有一千头吧？书记，你下个令，看我到哪去领钱？"

周亦农不耐烦了："牛金贵，书记忙得很，没工夫听你瞎扯。你快说说，啥时候迁坟腾地吧。"

牛金贵把材料装回提兜，板下脸说："你们忙，我就不打扰了。不过，我把话撂在这儿，不把我这牛钱赔我，想要迁坟征地，门也没有！"

说完，牛金贵站起身拎兜便走，随即又转回身来，拿过桌上那半瓶矿泉水,朝郑君毅举了一下:"路上喝,书记,再见。"

郑君毅招招手:"老哥,你先回去,过几天我还会找你!"

牛金贵离开,周亦农气恼地说:"书记,你看见了吧,这就是刁民!东拉西扯,胡搅蛮缠,对这号人就不能客气!"

郑君毅沉思未语,心里暗自思量,这个牛金贵今天话没说开,内中必有隐情。一定要抽出时间,到这个北牛营村实地考察一下,看看那里究竟发生了什么问题。

二

郑君毅带领市领导这一天接访,一共受理信访案153件,分别由接访人亲自督办。蓝天负责其中五件,当晚在机关吃了饭,便冒着淅淅沥沥的细雨,来到了闫大妈的家。

清明刚过,乍暖还寒,闫大妈穿着羽绒服坐在床头。王冬梅将蓝天介绍给闫大妈,然后拿过一把椅子,蓝天坐在床边。冬梅说,闫大妈住的是两居室,冬天交不齐暖气费,就把外边屋的暖气关了,只有住的这间屋供气。现在过了供暖期,又赶上倒春寒,屋里还是挺冷的。

蓝天握着闫大妈冰凉的手,难过地说:"大妈,冬梅把您的有关情况都跟我说了,市委郑书记派我来解决问题。这件事拖了这么多年,我们政府有责任,我先向您老人家道歉。"

闫大妈轻叹一声:"唉,我不愿给政府找麻烦,可冬梅她们看不下去,也没跟我说,就去找你们了。"

蓝天问道:"大妈,您是本地人吧?"

闫大妈说:"我是沧南县人,今年八十六了。四七年那会儿,我跟丈夫刚完婚,他就参加了解放军。第二年春上,他在解放宁滨的战斗中牺牲了。解放后,政府安排我在汽修厂工作,这么多年，我一直没有往前走，因为心里总是放不下他。我一个人，每年清明还能到他坟上扫扫墓，陪着他说几句话，我要是往前走了，谁还会惦记他呀。后来，我们厂子经营不景气，让一个姓丁的老板给收购了。说好的职工安置费一个子也没给，我只有靠烈属抚恤金生活，可不日子就难过了呗。我就想不明白，当年我男人他们流血牺牲为了啥？不就是为了打倒那个不公平的黑暗世道，让咱老百姓过上好日子吗？习近平一再说干部要不忘初心、不忘初心，要为老百姓谋幸福，可咱政府对这黑心商人咋就不管一管呢？如果任凭他们横行霸道欺负百姓，那我男人还有那些烈士不是白死了吗？嗯？你说是这么个理吧？"

蓝天眼含泪花，连连点头："大妈，您说得对，我们是人民的政府，就是维护广大人民利益的，绝不能容忍这种不法行径。您放心，这件事我来办，我一定负责到底！"

蓝天从闫大妈家出来，心里久久不能平静，闫大妈穿着羽绒服坐在床边的凄楚面容，不断地在他眼前浮现。他没有回家，骑车直接去了蓝山家。

蓝山把哥让进屋，问道："哥，这么晚了，你怎么突然来了？"

蓝天交代说："蓝山，你明天赶早到电器商店买个空调，去给闫大妈装上。"

"买空调？闫大妈？"

"老人家是烈属，天还冷，你去了就知道了。"

"嗳嗳，我去办好了。"蓝山答应下来，不再多问。

"你为闫大妈再交上五百块钱的电费，钱我回头给你。"蓝天把闫大妈家的地址告诉弟弟，然后转身离去。

第二天，蓝天一走进办公室，王秘书便向他作了汇报。小王说："昨天督查室的同志下去调查了，王冬梅反映的情况的确属实，但事情很复杂。盛元公司是在十五年前收购的汽修厂，一共涉及三十八名职工。汽修厂在与这家公司的协议书中，对如何支付这些职工的经济补偿金没有写清楚,只是约定由甲乙双方共同负责安置职工。至于双方各自负责什么,经济补偿金由谁来付、支付多少都没有明确条款。"

蓝天仔细浏览有关资料,气愤地说:"他们这是钻了法律的空子!"

"没错。"小王说:"督察室的同志咨询了法律顾问,他们也是这个看法。现在难办的是,当年签订协议的董事长丁怀山已经离世,他的侄子丁茂鑫接手建的商贸大厦。汽修厂的离岗职工曾多次上访,要求追还经济补偿金。市信访局责成区政府处理,都因丁茂鑫拒绝支付,拖了这么多年也没有得到解决。"

蓝天当机立断,指示道:"你给丁茂鑫打电话,约他下午两点到市政府来,我跟他亲自谈。"

丁茂鑫接到通知,蓝天要与他谈汽修厂的事,心里不由得"咯噔"一下,这事都过去十多年了,该说的事由他也讲清了,怎么市政府又来找后账?他并不把蓝天放在眼里,叫林丽娜带上公司法律顾问老谷过去应付一下,看看谈的情况再说。

下午两点,林丽娜和谷律师准时来到了市政府,蓝天和督查室的两位同志已在会议室等待。蓝天一看丁茂鑫没有到场,问道:"丁茂鑫怎么没来?"

林丽娜解释说:"我们董事长下午接待广州来的客人,让我过来听听您有什么指示,我马上转告他。"

蓝天不动声色:"这件事我要跟你们董事长当面谈,既然他在接待客人,我就在这儿等等他。你告诉丁茂鑫,完了事马上过来。"

"哟,这可就不知道到什么点了。"林丽娜说,"蓝市长,有啥事您就跟我说说呗。"

蓝天摇摇头:"我跟你说了,你恐怕也做不了主,还是叫你们老板快点过来吧。"

蓝天不再说话，低头看着材料。林丽娜走出会议室，连忙给丁茂鑫打去电话。

半个小时后，丁茂鑫来到了市政府，一进会议室，连忙向蓝天表示歉意："蓝市长，真对不起，早约好的，今天跟南方的朋友谈项目融资的事。我哪能让您等着呀，把他们推到晚上谈了，您有什么指示？"

"坐吧。"蓝天招招手，然后开门见山，"我今天请你来，是要跟你谈谈汽修厂收购案的事。"

丁茂鑫在蓝天对面坐下，不等蓝天再说，便先声夺人："这事我知道，那是我大伯丁怀山在世的时候，作为企业法人与区政府谈成的，当时我还是公司部门的经理，没有参与这个案子。"

蓝天亮了一下协议书："但是你接手了这个案子，作为协议履约人，建起了商贸大厦，对吧？"

丁茂鑫笑着点点头："这是没错。"

蓝天眼睛注视着对方："那么汽修厂的三十八名职工包括两位退休人员，他们的离岗经济补偿金就应该由你们公司支付，而你们却没有这样做。"

丁茂鑫不慌不忙地说："因为在协议书中写明，甲乙双方共同负责安置下岗职工，并没约定离岗职工经济补偿金由我方支付，所以我方并无履约义务。哎，谷律师，是这样吧？"

谷律师应和道："是的。"

蓝天当即指出："国家劳动合同法有明确法律规定，对离岗职工应发放经济补偿金，这份协议显然是不完善的。"

丁茂鑫冷冷一笑："这是经区政府同意，我大伯跟汽修厂达成的协议，跟我没有什么关系。"

"怎么没有关系？"蓝天驳斥道，"你继承了你大伯的遗产，建成了这个项目，从中获利八千万元，你既是当事人，又是获利者。"

丁茂鑫振振有词："蓝市长，话可不能这么说。当时这个厂年年亏损，连工资都发不出来，区政府每年要垫资五十多万，是我大伯救了这个厂。再说了，我们盈利了不假，可还给区里交了两千多万的税呢。您算算，作为政府来说，哪个合适？"

蓝天不想继续争辩，而是动之以情，晓之以理。他说："茂鑫，汽修厂有三十亩地，又处市中心地段。区政府以三万一亩的价格卖给了你们公司，现在恐怕三百万一亩也买不下来。你们公司建起商厦赚了钱，总得想想那些离岗职工的处境吧。他们辛辛苦苦地工作，到头来离岗失业了，连个经济补偿金都没有，生活怎么办？这个厂的退休职工闫大妈，是一位烈属，过冬连暖气费都交不起。想想看，你们这样做，于法于理于情，都说不过去呀！"

丁茂鑫想了一下："蓝市长，我也是个通情达理的人，您要是这么说，咱就一块想想法儿，把这事了了它。这么着吧，这不协议里写着甲乙双方共同负责安置离岗职工吗，甲方汽修厂是没了，可区政府还在。您跟区政府商量商量，这离岗职工补偿金咋个补法儿，我们双方各出一半怎么样？这总合情合理吧？"

"这也算你有了个态度，我们研究一下，我再找你谈。"

"那我就等您的话了，没事了吧，我走了。"

蓝天点点头，丁茂鑫带着林丽娜和谷律师离去，督查室蒋主任和小邵不满地议论着。

"这丁茂鑫就是老滑头一个！"

"蓝市长，少跟他客气，对这种人就得来硬的！"

蓝天摆摆手："硬也要有依据，争吵、训斥解决不了问题。"

蒋主任感到困惑："蓝市长，这事也怪了，当年汽修厂签订这份协议，怎么就没请个律师把下关呢？"

小邵断言道："是呀，这里面肯定有猫腻！"

蓝天思忖少顷，分析说："你们看啊，比如某一民营企业要收购咱们市属一家国有企业。都要经主管副市长出面协调，市长拍板同意，最后才能双方签字，对吧？"

"没错，这是程序。"蒋主任说。

蓝天问道："当时的区长、主管副区长，还有汽修厂的厂长，你们没有向他们询问一下情况吗？"

"我们都查了。"蒋主任翻开笔记本，"汽修厂的厂长施向东，早就到南方做买卖去了，根本找不到他。时任区长房大军，第二年就退休了，儿子在黑龙江工作，听说他和老伴都去了东北，在哪谁也不知道。副区长常明华现在省商务厅工作，我们联系上了，他说是他出面协调的，还召开过政府协调会，经房区长批准后才把汽修厂卖给盛元公司的，但具体情况记不清了。"

蓝天眼睛一亮说："既然常副区长开过政府协调会，那么区政府就一定有会议记录。你们去查档案，找原始文件，看看当时是如何定的。"

蒋主任笑了，说道："要能找到那就好了，只是时间太长了，不知还能不能找到。"

蓝天果断地说："有一线希望，就要努力争取，现在就去，连夜找！"

蒋主任答应道："是，我们马上办。"

三

这天是星期六，临近中午时分，两个不速之客敲响了牛金贵家的大门。

牛金贵打开院门，不由一怔："咦，郑书记？"

郑君毅笑呵呵地站在门外："老哥，不欢迎吗？"

牛金贵咧嘴乐了："哎哟哟，贵客啊，快进屋！"

郑君毅走进破旧的小院，耿秘书跟随身后。

牛金贵把郑君毅领进正房西屋，金贵妻走进来，好奇地望着陌生人。

金贵拉过妻子介绍道："老婆，这就是我去见的市委郑书记，他可是咱宁滨最大的官！"

郑君毅笑着和金贵妻打着招呼："老嫂子，你好啊！"

金贵妻腼腆地点点头："嗯嗯，快坐。"

牛金贵大手一挥："你快去，张罗俩菜，我要跟书记喝一壶。还有，叫支书、村主任都过来，陪着书记歇会儿。"

金贵妻答应着要走，郑君毅连忙阻止："别，老哥，你听我的，我今天就想跟你单独说会儿话，回头再找村干部们聊。中午你们吃啥我吃啥，千万不要特意准备。"

牛金贵对老婆说："行行，就听书记的，你快去办吧。"

"我去给你当下手。"耿秘书随金贵妻一块离去。

郑君毅打量着屋里，可以说是家徒四壁。临窗一铺大炕摆着几床旧被，对面靠墙一个老旧的高低橱和两把板凳，正中贴着一张已经色彩黯淡的毛主席像。

牛金贵不好意思地说："书记，我这个破家也没个让你落脚的地方，你就直接脱鞋上炕吧。"

郑君毅脱鞋上炕，盘腿坐到炕里。牛金贵搬上炕桌，摆上小碗，提壶倒水。

"白开水，喝点吧，你一定渴了。"

郑君毅端碗喝水，牛金贵上炕，坐在郑君毅的对面。

牛金贵感叹道："哎呀，这大老远的还要翻山越岭，真没想到你找到家来了。"

郑君毅笑着说："我不是说我还会找你吗，咱俩的牛钱还没算清呢。"

牛金贵不好意思地笑笑："那不过是个由头，后面的正经事还没跟你说呢。"

郑君毅放下水碗，敞快地说："好，今天你就把心里想说的话，都跟我说清楚。"

牛金贵望着郑君毅："书记，甭看我这个家破，过去可是来过大官……"

郑君毅问："是吗，谁来过？"

"李运昌，知道不？"

"知道，那是老革命，早年是咱们这一片抗日联军司令员。"

牛金贵兴奋地说："听我爹说，就在这个炕上，李司令和我爹还吃过饭，唠过嗑呢。"

郑君毅关心地："二老身体都好吧？"

牛金贵说："我爹十年前就没了，老娘还在。"

"哎，我去看看老人家。"说着，郑君毅就要下炕。

牛金贵连忙拦住："她不在，我姨今个儿把她接走了。"

正说着话，金贵妻和小耿端着四碟小菜上了桌，炒鸡蛋、花生豆、拍黄瓜、拌凉皮。小耿摆上碗筷，金贵妻又从橱柜上拿过一瓶散酒放在炕桌上。

"你们先喝着，一会儿咱吃捞面。"

牛金贵看看小耿，往里挪挪身子："同志，你也炕上坐吧。"

"你们吃吧，我在外面陪大嫂说会儿话。"

小耿随金贵妻走出屋去，牛金贵把一个酒盅放在郑君毅的面前，然后打开酒瓶，把酒分别倒在两人的酒盅里。

"这是村里人自己酿的枣木杠子酒，凑合着喝口吧。"

郑君毅端起酒盅喝了一口："嗯，挺好的。"

牛金贵也"吱"的一声把酒喝下，两人继续边吃边聊。

牛金贵说："我爹说，解放前咱是堡垒户，地下党、伤病员都在我家住过，帮着砍柴挑水扫院子，就和一家人一样亲着呢。他们跟我爹说，等到全国解放了，乡亲们就能过上好日子啦！家家红瓦房，户户有余粮，天天过大年，顿顿肉飘香。我娘不信，他们说苏联革命取得了成功，早都这样了，楼上楼下，电灯电话，拖拉机下了地，养老金送到家。可现在……你看看这村里，有几家日子过得像个样儿的？唉。"

郑君毅心情沉重地说："是啊，解放六十多年了，山里的乡亲们生活依然这样贫困，这是我们的工作没有做好啊。"

牛金贵忿忿地说："你看有的官儿，啊？今儿个还坐在台上讲为民呀，清廉呀，反腐呀，明天就因贪黑钱进大牢了，他们讲的话咋能让老百姓信服？"

郑君毅问道："老哥，我问你，我说的话你信不？"

牛金贵闷头喝口酒，反问道："你说呢？"

郑君毅笑笑："信也罢，不信也罢，我来找你，就是想和你聊聊真心话。我知道，现在人民群众最不满意的，一是我们有的党员干部不为老百姓办事，以权谋私，腐败堕落。"

"对！"

"二是贫富差距不断拉大，有的人富得流油，有的人生活贫困，对吧？"

"没错！"牛金贵摊开两个巴掌，"人不可能一般富，十个指头还不一般齐呢，这个理我懂。可都是人，富人吃好鱼，这穷人呢，也得吃条赖鱼。你要是赖鱼也不给他吃，连个鱼汤也不让他喝，他就敢把这桌子翻了，都甭吃了，你说是吧？"

郑君毅点点头："正因为这样，习近平总书记要求全党，一是反腐正党风，二是扶贫奔小康。你不信看着，短则三年长则五年，处在贫困线上的乡亲们，生活状况一定会有彻底的改变！"

"这敢情好，可咱不明白咋个变法儿？"牛金贵给郑君毅斟上酒。

郑君毅接着说："为什么让你们易地搬迁？就是要先改变乡亲们的生活、生产条件。在这山崖上大家即便再勤奋，也无法获取更多的劳动果实。"

牛金贵转动着眼珠:"县上、乡里也是这么说的,那我们下了山,不种地了干啥?靠啥养家糊口?"

"搞二次创业嘛。"郑君毅说,"县政府已经有了规划,你们四个村搬下山,住进新建的牛营新村。乡里帮你们建起创业园,只要有劳动能力的,都可以到创业园里就业上班。"

"就业上班?当工人?"

"对呀。"

"大伙儿除了种地,啥也不会呀。"

"不会就学嘛,政府会派技术人员过来帮你们。"郑君毅循循诱导,"老米对我说,你们这儿会养蜂的人很多,品质也很好。这就可以把蜂蜜送到创业园进行深加工,然后再把蜂蜜推销到城里去。你知道,一瓶蜂蜜多少钱吗?"

"多少钱?"

"一百二十块。"

"哟,这么多?我卖一斤蜂蜜才十块钱,这买卖划算。"

"还有,你们这里满山遍野都是核桃树。大家把核桃采摘下来,送到创业园制成食用油,一瓶瓶绿色食品核桃油卖到全国去,你看挣钱不挣钱?"

"哎呀,这可真是太好啦!"牛金贵来了兴趣,"我们这里的枣也特别好,又大又甜。还有榛子、沙棘、山蘑菇……"

两人正说得热闹,突然东厢小屋传出摔碗和大声吵嚷声,郑君毅向窗外望去。

牛金贵急忙穿鞋下炕:"疯子又闹事了,我去看看。"

郑君毅跟在牛金贵身后走进院里,牛金贵推开低矮的东厢屋门,郑君毅站在门口向里望去,不禁大吃一惊。只见一个三十多岁的汉子倚在床头,蓬头垢面,脚系锁链,不停地用力挣扎,大声喊道:"我媳妇儿在哪?我要找我媳妇儿,还我儿子!给我放开！放开！"

被摔碎的饭碗和面条洒了一地，金贵妻站在一旁，不知所措。

"找碗水来！"牛金贵从床头桌上拿过药瓶，麻利地取出药片。

金贵妻连忙递过水碗。

牛金贵抚摸着儿子的头，哄劝道："大宝，听爹的话，把药吃了，咱就开锁，爹带你去找你媳妇儿……"

牛大宝木讷地张开口，牛金贵把药片塞进儿子嘴里，给他灌点水把药吃下。

牛金贵放下水碗，走出屋来："没事了，他一会儿就睡了，走吧。"

郑君毅感到诧异，问道："你为什么锁着他？"

牛金贵："不锁着，他跟你瞎闹腾，还打人呢。"

"怎么回事？"

"唉，他媳妇儿嫌咱家穷，去年带着娃子走了，我这儿子受不了这个刺激，疯了……"

郑君毅着急地说："市里就有脑神经医院，赶紧去给他治啊！"

牛金贵一脸无奈："我打问过了，一住院就是一年半载，咱治不起呀。我到处上访，也是想讨回个牛钱给儿子治病啊。"

郑君毅一拍大腿："嗨，你怎么不早说呢？"

牛金贵眼里闪着泪花："我跟谁去说呀？"

郑君毅立刻叫小耿接通了市卫生局长的电话，他要白局长马上派车过来，把牛大宝接到市脑神经医院治疗。

郑君毅从口袋掏出五千块钱，交给牛金贵："拿着，进城用。"

牛金贵推辞不要，郑君毅硬是塞到他的手里："我给你专门带来的，算是赔你的牛钱。孩子住院治疗的费用，我另外想办法给你解决，放心吧。"

牛金贵颤抖的手攥着钱，嘴唇翕动着说不出话来，陡然蹲在墙根儿掩面哭泣，金贵妻站在一旁抹泪。郑君毅又是一番安抚，二人草草吃了饭。小耿找来村干部，大伙儿商量着做了一副担架，几个年轻力壮的村民抬着大宝下山。郑君毅叫小耿负责联络，陪着牛金贵和他老婆一块去了医院。

米来顺得知了消息要上山，郑君毅没让他来，说是自己先摸摸情况，之后再交换意见。当晚，郑君毅同村干部、村民代表进行座谈。他认真倾听意见，相互交流探讨，与大家在迁坟、征地、搬迁、创业和今后新村发展等问题上达成了共识。郑君毅在村委会住了一宿，第二天上午才返回市里。

第十八章

一

功夫不负有心人。市委督查室蒋主任带着小邵同区政府工作人员一起，连夜查找当年汽修厂收购案的区长协调会记录，还真找到了。这份会议记录第三款明确记载，会议议定：汽修厂三十八名职工包括两名退休人员，其离岗经济补偿金按国家规定，根据每人参加工作年限，由盛元公司一次性全额支付。并有丁怀山在会议记录上签名。

蓝天拿到这份会议记录，心里更有底数，马上带着工作人员，一块来到盛元公司。他把红头文件放在丁茂鑫面前："看看吧，这是汽修厂收购案，当年区长协调会的原始记录。上面写得清清楚楚，离岗职工的经济补偿金全部由你们公司支付。"

这让丁茂鑫始料不及，他看了看会议记录，寻找托词："蓝市长，我和我大伯丁怀山可不是一个公司。您看，他是盛元建筑材料公司，我是盛元地产开发公司，我们是两回事嘛。"

"但你继承了你大伯丁怀山的遗产。"

"我只是一部分，另外一大部分给了我大娘了。"

蓝天明确指出："这我知道，可你大娘并没有参与这个项目投资，更未从中获利。是你接手的这个项目，是你从中获得了巨额利润，当然你要全部支付离岗人员的经济补偿金。"

丁茂鑫眼珠一转，退一步说："蓝市长，你对我还不大了解，我这个人是很有同理心的。那天你说的那个烈属闫老太太，我也派人过去慰问了，是挺困难的。这么着吧，我先把她老人家的经济补偿金给了，其他的人咱们另说，行吧？"

蓝天不容置疑："绝对不行，这三十八个人一个也不能少。限你三天之内，把他们的经济补偿金，连同十四年的利息全部还清。"

丁茂鑫摆出一副赖皮的样子："三天？三十天我也办不到。反正公司没钱，你愿咋着就咋着吧。"

蓝天横眉怒对："丁茂鑫，我告诉你，你要是赖着不办，咱就法庭上见。我叫你老赖曝光，信誉扫地！不信，你就试试！"

不等丁茂鑫回应，蓝天拿起会议记录转身离去。

蓝天回到市政府，在走廊恰巧碰到了万远鹏。

蓝天问："老万，你管城建，你知道丁茂鑫这个人吗？"

万远鹏点点头说："知道，地产开发商。"

蓝天余气未消："老赖一个！"

万远鹏一怔："他怎么了？"

蓝天把事述说一遍，万远鹏装作不满地说："这小子，咋能这样？这可得说说他！"

蓝天板着面孔："不动真格的，说也没用。我要查他，他违法的事少不了！到时候你多支持。"

万远鹏马上表示："没问题，有需要我的地方，你说话。"

万远鹏下班回到家，只见女儿正坐在客厅和母亲聊天。

"哟，欣欣，你怎么回来了？"

万欣站起身："爸，我回来搞个专访。"

父女俩坐到长沙发上，万远鹏问道："专访什么人物啊？"

万欣说:"宁滨不是正在搞市领导大接访吗,跟这有关的人和事。"

万远鹏笑道:"噢,这是郑书记提出来的,每个市领导都要参加。"

宋彩荣插话说:"你爸也参加了,有好几个信访案子都交给他了。"

万远鹏摇摇头:"唉,都是多年积压的'老大难',不好办呢。"

"下午我们去了信访局,局领导向我们介绍了有关情况,有的案子还真够典型的。"万欣说着掏出采访本,忿忿不平地说,"比如有个盛元公司,收购了区里的一家汽修厂。十多年了,一直没有支付离岗职工的经济补偿金,上访者跑了多少趟,也没有得到解决。"

宋彩荣看了万远鹏一眼,没有说话。

万远鹏掩饰道:"他们这样做的确欠妥,但当时有当时的情况,实事求是吧,也不要过于苛求。"

万欣不服地说:"郑书记说了,这回要较真章,对这样的黑心商人绝不留情!"

万远鹏望着女儿:"怎么,还真要曝光啊?"

万欣一拢头发,仗义执言:"这就看他态度如何了,要是知错不改,继续耍赖,我们就一定要为受害者讨回公道!"

这时手机铃响,万远鹏掏出手机看了一眼,起身走进书房,把门关上。

电话是丁茂鑫打来的,他想通过万远鹏跟蓝天说说,对他手下留情,不要再找后账。

万远鹏压低声音,口气严厉地说:"你不找我,我还要找你呢。这件事是郑书记交办的,蓝天找出了当年的会议记录,明写着由你们支付经济补偿金,你不办行吗?我告诉你,蓝天还要查你呢，要是再查出你点事来，你可是吃不了兜着走。还有，省里新闻单位都来人了，要是给你曝了光上了网，你以后企业还怎么干？这件事你不仅必须办，还得快办。否则，你的麻烦大了！什么？土地出让金……行吧，我跟土地局那边打个招呼，让你再缓交三个月。"

万远鹏挂断了电话走出书房，妻子女儿已经坐到餐桌旁。

万欣招呼着："爸，快来吃饭吧。"

万远鹏在女儿旁边坐下："欣欣，你说的那家公司老板我认识，刚才给我打来了电话。我问了问情况，他的态度还不错，表示正在抓紧筹措资金，保证三天之内把这笔账还了。"

万欣笑笑："这还差不多。"

万远鹏接着说："商人么，把钱看得重一些，都在外面打拼，他们也不容易。你们真的曝了光，这个企业就完了，又是一堆职工失业，连他们的家属也跟着受拖累。"

宋彩荣应和道："你爸说得对，报道一下市领导大接访就行了，其他就别提了。"

万欣低头吃饭，没有吭声。

没出三天，丁茂鑫把拖欠离岗职工十四年的经济补偿金连同利息，全部一次性还清。闫大妈和职工们终于讨回了公道，制作了一面锦旗送到市委，向郑君毅表示衷心的感谢。

蓝天正在向郑君毅汇报工作，耿秘书拿着锦旗走进屋，展开给郑君毅和蓝天看，上面写着——正义的守护神　人民的主心骨。

郑君毅感到高兴，夸奖道："蓝天，你这件事做得好，办得很快，应该受到表扬啊！"

蓝天看着锦旗，心里却很不是滋味，感叹道："书记，闫大妈和那些职工受了这么大的委屈，过了十四年才给她们讨回公道。本来是我们工作有过失，她们还感谢我们，称我们是守护神、主心骨，我觉得心里有愧啊！"

蓝天不仅没有评功摆好，反而自我反思检讨，令郑君毅深以为然，说道："是啊，坚持人民至上不能光在口头上，必须真心维护人民利益，屁股和广大群众坐在一条板凳上，脚踏实地为老百姓办事情。也只有这样，才能真正成为正义的守护神，人民的主心骨！"

"你说得对，这才是我们党执政的根本！"

郑君毅心情沉重地说："我这次到翠屏北牛营村看了看，那个老上访户牛金贵，儿子得了脑神经病，没有钱治疗，被铁链锁在家里，让我看了心痛啊。"

"书记，我去医院看了大宝，用特困人员帮扶资金给他进行治疗。像牛家这种情况的还有不少，我搞过调查，翠屏、沧南两个贫困县，患有这种病而未能得到治疗的有127人。"

"这么多？"郑君毅没有想到。

"不仅如此，患有白内障而造成眼睛失明的有2873人，还有一些残肢人，没有钱安装假肢。我正在和卫生局商量，组织若干专家医疗队进村入户，实施'复明计划''解锁行动''助残工程'。"

郑君毅非常赞同："你的这个想法好啊，要抓紧办！"

蓝天进一步说："但这并不能从根本上解决农民看病难的问题，解决办法只有一个，进行医疗保障体制机制改革。外地，许多城市已经做了，而我们还没有动。当然，这需要政府投入大量的资金。"

"这件事早就该办，你先提出一个意见，提交市委常委会研究。"

"好的。"

郑君毅拿过一份文稿："另外，你跟陈宇商量，抓紧谋划一个宁滨加快发展总体方案，包括具体改革举措。这是我考虑的思路和重心着力点，你拿回去看一下。"

蓝天接过文稿："好，我们马上研究。"

二

民主推荐会及干部考察已经过去半个多月，按照惯例，早该上省委常委会了，可省里一点没有动静。这天晚上，周亦农把夏文宝叫到家里询问情况。夏文宝说，他一直盯着这件事呢，从他侄子那里也没有获得什么信息，也许是省委领导正在忙大事还没顾上。周亦农点点头，目光注视着对面的电视屏幕。这是晚八点省台《焦点关注》节目，画面中，万欣正在对宁滨市开展市领导大接访进行报道。她揭示剖析了几个典型案例，其中包括汽修厂收购案，但没有点丁茂鑫和公司的名字，只是称为丁某及一家公司。报道中还闪现出郑君毅、周亦农、钟呈祥等接待上访者的镜头。

周亦农满意地说："哎，这条新闻报道搞得不错，分析得也有理有据，这个女主播有点水平。"

夏文宝问："您知道她是谁的女儿吗？"

周亦农笑道："我怎么知道？"

"这是万远鹏的女儿。"

"噢？老万还有这么一个漂亮女儿？"

"哪一个？我看看。"吴芳洁赶忙凑过来，"嗯，是不错，不仅长得漂亮，人也很有气质。"

夏文宝随口问道："哎，乐乐有对象了吗？"

吴芳洁说："没有呢，都二十八了。"

夏文宝主动牵线："你们要是看上了这姑娘，我去问问万远鹏，如果他的女儿还没对象，倒是可以给乐乐说说。"

"我看行，"吴芳洁看看周亦农，"你说呢？"

周亦农琢磨着如果两家攀上这门亲事，一来门当户对，二来老万也不会与自己再争市长位置，何乐而不为？于是点头同意："行啊。文宝，跟老万别说我们看上了她的女儿，好像我们上赶着似的。你就当说闲话呢，顺便一提也就是了。"

"明白，我会拿捏好的，您放心吧。"又说了会儿话，夏文宝告辞离去。

第二天，夏文宝去了万远鹏办公室把事说了。万远鹏暗自思忖，虽然万欣已经有了男友，但两家大人还没见面，婚事也未确定，我先应承下来有何不可？至少周亦农与我争市长的劲儿不那么大了。于是，万远鹏隐去女儿实情，把事答应下来。

夏文宝把话捎给周家，周亦农夫妇甚是高兴，把乐乐叫回家来，征求儿子意见。周乐与万欣同是宁滨一中校友，他俩不在一个年级，都是学生会干部，彼此相互了解。万欣聪明伶俐，积极向上，周乐一直对她印象很好。后来各自考入大学，时间一长便断了联系。今有缘两人走到一起，周乐自然同意。周亦农大喜，又让夏文宝传过话去，说是找机会让两个孩子见个面，谈一谈。万远鹏又答应下来，但他既没给妻子说，也没有告诉女儿。

也巧了，没过几天恰逢宁滨一中成立六十周年校庆。正好是个星期天，周乐、万欣都赶来参加校庆活动。活动结束，周乐主动邀请万欣去饭店吃饭，想利用这个机会和她私下谈谈。可万欣要跟同班的同学聚会，请周乐一块参加。周乐去了，万欣和大家有说有笑，并无对他表现特别热情。席散，万欣便和同学们告别径自离去，周乐追上去叫住万欣。

万欣停下脚步，回过头来："周乐，还有事吗？"

周乐问道："你这就回去吗？"

万欣点点头："嗯，我马上赶回台里，晚上还要加班录制节目。"

周乐看看走过的同学，小声说："我们还没有谈一谈呢。"

万欣笑问："谈什么？"

周乐挑明:"咱们俩的事呀。"

万欣一头雾水:"咱们俩……什么事呀?"

"你爸没有跟你说吗?"

"没有呀,什么事,你说吧。"

"不是我爸和你爸都说好了吗?"

"说好什么了?"万欣更不明白。

周乐有些不好意思,吞吞吐吐地说:"嗯……嗯……就是……让咱俩处朋友呀。"

"不会吧?"万欣眼里闪烁着疑惑的目光,坦然告诉周乐,"我已经有男朋友了,准备今年结婚呢,我爸是知道的。"

周乐皱起眉头,喃喃地说:"怎么会是这样……"

"也许是大人们没说清吧。"万欣劝慰道:"周乐,别往心里去,啊?咱们永远都是好朋友,好啦,我走啦!"

万欣微笑着摆摆手,转身快步离去。

周乐满腹怨气,回到家一屁股坐到椅子上,把手里的车钥匙使劲摔到地上。

吴芳洁刚睡午觉起来,她走进客厅,只见儿子一副垂头丧气的样子。

吴芳洁感到惊奇:"乐乐,你这是怎么了?"

周乐粗声粗气地问道:"我爸呢?"

"你爸去市委开会了。"吴芳洁捡起地上的车钥匙,坐到儿子对面:"你去参加校庆了吗?"

"去了。"

"见到万欣了?"

周乐气呼呼地一拍扶手:"别提了,气死人了!"

吴芳洁白了儿子一眼:"能成就成,不成拉倒,生什么气呀。"

周乐一肚子怨气正要发作,周亦农耷拉着脸走进家门。

吴芳洁接过公文包:"哟,你这么快就回来了?"

周亦农坐到太师椅上,满面沮丧:"只宣布了一件事,会就散了。"

"什么事呀?"

"唉,上次民主推荐会结果作废,还要重新再来。"

"为什么?"

"说是有人拉票……算了算了,不说了。周乐,你去见万欣了?"

周乐虎着脸,冷冷地说:"爸,我的个人问题,您要管就当回事办,否则您就别管,不要把我当猴耍!"

吴芳洁沉下脸来:"乐乐,怎么跟你爸说话呢!"

周亦农板起面孔:"让他说。"

周乐把心中怨气一股脑儿倒出来,生气地说:"您不是和万家都说好了吗,我今天见万欣了,我想约她谈一谈,她一口就拒绝了。原来,人家根本就不知道这回事!这还不算,万欣早已有了男朋友,正在准备结婚呢。她都告诉家里了,可万远鹏还答应您,让我跟他女儿处朋友,这不是拿着我当猴耍吗?!"

周亦农与妻子瞠目结舌,半晌说不出话来。

少顷,吴芳洁才忿忿地说:"这个老万真不是个东西!"

周亦农没有说话,他一听心里就明白了,万远鹏跟他耍了鬼花狐。仔细想来万远鹏也可叹可笑,即便周乐与你女儿谈上恋爱,市长的位置我岂能让给你坐?想到此,周亦农不禁摇头一笑。

吴芳洁看着丈夫,不满地说:"儿子受了这么大委屈,你还笑呢,还不去跟老万好好说道说道!"

周亦农收起笑容,安慰道:"行了,乐乐,别生气了,都怪老爸没弄清楚。咱以后再找,老爸一定给你找个比万欣更好的。"

"以后……我的事你们少管!"说完,周乐拿过车钥匙回了自己屋里,"呼"的一声把门关上。

第二天上班，周亦农并未找万远鹏理论，倒是老万主动找上门来。因为昨天万欣回家把他怨责一通，万远鹏嘴上狡辩，心知肚明自己缺理，赶紧去向周亦农表示歉意。

周亦农神态自若地坐在办公桌前，和颜悦色地望着万远鹏，似乎什么事也没发生，他不能在万远鹏面前失去尊严与面子。

万远鹏赔着笑脸，坐下来说："啧，老兄，这事闹得……真对不起。我还没跟女儿说呢，他俩就碰上面了。万欣过去是谈了个对象，我和彩荣从没见过，两家大人也没见过面，成不成还两说着呢。"

周亦农淡然一笑："小孩子们的事，随缘吧。给乐乐介绍的女孩子多了，他都没有看上，因为跟你女儿是中学校友，彼此了解，又赶上校庆，所以就见了面。没关系，事都说开了，乐乐也没往心里去，还祝福你家女儿婚姻幸福呢！"

万远鹏放下心来："老兄，你这么说，我的心里就踏实了。我生怕为这点事，再影响了咱们老哥儿俩的关系。"

"哎，怎么会呢，"周亦农摆出一副大度豁达的姿态，"小事一桩，无足轻重，咱们是多年的老交情了，这算什么？以后我要是接了市长，还得多倚重老弟呢！"

周亦农话中有话，万远鹏也听出弦外之音，客气道："谢谢老兄看重，老弟我一定尽力而为。"

万远鹏离去，周亦农望其背影，心中暗自冷笑："你个老万跟我耍鬼花狐，哼，你还嫩了点！"

三

上次民主推荐会之后，省委组织部进行干部考察期间，收到了几封举报信。反映在民主推荐会之前，参选人存在串联拉票、封官许愿的现象。虽然没有具体实证，省委组织部为了慎重起见，一直没有拟定市长人选提交省委常委会研究。郑君毅也听到了一些类似反映，经与省委组织部沟通，决定择日再次召开民主推荐会，对市长人选重新进行投票。郑君毅在领导干部会议上再次郑重要求，一定坚持党的选人用人原则，严格遵守党的纪律，绝不允许进行任何非组织活动。无论是选举人还是被选举人，一经发现有违纪行为，一律取消选举资格，并予以严肃处理。

周亦农心里有些忐忑不安，担忧夏文宝私下活动被人盯上，悄悄叮嘱他小心从事，适可而止，千万不要引来麻烦。夏文宝告诉周亦农一条信息，听说省委组织部的干部不久前去了翠屏县，专门找米来顺谈过话，什么原因不清楚。这让周亦农心生疑窦，莫非是老米头向省委组织部反映了什么？他思来想去，决定以督促加快中铁征地进度为名，去见一下米来顺，也好一探究竟。

第二天周亦农便去了翠屏县，米来顺汇报说，郑书记专门到榆树沟乡北牛营搞了调研，做了许多耐心细致的思想工作。现在跟村里谈好了，已签征地协议，马上迁坟腾地，工程队很快可以进场施工。周亦农感到满意，米来顺接着告诉他，乐乐负责创业园建设，跑项目、找资金，干得不错。目前正在抓紧建设牛营新村，同时修通下山公路，还是缺钱，希望周亦农多加支持。周亦农表示，郑书记跟我说了，下半年要千方百计筹措资金，加大扶贫攻坚力度，放心吧，我会全力支持你！

临近中午，米来顺把周亦农请到机关食堂吃饭。米来顺说，我告诉乐乐了，你到县里检查工作，让他过来陪你吃饭。

周亦农走进食堂单间，与米来顺坐下来，两眼望着老米，问道："老米，我听说前几天，省委组织部找你谈话了？"

"是，来了两个干部，谈了一钟头就回去了。"

"找你谈什么？"

米来顺一听,立马明白了周亦农此行来意,说:"了解一下推荐市长的有关情况。"

周亦农又问:"没说我什么吧?"

米来顺想了一下,婉转说道:"老周,咱们都岁数不小了,你别为当这个市长太上心了,做你的常务副市长不也挺好?"

周亦农笑笑:"我和你不一样,你三个月后退休,我当市长至少还能再干三年。"

米来顺提示道:"即便你想当市长,也不要违反选举纪律,背后搞些小动作,这样影响不好。"

"我可没做,老万倒有可能。"周亦农矢口否认。

"人们对你可是有反映的。"

"你别听他们胡诌八扯。"

米来顺索性点明:"无风不起浪,有的人就为你私下串联拉票……"

周亦农拉下脸:"你说是谁?谁为我拉票了?"

米来顺不满地摇摇头:"具体人不清楚,反正有人这样做。"

"你总不能听个风就是雨吧?"周亦农疑惑的目光盯着米来顺,"老米,是不是你向省里反映了?"

米来顺坦然直言:"我老米明人不做暗事,告诉你吧,就是我向组织反映的。老周,我劝你还是好自为之。"

周亦农脸色骤变,斥责道:"老米,我真没想到你……你会这样!"

这时,食堂工作人员推门走进,端上四盘菜码、一碗炸酱和一盆手擀面。

工作人员把碗筷摆上桌,关门离去。

米来顺拿起筷子:"不说了,快吃饭吧。"

"吃什么吃,你个搅屎棍子!"周亦农气冲冲地站起身来,拿过包拂袖而去。

米来顺也不阻拦，自己盛面吃饭，不一会儿周乐推门进屋："伯伯！"

米来顺招呼道："来了，坐下吃饭。"

周乐坐下来，看看屋里："我爸呢？"

"他还有事，回去了。"

"我这次回家，跟我爸生了一顿气，来的路上，我还寻思着怎么和他说呢。"

"生啥气了？跟伯伯说说。"

周乐吃着面，把那天与万欣相遇的事说了一遍。

米来顺听罢周乐述说，便知万远鹏动了心机，暗想万远鹏实在不应该搞这种鬼名堂，把孩子的终身大事当成儿戏。但他并未点破，免得周乐伤心，只是劝说周乐不要放在心上，全力把创业园的前期工作干好。

这时耿秘书打来电话，说郑书记约米来顺下午到办公室谈话。米来顺连忙吃完饭，马上赶到市委。郑君毅先是讲述了他去北牛营调研的情况，接着询问了近日扶贫攻坚的进度，尔后谈到民主推荐会有人私下串联拉票的问题。老米对郑君毅直说，自己对这种违反党的原则行为看不过眼，实名向省委组织部写了举报信。

郑君毅已知此事，他问米来顺："你是宁滨的老人了，这里的人与事你比我清楚。你跟我说说，你对钟呈祥、周亦农、万远鹏这三位同志的看法。"

米来顺说："平心而论，干部们对钟呈祥的评价是比较好的。呈祥为人正派，洁身自好，不搞团团伙伙，没有那些闲杂事。但他长期在大机关工作，没有在县区干过，搞经济不是他的专长，一下子挑起市长的担子，需要一个逐渐适应的过程。而目前宁滨经济状况不好，各项改革任务很重，容不得半点贻误。所以，对他来说恐怕有相当的难度。"

郑君毅注视着米来顺，认真倾听。

米来顺接着说："周亦农是从基层干上来的，经过多个岗位历练，当了九年的副市长，也有一定的干部基础，按说他来接任市长再合适不过。但老周思想保守，固步自封，推一推动一动，缺少大刀阔斧干事业的魄力和劲头，他当市长宁滨的发展快不了。还有万远鹏，他学的是金融，搞经济有一套，脑瓜好使，精明强干。但此人阴阳两面，心术不正。特别是当了常委、副市长之后，好高骛远，工作不扎实，爱玩虚的，与有的老板关系也不正常。坦率地说，我看他们三人哪个也不是市长的合适人选。"

郑君毅又问："那么在你看来，现有党政班子成员中，谁是市长合适人选？"

米来顺不假思索，脱口而出："蓝天。蓝天这个人讲党性，有学识，善谋略，敢担当，而且为人正直，一身正气。他当过乡镇长，做过县长、县委书记，既熟悉经济工作，又会做群众工作，我看是块当市长的料。"

郑君毅思忖着点点头："一些同志也有这个呼声。因为蓝天当副市长还未满两年，所以按规定，没有列入这次民主推荐人选的范围。"

"活人还能叫尿憋死？"米来顺嘿嘿一笑："不就还差一个多月嘛，你往后一拖不就成了？"

郑君毅面含微笑，沉思未语。

第十九章

一

民主推荐会重新举行，万远鹏喜忧参半。喜的是上次投票周亦农名列第一，却未能如愿；忧的是再次投票是否会有新的变数，至少自己上次入了围。他知道，米来顺与周亦农一向不和，若能把这个老家伙拢住，站到自己这边，那把握可就大了。他想起丁茂鑫是翠屏人，跟老米也很熟识，于是将丁茂鑫约到茶楼，两人闭门商议。

丁茂鑫一听就笑了："真是巧了，老米头约我明天到县里吃饭呢。"

万远鹏忙问："噢，他找你干什么？"

丁茂鑫说："我老家是榆树沟乡的。我们乡里有四个贫困村要易地搬迁，正在搞一个创业园，老米头想让我投点资，我正琢磨着干不干呢。"

万远鹏有意鼓励："为家乡办点事，你怎么能不干呢？"

丁茂鑫故作为难："我不是正罗锅上山，钱紧嘛。"

"又在我这儿哭穷呢，一个多亿的土地出让金我都让你缓交了。"

"我是这么说，打心眼里我就不想投。往那穷山沟里投钱能有啥经济效益？搞不好，钱都得打了水漂。"

万远鹏开导说："你这么聪明的人，咋这事脑袋不开窍呢。你先把老米拢住，哄他高兴了，让他别给咱拉倒车。等过了这段时间，投不投资还不是由你嘛。"

丁茂鑫一拍脑袋："嗨，我真是一根筋，明白了，明天我就去！"

第二天下午，丁茂鑫坐着大奔来到翠屏县政府招待所。当晚，县建筑公司的孙经理安排一桌，只等米来顺过来见面。这个孙经理是丁茂鑫的远房亲戚，由于公司连年亏损，后来企业改制，丁茂鑫占了大股，挂名董事长，老孙当经理。米来顺想让这家公司承担创业园前期基础设施建设，希望丁茂鑫加大投资。

米来顺下了班，带着周乐准时来到招待所。大家彼此寒暄，相互介绍，然后入座开席。老米开门见山，直奔主题。在讲过建设创业园重要性、迫切性之后，问道："丁总，你说个准话，这个项目你干是不干？"

"为家乡办这样的好事，我咋能不干？"

"好，你准备投资多少？"

"米书记，您说吧，我听您的，您说多少我投多少！"

"痛快，一千万吧。"

"米书记，我们算过账了，一千万恐怕不够吧？"

"没错，缺口我再找人想法儿。"

"瞧您说的，这事还能让您再去求人？我包了，我出两千万。"

"那可是太好了！"老米喜出望外，端起酒杯，"来，我先代表乡亲们，敬你一杯！"

米来顺与丁茂鑫酒杯一碰，一饮而尽。接着招呼周乐："哎，周乐，人家丁总给你们投资两千万，快敬酒啊！"

周乐赶忙端杯敬酒，连干三杯。

酒过三巡，丁茂鑫凑近老米，附耳低语："米书记，您是老资格，在干部圈里口碑最好，这回推荐市长您……"

米来顺摆摆手："哎，我不行，我岁数大了，还有几个月就退休了。"

"周亦农岁数也不小了，又没啥能力。万远鹏这人还不错，这回推荐市长，您能帮就帮他一把，忘不了您的……"

"这是老万的意思？"

丁茂鑫笑着挤挤眼，米来顺早有耳闻丁与万关系密切，立马明白对方的心思，一边点头，一边有意岔开话题："哎，周乐，你跟孙经理喝呀，以后你们还要在一起合作呢。老孙，你知道他父亲是谁吗？"

孙经理摇摇头："不清楚。"

米来顺大声说："周亦农，咱们的常务副市长！"

孙经理笑道："哟，周乡长，光知道你从市委组织部下来，还真不知道你是周市长的儿子！来，咱俩干一杯！"

这是让丁茂鑫没有想到的，他转脸望向周乐，心里有点尴尬。这个场合显然不便再与老米多说什么，随着孙经理与周乐喝过酒，又闲聊一会儿吃了饭走人。

丁茂鑫返回市里的路上，又接到牟存善的电话，赶紧给万远鹏去电，说有要事相告。两人约好地方，万远鹏赶忙跑来见面，进屋一坐下，便问丁茂鑫与米来顺谈得怎样。

丁茂鑫笑着说："好极了，我一说投资两千万，老米头高兴得嘴都合不上了，跟我干了一大杯呢。"

"跟他说我的事了？"

"能不说吗，我干吗去了？"

"他什么态度？"

"我悄悄对他说，万远鹏这人不错，这回推荐市长，您无论如何要帮他一把。"

"他怎么说？"

丁茂鑫添油加醋，信口开河："他说没问题，老万懂经济，又能干，我们都在一个班子里，关系不赖，我肯定支持他！"

万远鹏颇为满意："嗯，这就好。"

丁茂鑫接着说："这么晚了我请您出来，不光是说这个，是牟爷来电话了。"

"噢，他说什么？"

"他明天过来，晚上要跟您见面。"

万远鹏大喜："是吗，太好了，他这个节骨眼上过来，一定是事情有了重要进展！"

丁茂鑫眉开眼笑："他对我说，最近看上了一套房，还差点钱，问我能不能先把后边的余款给了他。我一想，这肯定是您的事有些眉目了，要不然，他怎么好意思把这一百万拿走？"

万远鹏思量着点点头："没错，这一前一后，要给他两百五十万呢。"

丁茂鑫满不在乎地说："不就再拿一百万嘛，我备好了，给他。只要他把事办成了，让您坐上市长的宝座那就行了！"

万远鹏感激地："老弟，这事真是让你费心啦！"

"客气啥，咱谁跟谁呀。"

"好吧，"万远鹏交代说："你把明天吃饭的地方安排好，找个隐秘点的地方。"

"您放心，我会安排好的。"

二

郑君毅住的地方离市委机关干部宿舍区不远，走过两条街就到。吃过晚饭，郑君毅让耿秘书陪着他散散步，顺便到干部宿舍区转一圈，他想实地走访几位市领导，看看八小时之外他们在做什么。

小耿知道书记要去谁家，提前摸清了他们楼门房号。郑君毅首先来到了钟呈祥的家，杨柳打开门，把郑书记和小耿让进屋。钟呈祥不在家，杨柳告诉郑君毅，呈祥今晚机关加班还没回来，说着要给钟呈祥打电话。

郑君毅摆摆手说："不用，没啥事，我遛弯走到这儿了，顺便到家来看看。"

郑君毅在沙发上坐下来，端视对面墙上的条幅"先天下之忧而忧，后天下之乐而乐"。

郑君毅问："这是呈祥写的吧？"

杨柳端茶走过来："是的。"

郑君毅说："我们省直机关搞书画展，我就看过呈祥的作品，写得好呢。"

"呈祥喜欢范仲淹的《岳阳楼记》，尤其欣赏这两句，就写下来挂在这儿了。"

郑君毅感慨道："一千多年前的范仲淹就有这么高的思想境界，难能可贵啊。"

"是呢，"杨柳把茶放在郑君毅面前，"郑书记，您喝茶。"

郑君毅端过茶杯，发现茶几边上有一小瓶中药，顺手拿过来看了看："益安宁……"

杨柳说："这是呈祥用的。"

"呈祥心脏不好吗？"

"也没啥大毛病，只是有时气短胸闷。"

"没有去医院检查一下吗？"

"查过，大夫说没大事。"

郑君毅点点头："哦，我来之后，交给呈祥的事不少，我得提醒他劳逸结合注意休息。"

郑君毅坐了十五分钟，便告辞离去，来到了另一单元周亦农家。

吴芳洁没有在家，今晚在医院值班。小芹把客人引到客厅，自我介绍说吴芳洁是她表姑，她在家帮着料理家务。郑君毅点点头坐到圈椅上，环视四周，全套的红木家具古香古色，典雅气派。

郑君毅问："闺女，你姑父呢？"

小芹说："他在一旁小屋里自个儿打坐呢，谁也不让打扰。您来了，我去叫他。"

郑君毅连忙阻止："不用不用，我等他一会儿好了。"

"那工夫可就长了，得一个钟头呢。"说完，小芹拿过茶壶去厨房沏茶。

客厅南端是条玻璃窗通道，郑君毅背着手漫步走去，皎洁的月光洒向阳台。客厅隔壁的房间亮着灯光，郑君毅回头向屋内望去，只见烛光映照，香烟缭绕。周亦农面向东侧佛龛中的一尊佛像，闭目盘膝，软垫端坐，双手合十，喃喃噫语。

郑君毅神色黯然，返回客厅，小芹端壶倒茶，他没再坐："闺女，别忙活了，我走了，改日再来。"

郑君毅离开周家，对小耿说："走，带我到蓝天家看看。"

郑君毅走上又一单元三楼，小耿按响门铃，蓝天打开家门，不由一怔："哟，郑书记，你怎么来了？快请进。"

蓝天把郑君毅让进屋，大声招呼着："秋萍，郑书记来了！"

邢秋萍从里屋走出，蓝天做着介绍："书记，这是我爱人邢秋萍。"

郑君毅同邢秋萍握着手："秋萍，你做教师工作，是吧？"

邢秋萍文静地点点头："对，在二中。"

"秋萍，快去沏茶。"蓝天连忙让座。

郑君毅坐到沙发上，蓝天、小耿各坐一侧。

蓝天问："书记，有什么急事找我吗？"

郑君毅笑着说："没有，我只是遛弯走到这儿，顺便到家看看。"

邢秋萍沏好茶，端到茶几上："书记、耿秘书，喝茶。"

"嫂子，我自己来。"小耿把一杯茶放在郑君毅面前，自己端过一杯。

蓝天迫不及待地谈起工作："书记，我正想向你汇报呢。交给我的任务，我跟陈宇一块商量，已经有了一个大致构想。我们考虑，着眼宁滨经济长足发展，首先要建起五个千亿级的产业集群，包括装备、制药、智能……"

郑君毅打断蓝天的话语："蓝天，我来可不是听你汇报的，咱们都忙活一天了，轻松一下不好吗，秋萍，坐。"

邢秋萍坐到一旁椅子上。

郑君毅问："家里几口人呀？"

蓝天回答："我们兄弟两个，我父母住在弟弟那里。这边我和秋萍，还有一个姑娘……"

蓝天的姑娘站在里屋门口，扒着头在向外望。

郑君毅笑着招招手："来来，姑娘，过来，叫伯伯看看！"

小姑娘有点羞涩，站着没动，邢秋萍走过去，把孩子带过来。

郑君毅亲切地拉住小姑娘的手："姑娘，你叫什么名字？"

小姑娘看看妈妈，邢秋萍跟女儿打着哑语，郑君毅感到讶异。

蓝天说："她叫媛媛，十三岁了，她不能说话，耳朵也听不见。"

郑君毅忙问："怎么回事？"

邢秋萍轻叹一声："唉，说来话长。十年前的那个夏天，沧南县连降暴雨，洪涝成灾。蓝天他是副县长，在山里紧急转移村民，我在学校忙着照料滞留的学生。偏偏这个时候，三岁的她得了急性腮腺炎，发起了高烧，不停地咳嗽。当时只有姥姥在孩子身边，由于县城淹了，无法带她去医院就诊。蓝天和我都在忙着抗洪救灾，知道孩子病了可也离不开。我们以为孩子着了凉，就让姥姥给孩子吃了点感冒药。等到洪水退了，我们回到家，才发现孩子耳聋口哑说不出话来，赶忙带她到宁滨看病。大夫说，我们耽误了诊期，孩子已经难以治愈了。这些年，我和蓝天都很内疚，觉得一辈子对不起孩子。"

蓝天给媛媛打着哑语，邢秋萍说着，流下悲伤的眼泪。

懂事的媛媛平静地掏出手帕，给母亲轻轻拭去泪水，打着哑语。蓝天翻译道："她说，妈妈，您别难过，我不怨您和爸爸，你们都是为了灾区群众。"

郑君毅眼噙泪花，爱怜地攥着媛媛的小手："好孩子……"

郑君毅离开蓝天的家，小耿问："还去万远鹏家吗？"

郑君毅看看手表："八点半……还不算晚，走。"

小耿说："他也住在这栋楼，西边的四单元。"

二人向西走着，一辆奔驰轿车从他们身后开过，郑君毅闪身路边，站在树后向前望去。楼门亮着灯光，汽车门前停下，只见车门推开，万远鹏迈下汽车，快步走向楼门一侧，扶着墙角低头呕吐。司机跳下车，搀着万远鹏的胳膊，拍打着他的后背。

郑君毅望着大奔的车号，朝小耿一甩头，二人转身悄然离去。

丁茂鑫的司机把万远鹏送上楼，交给宋彩荣才放心离开。宋彩荣把万远鹏扶到沙发上，一边给丈夫倒茶醒酒，一边连声责怨。万远鹏酒已吐出，脑子清醒许多，不仅没有嫌烦，反而喜笑颜开。他今晚见到了牟存善，两人相谈甚欢。牟存善告诉万远鹏，他大舅问过省委肖书记。肖书记说了，上次投票依然有效，重搞一次民主推荐，无非是再走一遍程序，免得干部们说三道四。万远鹏一块石头落地，心中大喜，千恩万谢，与牟存善开怀畅饮，自然酒喝高了。

宋彩荣坐在一旁，喋喋不休地数叨着："我说了不知多少遍，你就是不听。你不能再这样喝大酒了，很伤身体的……哎，我跟你说话呢，你听见了吗？"

万远鹏回过神来，连忙说："知道了，今天是特殊情况，你……你就等好吧。"

"等好？等什么好？"

万远鹏诡谲一笑，没有回答，站起身来回屋躺了。

三

周亦农从隔壁房间回到客厅，小芹告诉他郑书记来了。周亦农一怔，埋怨道："你怎么不叫我呢？"

"人家不让叫，坐了一会儿，水也没喝就走了。"

周亦农坐到太师椅上感到纳闷，郑君毅今晚不期而至，意在何为？若有重要工作，为什么不叫我去办公室呢？是不是听到了老米对我不好的反映，到家来与我私下面谈？周亦农惴惴不安，反复揣摩，一夜没睡安稳。

郑君毅昨晚也没有睡好。他回到家，心里五味杂陈，久久不能平静，一幅幅画面不断在脑海里浮现。钟呈祥的忧乐情怀，周亦农的精神寄托，万远鹏的酒后醉态，蓝天的公而忘私，小媛媛的不幸遭遇，老米的举贤建言……谁是担任市长的最佳人选，在郑君毅的心目中愈发清晰。他决定为蓝天创造有利条件，期望他在第二次民主推荐中脱颖而出。

第二天一上班，耿秘书告诉郑君毅，昨晚那辆奔驰车的车主查到了，是地产商丁茂鑫的。郑君毅点点头，自然明白万远鹏是跟丁茂鑫去喝酒了。这时，钟呈祥、周亦农一前一后来到了郑君毅的办公室，都为昨晚没有见到郑君毅，而过来询问书记有何要事相商。

郑君毅笑道："没什么急事，我只是饭后遛弯，转悠到了你们那里，顺便到家看看。"

钟呈祥说："你叫小耿打个电话，十分钟我就赶回去了。"

"杨柳要打电话，我没让她打。"郑君毅关心地说："呈祥，党建这块工作，我最近交给你的事不少，你要劳逸结合，注意休息，别累坏了。"

钟呈祥不在意地说："我没事，身体好着呢。"

郑君毅看看周亦农，周亦农不好意思地笑笑，掩饰道："我最近老是脾胃不好，中医叫我练练气功，每天打坐一个小时。正赶上这个点你去了，小芹这孩子也没叫我，啧，这事闹得。"

"我没让小芹叫你，坐了会儿就回来了。"接着，郑君毅话题一转："正好你们都在，有件事和你们商量一下。我们要想加快发展，有许多深层次的矛盾，需要通过改革去解决。省委已经成立了全面深化改革领导小组，要求各市也要成立。我想呢，我来担任组长，你们二位当副组长，下设一个办公室，你们看让蓝天兼任主任怎么样？"

钟呈祥与周亦农均无异议，不约而同表示赞许。郑君毅点点头："那好，我叫云强列入议题，提交市委常委会研究决定。呈祥，你忙去吧，我跟亦农再说点事。"

钟呈祥起身告辞离去，周亦农依然坐在郑君毅办公桌对面椅子上。

郑君毅注视着周亦农："亦农啊，我最近听到一些干部反映，说是在民主推荐会之前，有人私下为你串联拉票……"

不等郑君毅说完，周亦农便打断说："我知道，这都是米来顺说的。老米跟我一向不和，他是故意找我的麻烦，你别听他胡诌八扯！"

郑君毅神色严肃："不管老米怎么说，你有没有让人私下串联拉票？"

周亦农分辩道："这得两说着，我可以保证，我绝对没有指使人为我串联拉票；至于干部们私下酝酿，相互沟通，把手中一票投给谁，这我就管不了，你说是吧？"

郑君毅诚恳地说："亦农啊，你是党培养多年的领导干部，到什么时候，都不要违反党的组织原则，丧失理想信念啊！"

郑君毅没有挑明，实际是暗指昨晚见到周亦农拜佛一事。周亦农并不知晓，还以为郑君毅在谈私下拉票，当即表示："君毅，你放心，我绝没有违反选举纪律，如果他们举出实证，我甘愿退出选举，接受组织纪律处分。"

郑君毅点点头："亦农，我是给你提个醒，千万要注意啊。好吧，我们先谈到这儿。"

周亦农走出屋去，又想起什么返回屋来。

周亦农说："君毅，省政府近日组团考察欧洲四国，省长带队招商引资洽谈项目。省里点名让我参加，可我主持市政府工作，手边一大堆事。这次是不是我就不要去了，换万远鹏去吧，你看行吗？"

郑君毅想了一下："既然省政府点名叫你参加，那肯定是省长的意见，你不去恐怕不好。"

"可是……唉，这事……"周亦农欲言又止。

"如果你有脱不开的事，交给我好了，这发什么愁呀。"

周亦农只好明说："君毅，你知道，很快就要重新民主推荐，我还是留下来好。"

"哦，你是考虑这个……"郑君毅恍然明白，顺机说道："亦农，你该去就去，民主推荐会可以往后推迟一下嘛。"

周亦农笑了："那太好了，我回去就让他们把名报上。"

周亦农放下心来，高高兴兴地走了。

四

蓝天担任宁滨市深化改革领导小组副组长兼办公室主任之后，立刻投入紧张的工作。在郑君毅的授意下，他按照中央、省委要求，结合宁滨加快发展总体方案，重点着手政府职能转变、企业转型升级、城乡一体发展、民生保障机制等方面的改革。为了改善营商环境，提高项目审批效率，成立了投资项目审批中心。有关部门集中办公，实行"一条龙"作业，提升项目审批速度，力图让中外投资者都满意。

这天，陈宇来到蓝天的办公室，气呼呼地说："蓝天，你的改革倒是搞得热闹，可效果不怎么样。虽然成立了项目审批中心，集中办理项目，可有关部门工作人员，还是拿着申报材料回机关层层审批。一个关口一个章，这和过去有什么两样？"

"你看看，这是凯宏公司的投诉报告。"陈宇把一份文件放到桌上："这家公司投资两亿五千万，要落户到咱数据产业园，跑了两个月还没批下来！"

蓝天拿过报告浏览，眉头紧锁："老兄，我查一下，这个项目我来督办！"

陈宇一走，蓝天马上去了项目审批中心，查询凯宏公司项目审批进度。工作人员答复，审批件到了城建局，今天他们人不在，正在局里走程序呢。蓝天马不停蹄，赶到城建局一问，审批件交给冯科长了，他中午在西美宾馆接待外地客人，下午还没过来。蓝天让干部打电话联系冯科长，但对方已经关机。

蓝天直奔西美宾馆，找到冯科长安排外地客人的房间，屋里传出麻将牌"哗哗"洗牌声。蓝天敲敲房门，一个年轻人打开门："您找谁？"

蓝天问："城建局的冯科长在这儿吗？"

"在呢。"

年轻人拉开门，蓝天走进屋，只见两男一女正在嬉笑着码牌。

年轻人招呼道："冯科长，有人找你。"

冯允喜抬头一看，不由一怔："蓝市长……"

蓝天板着面孔："你就是冯科长？"

冯允喜连忙站起："嗳……嗳，冯允喜。"

蓝天冷眼怒视："你倒是轻闲自在，嗯？居然上班时间，跑到这里打牌？"

冯允喜一脸尴尬，指指牌桌旁的客人："北京来了朋友，我陪他们打会儿小麻将……"

蓝天斥责道："你上班时间擅自离岗，目无风纪，还愣着干什么，马上跟我回去！"

蓝天二话不说，转身离去。

回到局里，蓝天不仅对冯允喜进行了批评教育，而且要求局长必须严肃处理。几天过去，局里没有动静，蓝天质问局长为什么不作处理。局长为难地说，你可能还不知道，冯允喜是郑书记爱人的表妹夫，你让我咋处理？我平时教育不严，我也有责任，你有气冲我发发算了。看着郑书记的面子，放他一马吧。

蓝天没有想到，冯允喜是郑君毅的亲戚，不免心生纠结。冯允喜上班时间擅自离岗，贻误工作，本该严肃处理。可局长有所顾忌，不愿作出处理，这又怎能警示干部，取信于民？蓝天心中不满，回家跟秋萍说了。妻子劝他说，冯允喜是郑书记的亲戚，不要说给予纪律处分，就是通报批评，也会给郑书记造成不良影响，我看呀，你还是手下留情吧！

蓝天想到陈宇的怨懑、投资者的焦虑、营商环境的治理、宁滨今后的发展，还是决定追究冯允喜的责任。他以市委改革办的名义写了一份通报，送到钟呈祥手中。钟呈祥对蓝天坚持原则、不讲情面的做法心中赞许，但经他手呈报郑君毅有些迟疑。蓝天看出钟呈祥感到为难，便收回呈送件，说："你是市委副书记、深化改革领导小组副组长，这事我应该向你请示。如果没有什么不妥，你不用签批，我直接报送郑书记好了。"钟呈祥笑笑没有说话，蓝天拿着呈送件直接去找耿秘书，请他转呈郑书记。

耿秘书没有马上呈送郑君毅，而是找到赵云强请示如何处理。赵云强没有迟疑，直接签批报请郑书记阅示。

郑君毅一看报告，立刻沉下脸色，思忖少顷，提笔批示："对冯允喜同志所犯错误仅仅通报批评是不够的，应当依纪严肃处理。我的意见是撤销职务，下乡扶贫，三年不动，以观后效。请呈祥同志阅办。"

钟呈祥按照郑君毅批示，经与城建局党组商定，决定免除冯允喜副科长职务，外调沧南县下乡扶贫。冯允喜没有想到受此严厉处分，懊悔不已。潘美娟对丈夫狠狠一番责怪，然后连夜去了省城。哭哭啼啼地向表姐求救，央求潘敏说话，让姐夫手下留情。潘敏跟表妹一向感情很好，看她哭得伤心，立刻给郑君毅打去电话。说是允喜已经承认错误，是不是就不要下乡了，换个其他岗位也行，他的儿子还小，需要允喜照顾。

没等妻子说完，郑君毅就毫不留情地一口回绝："咱们两家虽有亲戚关系，但不能以情徇私，纵容违纪。这事已经定了，你不要插手说情了。"

说完，郑君毅便挂了电话。

潘敏无奈地摇摇头："唉，我就知道说也白说。啧，这个允喜也是，怎么就这样不经心呢？"

潘美娟抹着泪，念叨说："他就是没心没肺的，北京来了几个朋友，吃了饭要打牌，三缺一，非拉他凑把手。还没打一圈呢，就让蓝天找上门了，不依不饶的。我看蓝天就没安什么好心，故意给姐夫找难堪。"

"好啦,别想那么多了。"潘敏劝慰道,"反正事已出了,说啥也晚了。让允喜先下去,好好干,过几年再回来。"

潘美娟颇为失望,也没心思留下吃饭,中午便坐火车返回了宁滨。

第二十章

一

郑君毅召集市委深化改革领导小组成员开会，听取蓝天工作汇报，专题研究改善营商环境、提高项目审批工作效率问题。

正面墙壁上，悬挂的电子屏幕显示出宁滨市项目审批流程。蓝天手拿荧光笔，指着屏幕作着讲解："市政府三十七个部门具有项目审批权，发改委、规划、土地、城建、工商等这些部门不说，像地名办对投资项目新辟场址的街巷名称、门牌号码，也需要经过初审、复审到主任核准三道程序。现在项目审批中心虽然集中办公，联审联批，但各部门还是把报表拿回机关审批。一百九十二个公章，就算一天盖一个，也要半年的时间。"

周亦农取笑道："换汤不换药，跟过去没有什么两样。"

"是啊，这样根本提高不了工作效率。"钟呈祥说。

郑君毅问："蓝天，我们能不能删繁就简，尽可能地简化程序？"

蓝天直言："这就涉及有关部门的审批权，谁都攥在手里不愿放手。"

郑君毅手指轻轻点着桌面："嗯，这是关键。"

"没错，各位副市长还都各把一摊呢。"钟呈祥看看周亦农，"老周，是吧？"

"没错，比权量力，各自为政。"周亦农笑笑说。

郑君毅又问："蓝天，对此你有什么考虑？"

"郑书记，要想从根本上解决这个问题，只有从转变政府职能上找出路，改革现有体制……"

"嗯嗯，你说说具体想法。"

"我建议，成立项目审批局，把全市项目审批业务，由多头管理改为一个窗口服务。削减审批事项，简化作业程序，规定办结时限，加快工作效率。也只有这样，才能提质增效，达到客户满意的效果。"

郑君毅环视大家："哎，呈祥、亦农，还有你们各位，蓝天的提议怎么样？"

钟呈祥表示同意："这是一个好办法，我看行。"

其他同志悄声议论，点首赞同。

郑君毅目光转向周亦农："亦农，你看呢？"

"蓝天说的倒是蛮有道理。"周亦农不无担忧地说，"不过这样一来，拿走了那些部门的权力，局长们肯定要跳脚，包括主管市长。这会得罪一堆人哪，嗯，蓝天？"

蓝天坦然以对："改革嘛，就不能怕得罪人。"

郑君毅笑道："是呀，蓝天连我都不怕得罪，还怕得罪他们吗？"

众笑。

周亦农说："这我知道，可总不能让蓝天去当这个局长吧？"

郑君毅点点头，沉吟道："这个局很重要，谁去当这个局长呢？"

钟呈祥想了想，说："书记，这需要好好考虑一下，提出一个合适人选。"

"可这件事不能耽搁……"郑君毅脑子一闪,想到了陈宇:"哎,陈宇同志对项目审批工作最上心,我看先让他兼任局长,尽快把这个摊子支起来。等工作捋顺了,再派合适人选接替他,你们看怎么样?"

钟呈祥乐观其成:"好,陈宇干这事没问题!"

周亦农随之表态:"同意,我没意见。"

郑君毅看看蓝天,蓝天笑着点点头。

郑君毅一锤定音:"那就这么定了,呈祥,你跟蓝天商量,提出一个设立项目审批局意见,提交市委常委会研究决定!"

市委常委会很快通过了,决定陈宇兼任局长,负责组建项目审批局。陈宇甚是高兴,立刻按照国家和省有关政策,运用现代智能先进管控技术,建立起行政审批全新工作机制。调配专业工作人员,办理投资项目审批要件,核发各种批准文件、证照。时间不长,项目审批局便步入正轨,集中受理,分项作业,联审联批,一次办结。时限大幅减少,效率明显提高,得到客商交口称赞。

郑君毅经与省委组织部几次协商,推荐市长的时间持续延后,直到蓝天任副市长年满两年列入参选人名单,民主推荐会才如期举行。投票结果很快出笼,蓝天排名第一,钟呈祥依旧居二,周亦农落到了老三,万远鹏被淘汰出局。陈宇服气,米来顺高兴,郑君毅欣慰,大多数干部感到满意。

钟呈祥心中坦然,即便自己不能接任市长,至少选择蓝天是可以接受的。周亦农则是闷闷不乐,蓝天副市长才干两年,居然跑到了自己的前面。若是蓝天当了市长,自己给他当常务,岂不叫干部们耻笑?回到家中,越想越是憋气。

吴芳洁为丈夫不平,讥讽道:"他蓝天两个月前还是个秃尾巴鹰呢,这两个月后就一飞冲天了。"

吴芳洁此话一出,倒让周亦农不由暗自思忖。莫非郑君毅早就属意已定，只等蓝天年满两年入围么？回想这两个月来，郑君毅有意为蓝天搭台唱戏，凸显他的才能；又一再延后召开民主推荐会的时间……周亦农思前想后，终于恍然大悟。自己从一开始便打错了算盘，还以为有郑君毅跟老爷子的关系，肯定会协助自己接任市长呢。他懊丧地拍着脑门儿，长叹一声："唉，真是知人知面不知心啊！"

"你说谁呢？"妻子问。

周亦农冷冷地说："除了郑君毅，还能有谁？"

这时，周乐回到家来，他走进客厅，叫了一声"爸、妈"，坐在一旁的椅子上。

周亦农沉着脸，抬眼看了儿子一眼："你怎么回来了？"

周乐问道："爸，我听说，又搞民主推荐了，您这回怎么样？"

不等周亦农搭话，吴芳洁便抢过话头："正说这事呢，人家蓝天得票第一，你爸落到了老三，你说气人不？"

周乐满不在乎地说："这生啥气呀，竞选嘛，总有个排名前后。我在组织部干过，我知道，爸，就算您排名第一报上去，这个市长也不一定给了您。"

"为什么？"吴芳洁问。

周乐坦率地说："现在已经进入了高科技时代，作为一市之长，没有点真才实学还真不行。蓝天年轻有为，又是博士，比我爸有优势。"

周亦农泡眼一瞪，嗤之以鼻："博士？哼，博士多了，挂个博士头衔就能当市长？"

吴芳洁应和说："对呀，那也不能唯学历嘛，要说学历，你爸也是大本呢。"

周乐揭了老底："爸，我说了您别不高兴，您那党校大本还不是让秘书代劳的……"

吴芳洁连忙打断："乐乐，你瞎说什么呀？"

周亦农一拍桌子，情绪激动地大声说道："好，就算我没大本文凭，可我有他们在课本里学不到的实践经验！我四十岁当县委书记的时候，他蓝天也不过是个乡镇干部。我已经干了九年的副市长，他蓝天呢？才满两年，他有什么资格跟我争？"

周亦农喘着粗气，两眼直直地盯着周乐，吴芳洁见状，忙给儿子使个眼色。

周乐给父亲杯中续上茶，凑过身来："爸，真生气啦？"

周亦农神色黯然，低头不语。

周乐看到父亲这个样子，也不免心中酸楚，劝慰道："爸，组织部的朋友已经告诉我投票结果了，我就怕您接受不了，才回来劝劝您。我这么说，是想让您想开点，别太较真了。"

周亦农没有说话，端起茶杯向书房走去。

二

第二次民主推荐市长，万远鹏被淘汰出局，心如火燎，焦虑万分。他急忙告知丁茂鑫，要到天津找牟存善商讨对策。丁茂鑫打去电话，牟存善不慌不忙地说，这着什么急呀，我大舅早跟省委肖书记说好了。你让他沉住气，我再和大舅说一下，不行，我亲自往省里跑一趟。丁茂鑫给万远鹏回了话，万远鹏还是不放心。晚上跑到丁茂鑫处，对他说，时间不等人，得催促老牟马上办。我要见面跟他说，叫他赶紧去找肖书记，再晚就来不及了。丁茂鑫又立刻与牟存善联系，约好明天在牟存善家中会面。

第二天一大早，丁茂鑫开车拉上万远鹏直奔天津。中午时分进入市区，丁茂鑫与牟存善电话联系，几次去电，对方无人接听。万远鹏心里不由一沉，让丁茂鑫继续拨打，对方却关了手机。万远鹏惴惴不安："这个老牟，为啥不接电话呢，不会是不愿见我吧？"

"不会，也许是身边有人，不方便接听电话。"丁茂鑫把手机放在一边，"我认得他家，咱直接去找他！"

丁茂鑫开车沿着和平区西安道七拐八绕，找到了黄家花园那栋小红楼。车停楼旁，丁茂鑫、万远鹏走下汽车，登上楼前台阶。丁茂鑫按铃没有动静，敲门也无人回应。万远鹏急得脑门冒汗，亲自上前"咚咚"敲门。旁边楼门打开，走过一位大妈，看着两个陌生人，问道："敲嘛呢？你们找谁呀？"

"找牟先生，牟存善。"丁茂鑫答。

"姓牟的这家，是租的我家房子，今天一早已经退房搬走了。"

万远鹏忙问："他搬哪去了？"

"人家搬哪儿也不告诉咱呐。"说完，大妈走回楼门，将门"咣当"关上。

万远鹏沮丧不已，怨责道："怎么样？我说他耍咱们，你还不信！"

丁茂鑫垂头丧气，有苦难言："唉，真没想到这小子是个骗子。"

原来，牟存善是天津某棉纺厂的一个工人。此人脑瓜精明，能说会道，手脚勤快，下岗后做点棉布销售的买卖。他在社会上混了一段时间，发现官场盛行跑官，便干起"捐客"的角色，给自己虚拟了一个显赫的背景，打着所谓"大舅"的名头，到处胡吹六拉，招摇撞骗。只要把钱骗到手，便溜之大吉，打一枪换一个地方。反正那些上当受骗的官员也不敢吭气，更不敢到法院告他。这一次通过丁茂鑫收了万远鹏的"跑办费"，只等最终结果。若是万远鹏侥幸当了市长，自然是他吹嘘的资本；当不上市长，他钱已到手，离开了事。昨天得知万远鹏没有入围，料他已无希望，所以连夜结账退房，瞬间消失。至于牟存善去了何处，又结局如何，那是后话。

万远鹏呆呆地站在楼前，半晌才缓过神来，从不抽烟的他向丁茂鑫要了一支香烟。

丁茂鑫递过烟卷，给他点上："说啥也晚了，走吧，先找个地方吃点饭。"

万远鹏一脸晦气，抽了两口烟扔在地上。两人没有动车，在对面路边找家小馆坐下来，要了两个小菜，一人一碗麻酱面。

万远鹏毫无食欲，吃了几口便放下筷子，又点燃一支香烟，埋怨道："丁茂鑫，看你交的这朋友，都是什么玩意儿？坑蒙拐骗，居然耍到我的头上来了！"

丁茂鑫懊恼地说："我咋就看不出来呢，唉，二百五十万白白打水漂了。"

万远鹏骂道："这个王八蛋！"

丁茂鑫忿忿地说："不能便宜了这小子，我非得让天津的哥们儿找到他，叫他把钱一分不少地给我吐出来！"

"哎，你别蛮干，"万远鹏连忙制止，"这事要是传出去，那麻烦可就大了。"

"那您说怎么办？"

"还能怎么办？只能哑巴吃黄连。"

"真窝囊。"

"先不说他了。"万远鹏烦躁地摆摆手，说："哎，你不是跟老米那说好了吗，票不要投给周亦农，怎么这次我的票比上次还少？"

丁茂鑫谎称："我跟老米说了，他满口答应，还说跟你关系不赖，要帮你一把呢。"

"听他说呢，这老米头也不是个好东西。他到处制造舆论，宣扬蓝天人品如何好，能力怎么强，这和为蓝天拉票又有什么两样？"万远鹏恨恨地说，"上次投票我入了围，都是他往省里告状给搅黄了。要不然，即便周亦农当了市长，我至少可以接任常务副市长,根本就没蓝天的事了。这个老米还想让你往他那儿投资,一个子儿也不给他!"

三

丁茂鑫对万远鹏言听计从,一回宁滨便给孙经理打去电话,让他告诉老米公司资金紧张,创业园项目不干了。孙经理为难地说:"你答应人家米书记好好的,这没几天就变了,你让我在县里还怎么干?"丁茂鑫气呼呼地说:"都是这个老家伙坏了我的大事,跟他甭客气,连他的闺女一块开了。你不要怕,再有个把月他就退了,等来了新书记,咱再说。不管谁来,我丁茂鑫都能摆平!"

这天是星期日,周乐没有回家,洗洗自己的衣服,打扫一下住室的卫生。正忙活着,接到孙经理的电话,告知周乐创业园项目公司不参与了。这是怎么回事,丁茂鑫前几天不是答应投资两千万吗,咋说变就变了呢?周乐放下电话,顾不得多想,连忙开车进城去向米书记汇报。

米来顺不在机关,让周乐来家里说事。一听丁茂鑫撤出创业园项目,老米心里立刻明白,这是万远鹏发泄不满暗中作梗。

周乐焦急地说:"米书记,这创业园正在进行七通一平,资金跟不上,工程就要停工。"

米来顺不便跟周乐讲明其中原因,只能安慰他:"没事,咱再想法儿,没有过不去的坎儿。"

说着话,米来顺的女儿走进家门。老米介绍说:"这是我的女儿。晓惠,过来认识一下,这就是我常提起的周乐。"

周乐笑着站起身来,米晓惠神色冷淡,面无表情地点点头。

米来顺看看女儿,问道:"闺女,这是怎么了,一脸阴云密布的？"

"爸，他们……这也太欺负人了！"米晓惠气愤地把包扔在沙发上。

"谁欺负你了？坐这儿来，跟老爸说说。"

"今天，孙经理找我了，他对我说，我被辞退了。"

老米一怔："辞退了？为什么？"

米晓惠气愤地说："他说公司裁员，可那么多人他不裁，就裁我一个，这不是成心欺负人吗？"

米来顺知道这是丁茂鑫恼了，冲着女儿泄愤，嘴上却说："晓惠，你想得太多了，我是县委书记，他们才不敢呢。"

"爸，你别瞒着我了，"米晓惠委屈的泪花围着眼圈打转儿，"公司里都传开了，是你得罪了丁老板，人家拿我当出气筒！"

老米看了一眼卧室，连忙示意女儿噤声："你小声点儿，别让你妈听见。"

这时，卧室传来老米妻子的召唤声："老米，你过来……"

米来顺赶紧起身，推开门走进屋去。

老米的妻子面容憔悴，双眼无神，身上搭着条被子，病恹恹地躺在床上。20世纪70年代，米来顺在西藏高寒地区戍边服役，妻子长期随军生活，得了风湿性关节炎。一开始行走困难，后来病情日趋严重，只能常年卧床，肌肉逐渐萎缩，四肢扭曲变形。虽曾找大夫治疗，也没有明显效果。米来顺正团职转业到地方，一边忙于工作，同时照料妻子和女儿。晓惠高中毕业考上了大学，为了减轻父亲负担，更好地照顾母亲，她放弃了去大学深造的机会。那时县建筑公司还没有改制，米来顺便安排女儿去了这家公司当了一名出纳。

老米妻问："家里来人了？"

"哦，周乐来了，跟我说点事。"老米没提晓惠回来了，他不愿让妻子知道女儿已被公司辞退。

"我后脊梁酸痛,你给我按两下。"

"嗳。"米来顺扶着妻子翻过身来,给她轻轻地按摩后背。

老米妻说:"晓惠二十六了,还是一个人呢,你也关心着她点,有合适的人给她介绍一个,啊?"

米来顺心里苦楚,强作笑颜,安慰着妻子:"我结记着呢,过去介绍过几个,都不大合适,随缘吧,强扭的瓜不甜。"

客厅里,米晓惠心情渐渐平复下来,和周乐说着话,把家里母亲的病况告诉他。周乐一边倾听,一边注视着晓惠。晓惠中等身材,一头短发乌黑浓密,圆圆的脸庞白里透红,两只丹凤眼闪烁着灵气。眉无修饰,唇不抹红,看上去纯真贤淑,朴实无华。

周乐劝慰道:"晓惠,别难过,还怕没事干吗?你要不嫌我们乡里条件差,就到我们创业园来吧。"

晓惠望着周乐,问道:"我能干什么?"

周乐笑着说:"你不是一直搞财务吗,我们创业园正要招聘会计师、出纳员呢。"

晓惠来了兴趣:"嗯,这个我能干。只是我去了乡里,谁来照顾我妈呀?"

"找个家政不就行了?现在家政都是经过专门培训的,人家照顾老人可能比你还要周到。"

"这倒是,我回头去你们创业园看看。"

"好,我有车,我来接你。"

"行,就这么定了。"

老米走出屋,看看女儿和周乐:"什么事呀,就这么定了?"

周晓惠脸上露出笑容:"爸,周乡长说,欢迎我去他们乡创业园工作,您说行吗?"

老米笑呵呵地说:"如果那里有适合你的工作,小周要你,你又愿去,我没意见。"

晓惠高兴了:"太好啦!"

周乐扭头看了一眼里屋，问道："米书记，刚才晓惠跟我说了大妈的病况，我想进屋去看看大妈，可以吗？"

"当然可以，"老米挥挥手，"晓惠，你领他去。"

"嗳。"晓惠站起身。

"慢，"老米又小声叮嘱道，"闺女，你被辞退的事，别跟你妈说，免得让她忧心，啊？"

"嗯。"晓惠点点头，领着周乐走进母亲的卧室。

周乐随晓惠走进屋，晓惠给母亲介绍说："妈，这是周乡长，看您来了。"

周乐俯身床边亲切问候，老人连连点头微笑。

周乐出来后向老米告辞："米书记，我回去了。"

老米拉住周乐的手："哎，别走，在家吃饭，让晓惠去炒俩菜，有啥吃啥。"

周晓惠也热情挽留："对，你跟我爸说会儿话，我这就去做，一会儿就好。"

老米从小柜取出一瓶酒，拿过两个酒杯："来，坐这边，咱爷俩儿喝点。"

周乐憨笑着坐到餐桌旁："米书记……"

"在家里，别书记书记的。"老米拿来碗筷摆到桌上。

周乐连忙改口，说道："伯伯，您在西藏守边可是吃大苦了。"

"那是。"老米坐下来，忆说当年，"1973年的秋天，我十八岁当兵就去了西藏。哨所在海拔四千多米高的雪山上，气温零下四十摄氏度，一年八个月刮大风。站在山崖哨位上，那夹着冰碴子的西北风，好似刀片一样划在脸上，像蜂蜇了一样疼。我当了副营长，你大妈带着晓惠随军来到了西藏，虽然是住在山下的营房，可天也冷呀。那时候部队条件差，烧水做饭的柴火都供不上。家属洗洗涮涮的都用化了的冰水，晓惠她妈的关节炎就是那会儿落下的。"

"为什么不赶紧治呀？"周乐问。

老米解释说："部队驻地离着医院太远，几百公里的路又不好走，去一趟来回少说也得半月二十天，我没时间陪她去。你大妈病得厉害了，我送她去了医院，大夫给了点药就回来了。后来越来越严重，组织上为了照顾我和家属，安排我转业回了宁滨。来到这翠屏一干就是十六年。这不，还有两个月我就退了。"

周乐感叹道："伯伯，您真是太不容易了。"

米来顺笑笑："没啥，我都习惯了。"

一会儿工夫，晓惠便炒好了两盘家常菜，端上了餐桌。

老米给周乐夹着菜："尝尝，晓惠炒的菜咋样？"

周乐吃了一口肉丝炒青椒："嗯，好吃。"

晓惠笑道："做不好，凑合着吃吧。"

周乐接着刚才的话头说："伯伯，您退了休，就有了时间，带着大妈到北京、上海的大医院去看看吧。我妈在市医院当副院长，这方面关系很多，我让她找最好的医生给大妈治病。"

"行啊，我先谢谢了。"老米拿起酒瓶，给周乐杯中倒上酒。

"爸，周乡长说得对，给我妈找个名医看看，或许还能治好我妈的病！"

老米点点头："嗯，但愿如此啊！"

"晓惠，你也坐下吃吧。"

"你和我爸喝着，我给我妈把饭送过去，照料她吃了饭我再吃。"

说着，周晓惠回到厨房，端着一个托盘走进母亲的卧室。

周乐望着晓惠的背影，称赞道："晓惠对妈妈真好啊！"

"多少年了，一直这样。"老米端起酒杯，"来，咱们喝着。"

第二十一章

一

周亦农近来心情不畅，郁郁寡欢，时常胸闷气短，胃痛腹胀。他听了吴芳洁的话，住进市医院做肠胃检查。经过一番详细体检，医生告知其并无大碍，可能是因为工作疲劳所致，建议住院调理休息一段时间。于是，周亦农向郑君毅请假，放下了手边的工作住院疗养。

省委组织部根据民主推荐结果，对蓝天进行了全面考察，获得了大多数干部的一致好评。经与郑君毅沟通，决定把蓝天作为拟定市长人选，提交省委常委会研究。

这天，蓝天来到医院看望周亦农，关心地询问了病情，希望他安心疗养早日康复。周亦农表示感谢之后，让吴芳洁和医生们离开，他要跟蓝天单独坐会儿。

大家离去，周亦农倚在床头，对坐在对面的蓝天说："蓝天啊，咱们共事时间也不短了，可以说，我是看着你成长起来的。"

"没错，你是我的老领导了，你当县委书记的时候，我还在乡里呢。"

周亦农言不由衷地说："这次民主推荐，你排名到了我的前边。别看有些同志为我抱不平，我可不这样看，我为你感到高兴。"

"说心里话，我也没有想到，我的资历比你、比呈祥同志可差远了。"

"其实当不当这个市长，对我来说也无所谓。"周亦农接着话锋一转，话里有话地说，"只是为党工作了一辈子，总应该讲个公道吧？"

蓝天明了周亦农的心境，真诚地表示："我理解老领导的心情，虽说有了推荐的结果，但组织还没有最后决定。如果你来接任市长，我没有意见，我会继续在你领导下干好我的工作。"

周亦农深沉地点点头："这就好，你有这个态度就好啊。"

"周市长，有件事我还要向你请示一下。"

"什么事啊？"

"这是扶贫办、民政局、卫生局送来的请示报告。"蓝天拿出一份阅呈件交给周亦农。

周亦农戴上老花镜，看着报告："哦……在两个贫困县开展解锁行动，治疗脑神经患者127人；复明计划，白内障手术2873人；助残工程，安装假肢946人，共需资金3500万元……事是都该办，可我现在拿不出这么多钱啊！"

蓝天恳请道："我知道财政资金紧张，但还是想法儿挤出点钱，把贫困县百姓的这件难事办了吧，郑书记对这事挺上心的。"

"甭管谁上心，没钱也办不成事。你不正在搞农村医保改革吗，等到时一块儿解决吧。"说完，周亦农把请示报告退给蓝天。

蓝天拿过报告，为难地说："农村医保改革需要全省同步进行，还在等待省里出台政策……"

周亦农想了一下："这样吧，你让扶贫办、民政局跟卫生局商榷一下，列个计划报上来。咱分期分批实施，争取在五年之内，把这事解决了，好吧？"

蓝天皱起眉头，不满地说："五年？这时间也太长了吧？"

周亦农漫不经心地说："这也不是要命的病，着什么急呀。失明的、精神出毛病的，还有缺胳膊少腿的，都已经那么久了，再等几年怕啥的？"

蓝天一听急了，"嚯"地站起："周市长，你知道吗，这些患病的乡亲生活多艰难，精神多痛苦，他们要是你我的亲爹、亲娘、兄弟姊妹，一天能等吗？！"

蓝天气愤不已，回到家依然余气未消，对妻子说："真想不到，周亦农对百姓的病痛这么漠不关心，竟然说出这种不负责任的话来！"

秋萍知道了事情经过，责怪道："你也是的，人家周市长住了院，你去看看就行了。有什么事请示，等他上了班再说不行吗？"

"这事急着呢，他不批办不成啊！"

"你也不想想，上次民主推荐他第一，这次推荐掉到了你的后面，心里正不痛快呢。你这个时候找他，他能有好气吗？"

蓝天长叹一声："唉，这也未免心胸太狭窄了吧！"

秋萍劝道："蓝天，你还年轻，我看你就别争这个市长了。你要是当了市长，周亦农还做常务副市长，你怎么能领导了他？"

蓝天情真意切地说："秋萍，说实话，我真不想争这个市长，我都想跟郑书记说说退出来。可现在我想明白了，我必须为维护百姓们的利益而争，这个市长我争定了！"

这时，一位早已退下来的省委老书记来到宁滨疗养，他与周文重是同期的地委书记，提出要见见周亦农。周亦农接到通知，赶忙前往住所拜访。谈话间，周亦农把这次民主推荐的情况及自己的想法，向这位老书记作了汇报。

老书记对这样的结果显然感到不满，周亦农一走，他便把郑君毅叫来，提出自己的看法："君毅啊，亦农我了解，人不错，他做副市长都九年了，早该提拔市长了嘛。你过去在文重同志身边工作，应该多关心亦农才对呀，你怎么不为他说话啊？"

郑君毅不便道明周亦农的现实表现，也不好驳回老领导的面子，只好说："这是经过干部民主推荐，省委组织部进行全面考察之后，才拟定蓝天同志为市长人选的。"

老书记沉着脸说："省委还没上会嘛。我知道，谁当市长你定不了，但你的态度很重要。国华同志那里我去说，你只要表示同意就行了。"

郑君毅从老书记那里出来，思想压力陡然加大，暗自担心市长人选再生变数。

周亦农见了老书记满心欢喜，马上要出院回去上班。吴芳洁劝阻道："这可不行，你才住院三天，病还没正经治呢，怎么能说走就走呀？"

周亦农诡秘一笑："光在医院住着，嘴边的鸭子又飞了。我就没病，赶紧着，出院。"

周亦农的举动令妻子莫名其妙，看着丈夫无奈地摇摇头。

二

周亦农住院这几天，万远鹏暂时主持市政府工作，他知道周亦农是在闹情绪。万远鹏表面不露声色，工作按部就班，大事及时向郑君毅请示，日常事务安排得井然有序。可没出三天，周亦农又回来了，就像换了一个人似的精神抖擞，毫无先前愁眉苦脸之色。万远鹏暗笑，市长没戏了，还猪鼻子插葱装象(相)呢。索性把事往周亦农身上一推，下班又找丁茂鑫喝酒去了。

"老牟有下落吗？"万远鹏问。

丁茂鑫摇摇头："没有，好像人间蒸发了一样。"

万远鹏恨恨地说："这个王八蛋，早晚不得好死。"

丁茂鑫避开话题，问道："蓝天当市长定了？"

"还没有，这得省委常委会决定，不过我看八九不离十了。"

"他倒挺有命，刚当了两年副市长，就要坐上市长的宝座了。"

万远鹏冷笑道："想拉就能把他拉下来，就看你会不会做了。"

"什么意思？"

"据我所知，蓝天家里经济状况不怎么样，别看他表面像个正人君子，实际上心里也想要这个。"万远鹏捻捻手指，做了个要钱的手势。

丁茂鑫眼珠一转："你的意思是……"

"蓝天的父亲住进了医院，不少人去看呢，还不是看着蓝天要当市长？你也去看看，留下点钱，只要他不吭气，这事就成了。"

丁茂鑫心领神会，沉思着点点头："我知道了。"

二人分别，丁茂鑫回到公司暗自思量。万远鹏已经出局，蓝天要当市长，我为什么不去靠上蓝天呢？我不能为了万远鹏，误了我今后的事业发展。思想一番，他主动邀请蓝天抽暇餐叙，被蓝天婉拒。他又请一好友邀蓝天出来喝茶，自己装作茶社偶遇，热情地走进屋与蓝天打招呼。朋友佯装出去接电话，丁茂鑫坐下来，首先对汽修厂职工补偿金一事，再次向蓝天表示歉意，然后说："蓝市长，说实在的，我们从商做点事也不容易，别看表面上整天笑嘻嘻的。这就像我浮在海平面上，露着个脑袋呲咪呲咪地笑，身子下面被东咬一口西啃一嘴，别人不知道，自己难受着呢。所以呀，蓝市长，小弟哪个地方做得不周全，请您多体谅！"

蓝天默默地听着没有吭声。

丁茂鑫套着近乎，拍着胸脯表态："蓝市长，您今后就看我的行动，保证遵纪守法，为政府分忧，为宁滨发展作贡献。什么扶贫呀、公益事业呀，需要我出钱出力，您就说话，我绝不含糊！"

蓝天回到办公室，米来顺正在等他，为创业园缺钱的事商讨办法。一听蓝天说丁茂鑫主动贴上来，不屑地"哼"了一声："少搭理他，这小子不是个好东西。"

蓝天说："我知道，他只是跟我表示说，愿意为扶贫项目投点资。"

"听他说呢，他原来答应往创业园投资两千万，但给我提出要帮万远鹏拉票。我没办，这小子跟我翻了脸，说变就变了。眼下，修路、建房、办创业园都缺钱，都快愁死我了。"

"既然这样，我跟他说，让他给创业园投点钱，能解一时之困也好。"

"这小子恼了我了，你要说往我那投资，他肯定不投！"

蓝天思忖着："那就换个说法儿……"

老米眼珠一转，有了主意："哎，办法倒有一个……"

"你说。"

"以你个人的名义找他借，然后你打到我们县的账户，等扶贫款下来，咱马上还他。"

蓝天有点迟疑："我借？这么做恐怕不妥吧？"

老米不以为然，鼓动说："有啥不妥，咱是为了乡亲，你又没往自己口袋装，怕啥的？"

蓝天点点头："好吧，我跟他说。"

第二天，蓝天来到丁茂鑫的公司，对他说，我现在的确需要用钱，你愿意帮忙，就借我两千万，以后还你。丁茂鑫满口答应，蓝天打了借条，留下了个人银行账号。丁茂鑫看着蓝天的借条心里琢磨，万远鹏说得没错，蓝天也不是什么清官。说是借款就是要钱，而且一要就是两千万，可真够黑的。但又转念一想，他现在要我两千万，以后就得让我赚它两个亿，小辫子在我手里攥着呢，怕啥？给他。随即，让林丽娜按指定账户把钱给蓝天汇去。

老米有了资金，一部分投入修建村民下山简易公路，一部分投入了创业园基础设施建设，前期工程又热火朝天地干了起来。

周乐把米晓惠招聘到创业园，在指挥部财务室当了一名出纳，两人接触自然也就多了。周乐待人宽厚，工作认真，兢兢业业；晓惠为人直爽，业务熟练，干事泼辣。工作之余，二人谈事业、聊愿景、叙家常，相互交流，增进了解。晓惠有时也到周乐乡里的住所看看，帮着他洗洗衣服，搞搞卫生，二人渐渐有了感情。这些自然逃不过乡干部的眼睛，话很快传到米来顺的耳朵里。老米打周乐一来，就喜欢上了这个年轻人。周乐真诚、憨厚、朴实，没有他爹那么多心计，要是能有这么个好女婿，那可是米家的福气。回家想告诉老伴，让她也高兴一下，可话到嘴边又收了回来。周亦农一向跟自己不和，肯定不会同意这门亲事，话说早了一旦不成，反而会让老伴失望难过。算了，看看再说吧。

三

晚上，丁茂鑫和林丽娜倚在床头看着电视。

丁茂鑫问："你把钱打过去一个星期了，蓝天把收款条送来了吗？"

林丽娜说："哟，忘了给你说了，他收到钱的当天，就派人把收款条送过来了，收据上有他的亲笔签名。"

丁茂鑫沉着脸点点头："这个蓝天胆也真够大的，一张口就是两千万，钱是那么好要的？"

林丽娜不满地说："他们一要钱你就给，你答应我的事啥时候办呀？"

丁茂鑫不假思索:"不就是给你买套小洋房嘛,过几天就办。"

林丽娜扭过头,一双杏眼盯着丁茂鑫,较起真来:"你光用话甜和人,今天拖明天,明天推后天,你得给我说个准日子。"

丁茂鑫哄着林丽娜:"我本来想马上就办,房子我都给你看好了,两层小洋楼,还是精装修,六百五十万。你看,蓝天这一要钱,'哧溜'两千万没了,你再等等,我手头一来活钱,立马给你买!"

林丽娜还是不放心:"这可是你说的,再也不能往后拖了。"

丁茂鑫搂过林丽娜:"放心吧宝贝,我啥时候骗过你?"

林丽娜妩媚一笑:"你心里知道。"

丁茂鑫搂过林丽娜,悄声说:"我老婆明天就回来了,今晚上快让我舒服一下,等她走了,你再过来。"

林丽娜不由心生醋意,抬起头,嘴一噘:"你把我都当成什么人了,招之即来,挥之即去。"

丁茂鑫翻过身压到林丽娜的身上,用舌尖堵住她的嘴,喘着粗气,喃喃说道:"我已经一天也离不开你了……见不到你,我会想你的……来吧……宝贝……"

林丽娜含情脉脉,温声娇喘,双手搂住丁茂鑫的肩膀。两人一阵热吻,迅速脱去内衣,紧紧拥抱一起。床头柜上的台灯,不知谁的手按了一下悄然熄灭。

突然,屋外传来"蹬蹬"的脚步声,接着有人敲响了卧室的门。

丁茂鑫一惊,慌忙推开林丽娜,小声说:"她回来了,快,穿衣裳。"

林丽娜连忙坐起,黑暗中抓过衣服穿着。

"茂鑫,开门啊!"门外,传来丁茂鑫妻子安丹宁的呼唤声。

丁茂鑫没有吭声,两手焦急地比画着,让林丽娜赶紧穿好衣服。

安丹宁继续敲门。

丁茂鑫一把拉过林丽娜，撩开窗帘，蹑手蹑脚拉开一扇小门，让她躲进阳台。

丁茂鑫佯装刚刚醒来："谁呀？"

安丹宁大声回道："我呀，快开门呀！"

"来啦。"丁茂鑫打着呵欠，慢腾腾地开了门，安丹宁拉着行李箱走进屋里。

"打开灯呀。"

"嗳嗳。"丁茂鑫忙把室灯打开。

安丹宁不满地嘟囔道："你睡得跟死猪一样，让我敲这么半天门。"

"晚上喝了酒，睡得正香呢。"丁茂鑫打量着妻子，问道："你不是明天才回来吗？"

"原来订的航班取消了，我又换了另外一个航班。"安丹宁把行李箱放在墙边。

"你跟我说一声呀，我也好去机场接你。"

"你大半夜的还得起来，所以没有告诉你，我自己打车回来的。"

丁茂鑫瞟了一眼阳台，有意引导妻子："你一定累了，赶快去洗个澡吧，轻松一下。"

"我先坐下歇会儿。"安丹宁一屁股坐到床对面的小沙发上："飞了六个多小时，累死我了。"

安丹宁的目光忽然注意到床边有一只黑色长筒丝袜，她猫腰拿起来看了看："咦，这是谁的？"

丁茂鑫神色紧张，嗫嚅道："除了你的，还能是谁的？"

女人特有的敏感，使安丹宁嗅出室内隐约散发着不同的味道。她扫视床上横竖的枕头，皱皱巴巴的床单，目光停留在没有完全拉严的落地窗帘上。

安丹宁迅即站起，快步走向窗前，猛地拉开窗帘，推开阳台门，只见一个女人低头蹲在地上，战战兢兢地浑身发抖。安丹宁怒火中烧，一把揪住林丽娜的头发拉进屋里，挥手就是一个巴掌。

林丽娜捂着脸，用求救的目光望着丁茂鑫。丁茂鑫连忙上前，从背后抱住妻子，林丽娜趁机跑出屋去。

安丹宁挣开手臂，指着丁茂鑫骂道："你个王八蛋，我不在家，你养婊子，你说，她是谁？"

丁茂鑫一脸尴尬，掩饰道："她是公司的财务，到家来跟我说点事……"

"说事说到床上去啦！嗯？"安丹宁猛地一撩被子，只见丁茂鑫的内裤还卷在被子里，她抓起来朝丁茂鑫的脸上扔去。

丁茂鑫闪头躲过，坐到沙发上点燃一支香烟，阴沉着脸说："就算我跟她睡了，你想怎么办吧？"

安丹宁挑眉怒怼："离婚！公司资产一人一半，我作法人，你滚蛋！"

丁茂鑫冷冷一笑："你想得美，让我离开，门儿也没有。"

"那你就等着瞧，我让我爸跟你说，看他怎么收拾你！"安丹宁气呼呼地坐到床边。

安丹宁一提她爸，丁茂鑫马上软了下来。原来，安丹宁的老爸曾是社会上远近闻名的一霸，后来洗手不干了，做起了物流运输的生意，但还是有一帮小兄弟围在他的身边。这些年，丁茂鑫搞房地产开发，每当与拆迁户发生冲突，都是靠他岳父说话，下边的弟兄出面摆平。老岳父一言九鼎，说一不二，丁茂鑫在他面前从来都是毕恭毕敬，不敢稍有造次。

丁茂鑫换作笑脸，凑到妻子身边，抓着她的双手摇晃着："老婆，宝贝，我错了，你就高抬贵手饶了我吧！"

安丹宁冷冰冰地手一甩："滚一边去！"

丁茂鑫"扑通"一声跪到地上，央求道："老婆，我给你跪下了，我给你磕头，赔不是了……"

丁茂鑫像捣蒜槌子似的不停地磕头，安丹宁扭过头去伤心地哭泣。

安丹宁呜咽道："我为了你儿子长出息，跑到国外去陪读，你不体谅我的辛苦不说，还在家里养婊子……你的良心都让狗吃了……"

"我不是人……我是王八蛋……"丁茂鑫一边扇着自己的脸，一边偷眼望着妻子的动态。

安丹宁抹着泪："你说，你咋处理这个贱货？"

丁茂鑫拿过纸巾，给妻擦泪："老婆，你说咋办我就咋办，行了吧？"

安丹宁自己抽张纸巾，拭去眼泪，气冲冲地说："明天你就给我把她开了，不要让我在公司再见到她……从今以后，你不能再跟她有任何来往。这两条你办不到，我就跟你没完！"

"行，行，我一定照你说的办。"丁茂鑫满口答应着站起来，坐到床边搂着妻子的肩头，"老婆，别生气了，你肯定累了，我给你去弄洗澡水。一会儿我来伺候你，让你好好舒服舒服。"

第二天，林丽娜没有上班，丁茂鑫把她约到茶楼一个雅间，告诉她先不要来公司了，等他老婆走了再说。

林丽娜两眼红肿，显然昨晚一夜没睡。听丁茂鑫说完，林丽娜似乎已经感到不可能再在这家公司工作了，眼睛默默地凝视着面前的茶杯，半晌没有说话。

丁茂鑫注视着林丽娜，无奈地说："这事谁想到会让她撞上呢？唉，我也没有办法。"

林丽娜喝了口茶，板着脸说："丁茂鑫，我也不想为难你，给我六百五十万买房钱，我走人。"

丁茂鑫两手一摊："丽娜，我现在手头没钱，容我些日子，我再想想办法，好吧？"

林丽娜一口回绝："不行，马上给我，你不给，我就去家天天找你。"

丁茂鑫沉下脸来："你怎么能这样？总得讲点道理吧。"

林丽娜毫不示弱："是我还是你不讲道理？你占了我的身子，又把我扔在一边，你答应的事总该办吧？"

"我不是现在没钱嘛，你管财务你还不知道吗？"

"我管的是公司的账，你还有个人账户呢。你上赶着给官员们上贡，有的是钱，到我这儿就没了，我才不信。"

丁茂鑫恶声恶气地说："你不信拉倒，反正我是没钱。你跟我上床，那是你愿意，我每个月给你五万块，也没亏待你。咱俩的事我老婆都知道了，你愿到家找我，你就来。不过，我可告诉你，我家这个母老虎可不是好惹的！"

丁茂鑫说完，把杯中残茶倒入水盂，拿包起身离去。

林丽娜又气又恨，从牙缝里挤出两个字："流氓。"

第二十二章

一

"五一"劳动节即将来临,郑志与万欣相约假日去见彼此父母。

万欣问:"是你先带我去见你爸妈呢,还是跟我回家见我的父母?"

郑志笑着说:"都行,随你。"

"你要是不介意,就先去我家吧,我父母都很想见见你。"

"好的,我爸妈正好也在宁滨,随后我带你去见他们。"

"你爸妈也在宁滨?"

"过节嘛,他们到那里转转。"郑志还是不愿让她预先知道自己的背景,他想给万欣一个惊喜。

万远鹏夫妇听说女儿要带男友回来见面,两人坐在客厅商量着如何安排。宋彩荣稍有遗憾地说:"欣欣找的这个男友,别的都挺合适,要是双方门当户对,那就再好不过了。"

万远鹏不愿听了:"咱俩还门不当户不对呢,你爸是高级知识分子,我爹是老农民,我们走到了一起不也挺好嘛。这个男孩只要上进,对咱女儿好就行了,这个家的门面有我撑着呢!"

"你这人呀，太爱面子，一说门当户对，就像揭了你家的疮疤。我不过说说罢了，你女儿愿意谁又能管得了她？"

"好啦，别说这些没用的了，快说明天怎么安排吧。"

宋彩荣早已想好，说道："明天咱俩一块去超市采购食材，我要亲自下厨，做几个拿手的好菜。"

万远鹏则另有考虑："你做得再好也不如饭店，况且又忙活又麻烦。还是在外面找一家像样的餐厅比较好，既省事也显得气派。"

宋彩荣想想也是，问道："哎，我看就去女儿红酒楼吧，淮扬菜，有特色，也好吃。"

"好，那里我常去，熟得很，"万远鹏拿过手机："我这就订个房间。"

五月一日这天一早，郑志开车拉着万欣从省城直奔宁滨，中午准时到达酒店。一进厅门，大堂经理笑盈盈地迎上来："您是省电视台的万小姐吧？"

万欣点点头："嗯，是的。"

"万市长和夫人已经到了，请随我来。"大堂经理在前引路，万欣、郑志跟随身后。

郑志悄声问："哪个万市长？"

万欣捂着嘴，小声说："就是我爸呀！"

"你爸？你不是说他搞城市建筑吗？"

"对呀，他是副市长，管城建，不是搞城市建筑嘛。"

郑志释然，会意一笑，心想原来她也没跟我露实底。走过长廊，大堂经理轻轻推开雅间房门，万欣与郑志走进屋。万远鹏夫妇笑着站起身来，万欣相互介绍，而后大家入座。万远鹏居中，宋彩荣、郑志分坐左右两侧，万欣坐在父亲对面。

服务员端上菜肴，万远鹏指指桌上的茅台酒："服务员，倒酒。"

万欣拿过酒瓶看了看:"哟,三十年的茅台,爸,用这么好的酒款待我们呀?"万欣把酒瓶递给服务员。

万远鹏惬意地看着女儿:"这酒,老爸就是给你留着的。"

宋彩荣说:"这是你爸放了好多年的茅台,他自己都舍不得喝呢。"

服务员为郑志斟酒,郑志收起酒杯,礼貌地说:"谢谢,我就不喝了。"

"为什么不喝?"万远鹏指指万欣,"我听欣欣说,你还是有点酒量的嘛。"

"曲波,能喝就喝点,"宋彩荣劝道,"你没有喝过这三十年的茅台吧?"

郑志笑笑,没有回答,只是说:"我开车,一会儿送您们回去。"

万远鹏挥挥手:"不用,找个代驾嘛,倒上,喝。"

"喝吧,听我爸的。"万欣给郑志放回杯子,服务员倒上酒,"爸,都齐了,您说话吧。"

万远鹏看了一眼服务员,服务员把酒斟满分酒器,然后悄然退下。

万远鹏端起酒杯:"今天是个好日子,我们都聚在一起见见面,把你们今后的事也说说,啊?来,先干一杯!"

四人举杯,一同把酒喝下。

万远鹏拿起公筷,给郑志夹菜。

郑志忙说:"谢谢您,我自己来。"

万远鹏把一块盐焗鸭放到郑志的小碟里:"盐焗鸭,吃一块,这家馆子是淮扬菜,尝尝味道怎么样?"

郑志用筷子夹起鸭块,慢慢嚼着品味:"嗯,好吃,香而不腻。"

万远鹏又用公用小勺给郑志盛了几个白虾:"这是江苏太湖的白虾,很新鲜,都是空运过来的。"

郑志没有动筷，而是给万远鹏斟上酒，站起身来双手端杯："谢谢万叔、阿姨款待，我敬您们二老。"

"等等，"万欣摆手打断，提醒道，"曲波，从今天开始，你要改口，叫爸妈了。"

"嗳嗳，爸、妈，我敬您们二老。"

宋彩荣微笑着浅浅抿了一口，万远鹏与郑志将酒一饮而尽。

宋彩荣忙说："曲波，吃菜。"

郑志坐下来，答应着拿起筷子。

宋彩荣的目光注视着郑志，小伙子不仅相貌英俊、气质不凡，而且彬彬有礼、举止大方。她笑着看了一眼女儿，又向万远鹏满意地点点头。

万远鹏问道："曲波，你和欣欣的事，跟你父母都谈过了吧？"

"嗯，谈过了，他们都同意，已经说好了，明天我带欣欣去见我的父母。"

万远鹏又问："你父母到宁滨旅游，住在哪家宾馆？"

"没住宾馆，他们在这里有房子。"

"哦，在宁滨买了房子？哪个小区？"

"是这样。"郑志如实道来，"我父亲原来在省委办公厅工作，四个月前调到了宁滨市委，机关安排的宿舍……"

万远鹏一怔："你父亲是谁？叫什么？"

郑志神色沉静："郑君毅。"

万远鹏夫妇、万欣错愕不已，面面相觑。

宋彩荣满目诧异："你不是姓曲吗？"

"我叫郑志，曲波是我搞文艺创作的笔名。"

万欣嗔怪道："好你个郑志，你一直瞒着我！"

"你也没告诉我呀。"郑志转过头对万远鹏说，"刚才进了饭店，欣欣才告诉我说，您是分管城建的副市长。"

宋彩荣看看郑志，又看看女儿："看你俩，处朋友就像打哑谜似的，咋不早讲清楚呢？"

万欣淡然一笑："讲那么多干啥？只要我们俩人感觉好就行了。"

万远鹏又惊又喜，深表赞同："欣欣说得对，我从小见到那些官员的子女，打着老子的名号到处显摆，心里就反感得很。"

"爸，妈，高兴了吧，以后再也不用为我的事操心了。"万欣端杯走过来："小女敬爸妈一杯，祝你们工作顺利，身体安康。"

夫妇俩端杯与女儿碰了一下，把酒喝下，万远鹏感慨地说："好极了。郑志，你父亲是我们班长，为人正直，领导有方，很有水平。虽然来的时间不长，但威信很高啊。我们关系很好，这回更是亲上加亲了。"

"是呢，缘分啊，真对上那句话了，不是一家人，不进一家门。"宋彩荣乐得合不拢嘴，端起酒杯，"来，老万，咱跟郑志、欣欣一块喝一杯！"

"好好，"万远鹏端起杯来，"祝你们俩今后事业有成，生活幸福！"

四人一同把酒喝了，边吃边喝边谈，万远鹏一直兴致不减。吃完饭已是下午二点多钟，郑志找了个代驾，先将万远鹏夫妇和万欣送到楼下，然后郑志告别回家。

今天难得休息一天，郑君毅夫妇坐在客厅等待儿子回家。郑志走进家门，见到父亲，满脸是笑，喊着"爸"，上前一个拥抱，然后坐在了父亲的身边。

"见了面了？"潘敏问。

"嗯，见了。"

郑君毅看着儿子通红的脸庞："你喝了不少的酒啊。"

郑志笑着点点头："是，茅台，三十年的，喝了不少。"

潘敏又问："谈得怎么样？"

"挺好的，这次见面，只要双方大人都同意，事就定了，中秋节我们就结婚。"

"这么快呀，妈还得给你们做些准备呢。"潘敏觉得有点仓促。

郑志笑道："这还不好说嘛，亲朋好友请过来喝个喜酒，我把万欣领回家不就成了。"

"行啊，早点办了也好，省得我和你妈总挂记这事。"郑君毅表示同意。

郑志望着父亲，神秘地问道："爸，您知道万欣他爸是谁吗？"

"谁呀？"

"你们这儿的副市长……"

郑君毅马上想到："万远鹏？"

"对！"

"你怎么不早说呢？"

"万欣没告诉我，今天才知道。他们呢，也不知道您是我的父亲，我一直瞒着万欣，用的是我的笔名曲波。只告诉她说，我爸在省直机关工作，就是一个老调研员……今天一听说我是您的儿子，他们全都愣了，您说有意思吧？"

郑志摇晃着父亲的手，"咯咯"地笑着。

潘敏看了一眼丈夫，郑君毅面无表情，嘴角掠过一丝苦笑。

郑君毅松开儿子的手："郑志，你喝得有点多了，回屋歇会儿去吧。"

郑志坐着没动："爸，万欣明天过来，有的事咱得商量一下。"

郑君毅拍拍儿子肩头："你先睡会儿，起来再说。"

"好吧。"郑志站起身来，走向自己的卧室。

等郑志把屋门关上，潘敏看着丈夫，小声说："真没想到，她是万远鹏的女儿。"

"这个女孩是省台的主播，我在电视上见过，节目办得不错，形象也好，只是……"郑君毅没有再往下说，他对万远鹏印象不好，有一定看法，但这些又不能和夫人、儿子明说。

"只是什么？"潘敏等着下文。

郑君毅想了一下："只是……我和老万同在一个班子，结成儿女亲家，这事来得有点突然，你说是吧？"

潘敏却没多想："这也没啥，有这种情况的多了。再说，郑志已经和万欣谈成了，又跟女方的父母见了面，我们只能顺着儿子的意，把这桩亲事办了。"

郑君毅沉思着点点头。

二

第二天下午晚些时候，郑志开车过来，接上万欣去家里和父母见面。

郑君毅夫妇热情接待，一番寒暄之后，大家在沙发上坐下来。潘敏拉着万欣的手，仔细端详着万欣秀美的脸庞，笑吟吟地说："光在电视上见过，这一见到你本人，比屏幕上那个你还漂亮。"

万欣羞涩地摇摇头："伯母，看您说的。"

"本来就是嘛。"郑志咧嘴笑着，给万欣倒上茶。

郑君毅笑着让茶："万欣，喝茶。"

"嗳。"万欣端过茶杯。

潘敏站起身："欣欣，你在这儿坐着，跟你伯伯说会儿话，我去准备饭，晚上咱们吃饺子。"

万欣连忙放下茶："我跟您去，我会包。"

郑君毅摆摆手："不用，坐吧，有郑志呢。"

郑志和母亲去了厨房准备晚饭，郑君毅则是坐在客厅与万欣说话。谈话间，询问了万欣一些家庭、工作、生活情况以及个人的兴趣、爱好。万欣是记者出身，见过场面，在郑君毅面前既不张扬，也不怯场，有问即答，侃侃而谈。她从父母的家世、对自己的教育培养，到参加工作加入党组织，以及现在的工作状况，疏而不漏，娓娓道来。包括对政治形势、经济发展、社会风气、百姓诉求，都能坦率地提出鲜明的看法，且有根有据，条理清楚。郑君毅认真倾听，微笑着频频点头。万欣不过是一个二十六岁的新闻工作者，其良好的综合素质远在郑志之上，这是让郑君毅没有想到的。

吃饭时，郑君毅对儿子说："郑志啊，你要好好向万欣学习呢，讲政治她比你强。"

"那是。"郑志朝万欣挤挤眼，"爸，您不是最喜欢讲政治的人吗？"

"听你爸说，没大没小的。"潘敏笑道。

郑君毅语重心长地嘱托："你们很快就要走到一起，组建自己的家庭，开始新的生活了。这意味着你们将共同撑起家庭的责任，希望你们今后相互理解、相互体谅、相互帮助、相互支持。郑志搞文学创作，万欣呢，从事新闻工作，你们都有各自的理想和奋斗目标，这很好。但要记住，只有把个人的理想追求，融入到党和国家的事业之中，才能真正实现人生的价值，在不同的岗位上作出应有的贡献。人的一生不会一帆风顺，总是会遇到各种困难。顺利的时候，不要脑袋发热，骄傲自满。身处逆境，也不要悲观失望，志颓气馁。更要振作精神，相互激励，携手共进，坚毅前行，啊，好吧？"

郑志送万欣回家，俩人依然沉浸在喜悦、激动之中。他们手挽着手慢慢地走着，都不想很快到家而马上分开。路过街心公园，郑志提议："欣欣，我们到公园再坐一会儿好吗？"

"嗯。"万欣轻轻点点头。

郑志和万欣走进公园，在幽静的路边长椅上坐下来，郑志揽着万欣的肩头，万欣依偎在郑志的胸前。

郑志真诚地表白："你看，我爸妈见了你多高兴啊。欣，能和你走到一起，这是我一辈子的福分，我一定会好好珍惜。在今后漫长的岁月里，我要和你风雨同舟，患难与共，生死相依，永不分离。欣，相信我。"

"我相信你，我也会这样。"万欣仰望郑志，眼里闪动着幸福的晶莹泪光。

郑志把万欣紧紧拥抱怀中，深情地亲吻着她那火热的嘴唇。

万欣去了郑家见面，不知结果如何，万远鹏夫妇急切地等着女儿回来。晚上十点多钟，万欣回到了家，高兴地述说与郑志父母见面的经过，告诉爸妈婚事已经定了，万远鹏这才放下心来。万欣拉着母亲，走进里屋说悄悄话去了，万远鹏独自坐在客厅兴奋不已。心里暗自思量，攀上了郑君毅这门亲家，自己政途上的事今后就好办了。等与郑君毅见面时，要跟他好好谈谈。

可几天过去，郑君毅并没找他，如同什么事也没发生一样。万远鹏有点沉不住气了，找了个汇报工作的由头，来到了郑君毅的办公室。

先是谈了几句工作，随后万远鹏便把话题引到孩子的事上："万欣回来跟我说了，去家里和你们见了面，谈得挺好。"

"是的。"郑君毅称赞道，"欣欣这孩子不错，别看年轻，很有素质，在一些方面她比郑志更要成熟。"

万远鹏摆摆手："哪呀，郑志可比欣欣成熟多了，我和郑志一见面，就喜欢上他了，当时还不知道是你的儿子。"

"这并不重要，只要他俩志同道合，真心相爱，我们作为父母的都不会反对。"

"那是。他们准备中秋节结婚，咱们两家总要坐下来商量一下，看你什么时候有空吧。"

郑君毅答应道："好啊，找个时间，大家谈一谈，把有些事定下来。远鹏，我们都是领导干部，给孩子办婚事还是简约一点为好，对外也不要声张。"

"明白，就按你说的办，我呀，是最听你的话了。"万远鹏说着转向民主推荐："这次我没入围，蓝天上去了，我啥话也不说，更没有像周亦农那样闹情绪。"

郑君毅沉静地点点头："这就对了，个人进退去留，不要看得那么重，一切都要按党的规矩办。"

万远鹏说："其实，我也不是非争这个市长。老周那点能力，我真不敢恭维。呈祥搞党建那是长项，要谈经济就不行了。他们俩哪个当市长，就是使出吃奶的劲儿，也很难实现你的战略目标和任务。蓝天倒是有股闯劲儿，对经济发展也有自己的见解，就是嫩点，慢慢提高吧。"

郑君毅注视着万远鹏："远鹏啊，咱们两家成了亲家，我们又都在一个班子，今后工作起来恐怕不大方便，这个问题你想过没有？"

万远鹏趁机道出个人的想法："这也正是我想和你谈的。我是这么考虑，有机会你跟肖书记说说，是不是把我调到外市工作。比如邻近的海安市，那里的市长老白，已经干了两届，明年政府换届肯定下来。如果不行，回省直也可以。建设厅长崔大明、交通厅长王春林都要退了，位置还是有的。你跟肖书记说肯定管用，老兄，你就多帮忙吧。"

万远鹏把自己的心思说得一清二楚，分明是让郑君毅出面，为自己争取一个理想的正厅职位。

郑君毅听完万远鹏的诉求，未置可否，只是淡淡地说："我知道了。"

三

省委组织部虽然已经把蓝天拟定为市长提名人选，但省委常委会一直没有上会研究。周亦农坐在办公室，喝着茶水暗自寻思，是不是那位省委老领导为我说话起了作用，肖书记有了新的想法。想到此，心里不由得又燃起一丝希望。这时，秦秘书送来翠屏县请求尽快拨付第三批扶贫款的报告。周亦农看了一眼，搁在一边，心里恨恨地说，都是这个老米头，坏了我的大事。电话铃响，是吴芳洁打来的，说周乐回来了，有重要的事情要谈，下了班早点回家。周亦农放下电话，嘟囔道："有啥重要事，还不是老米头又让他回来催钱？"

周亦农下班回了家，一进门周乐就把公文包接了过去，帮着父亲换上拖鞋，拉着他坐到红木椅上。周乐一边给父亲倒茶，一边招呼着母亲："妈，您快过来，我有重要事，要跟您和我爸说。"

吴芳洁坐过来："啥事呀，非等你爸回来才说。"

周亦农冷冷一笑："他不说我也知道，准是为老米头催我要钱。"

"才不是呢，"周乐在一旁椅子坐下，"我不是要谈公事，是要说说我的个人问题。"

周亦农问："什么个人问题？"

吴芳洁眼睛一亮："你找女朋友了？"

"哎，对了，还是我妈惦记我的事。"周乐笑道。

"说吧，哪的？"周亦农端起茶杯喝着水。

"我们乡的。"周乐掏出手机。

吴芳洁一怔："你找了个农村的？"

"怎么说呢，"周乐打开手机相册，找出米晓惠的一张照片，"他叫米晓惠，在我们乡创业园工作，出纳员。"

周亦农夫妇俩看着照片，米晓惠圆圆的脸，眼睛不大，长得有点随她父亲，又都姓米。周亦农抬起头，疑惑的目光盯着儿子："乐乐，这不会是老米的闺女吧？"

周乐笑了："爸，您还真猜着了，就是她。"

"啊？"周亦农讶异地，"你……你怎么能找她呢！"

周乐反问："我怎么不能找她呢？"

周亦农沉下脸来："不行，这个老米头不是个东西，你找谁都行，就是不能找他的闺女！"

周乐脖子一梗，争执道："你们工作上不和，那是你们大人的事，跟我们有啥关系？我们是自由恋爱，谁也管不着！"

周亦农生气地把茶杯一蹾："既然我管不着，你就不要跟我说！"

吴芳洁劝阻道："啧啧，你们吵啥呀，有话好好说不行吗？乐乐，你怎么认识她的？"

周乐实话实说："我们是在米书记家认识的，虽然时间不长，但很能谈得来，也有了感情。"

"芳洁，你看看，这个老米头就没安好心。"周亦农指着周乐，抱怨道，"他是故意设下了圈套，让咱这傻小子往里钻！"

"才不是呢！"周乐有感而发，动情地说，"妈，米书记真是一个好人，一个真正为党为人民群众干事的人！米书记的夫人身患重病，瘫痪在床二十多年，都是他和女儿精心照料，从来不向组织提出任何要求。为了乡亲们早日脱贫，他一心扑在工作上……"

周亦农不耐烦地把话打断："我告诉你周乐，我跟米来顺共事这么多年，我比你了解他。这门亲事，我是决不答应！"

周乐执着地说："爸、妈，反正事情我跟您们说了，不管同意不同意，我就这么办了！"

周亦农两眼一瞪，怒斥道："你敢？你要这么做，你就不要再回这个家！"

"好，我走！"周乐起身便走。

吴芳洁连忙拦住："乐乐，你怎么能这样？"

周亦农烦躁地挥挥手："让他走，你不要拦他！"

手机铃声骤然响起，周亦农拿过手机接听电话："喂，我是周亦农……嗯，肖书记要过来……"

周亦农看了妻子一眼，吴芳洁拉着周乐走进书房。

市委接到了省委办公厅通知，省委书记肖国华两天后要到宁滨调研，举行坚持改革创新、加快宁滨发展座谈会。要求党政班子成员参加，重点听取蓝天、钟呈祥、周亦农的发言。郑君毅明白，这是省委书记亲临面试，为最终决定市长提名进行考察。于是，让赵云强马上通知蓝天、钟呈祥、周亦农，抓紧准备发言材料。晚上，对口处室的干部们在机关加班，挑灯夜战，为各自领导撰写发言稿。蓝天比较简单，自己草拟了一个发言提纲。周亦农则打印了十多页的文稿，带着回家阅览。钟呈祥对下属写的文稿不甚满意，凌晨三点钟还没休息，坐在办公室亲自修改材料。他字斟句酌，苦思冥想，突然感到心慌气短，头冒虚汗，左胸一阵阵剧痛袭来。干部进屋取稿打印，只见钟呈祥手捂胸前，双眉紧蹙，连忙叫车送往医院。郑君毅闻讯赶来，医生告诉他，钟副书记突发心梗，紧急做了支架植入手术，已经脱离生命危险。郑君毅站在监护病房窗外朝里望去，只见钟呈祥躺在病床输液，他没有进屋打扰。安慰一番杨柳，又叮嘱大夫注意观察，精心照护，有何情况立即报告，然后悄然离去。

第二天上午九点，座谈会时间已到，钟呈祥的座位依然空着。工作人员走过来撤去座签，参会者不知何故，窃窃私语。郑君毅陪着肖国华走进会议室，悄声告诉他钟呈祥昨晚因病住院，不能前来参加会议。肖国华点点头，开始召开会议。他开宗明义，接着按照名单点名，首先是周亦农发言。周亦农拿起稿子刚念几句，便被肖书记打断："亦农同志，咱们今天开的是座谈会，我想听听同志们的一些想法。座谈嘛，就不要照着稿子念，即兴发言，各抒己见，大家边谈边议，好吧？"

周亦农毫无思想准备，顿时乱了方寸。虽能说清全市经济社会发展基本状况及目前工作重点，但对改革怎么深化，经济如何转型，怎样促进创新，需要哪些配套政策，却思路不清，措施不明。特别是肖书记不时插话诘问，周亦农丢掉了稿子，数字记不清楚，不是瞠口结舌，便是词不达意。待到蓝天发言，则是镇定自若，侃侃而谈。他从党中央大政方略谈起，结合宁滨的发展实际状况，着眼国际国内两个市场，连接沿海城市"一带一路"经贸发展的区位优势，对经济转型、改革创新、精准扶贫的难点、破题、举措以及相应政策，逐一阐述自己见解。有论点、有分析、有数据、有例证，思路清晰，视野开阔。肖书记面带微笑，频频顿首，不时与郑君毅低声交流。蓝天发言结束前话锋一转，把矛头指向省里。他坦率直言："发展要想快，全凭省委带。深化改革是一项复杂的系统工程，线多面广，相互关联，牵一发而动全身。省委、省政府改革步伐不快，各地市想快也很难快起来。希望省领导作出表率，省直部门带头转变作风，加大改革力度，尽快出台相应政策，带动地方高质量快速发展！"肖书记瞬时失去笑容，神情凝重，郑君毅看看肖国华的脸色，心里为蓝天又捏了一把汗。

四

会议结束，蓝天走出会议室，王秘书告诉他有一个叫唐北海的人，在政府门口接待室等着见他。唐北海是蓝天的高中同学，大学毕业到青岛一家机械厂工作，当了一名工程师。蓝天与他已经多年没有联系，只听同学们说，唐北海自己在搞企业。先是开了一家工厂，生产矿山大型挖掘机，后来挣了钱又干起了房地产生意，盖了不少的楼。

秘书把唐北海领到蓝天办公室，二人寒暄一番坐下来，小王倒上水关门离去。唐北海从手包里取出一个鼓囊囊的信封，放在蓝天的面前。

"这是什么？"蓝天看着信封。

唐北海笑着说："咱俩多年不见，今天来看你，也没买啥东西，一点心意。"

"北海，没这个必要。"蓝天说着，把装着钱的信封推了过去。

"啧，跟我见外了不是，"北海又把信封推过来，"一点见面礼，拿着。"

"我不能收，咱俩见个面还送什么礼呀。"蓝天再次把信封推过去。

"蓝天，看来你对我是存有戒心啊，好了，我收回。"唐北海脸上有点挂不住，不悦地收起信封放回包里。

"北海，别不高兴，我对谁也是这样，真的。"蓝天笑问，"你从青岛跑来找我，有什么事吗？"

"蓝天，你在班里就脑瓜快，聪明，我找你还真有事商量。"

"说吧。"

"你看啊，现在大气治理，减碳排污，许多煤矿关停并转。我生产的大型煤矿挖掘机，今年订单一下子减少了六成。另外呢，房地产市场也不景气，楼盖起来了没人买，把房价降下来吧，又亏本，真让我挠头啊。我是有点资金，不多吧，也有四五个亿，正琢磨着下一步干什么好呢。你是市领导，站位高，懂政策，我找你，是想让你帮我出出主意。"

蓝天明白了北海的心思，看看表已近午时，问道："北海，你下午有什么安排？"

"没啥安排，就是见你来了。"

蓝天想了一下："北海，你提出的问题，不是简单一两句话就能说清的，可我一会儿还要去县里。这样吧，我们先去食堂吃点饭,然后你跟着我下乡,咱俩路上好好谈一谈,怎么样?"

唐北海高兴地答应了,与蓝天在机关食堂吃过午饭,坐车直奔翠屏县榆树沟乡。路上,蓝天向唐北海不仅谈了国家经济发展大的趋势,还详尽介绍了宁滨今后的发展规划。他领着北海到鹰嘴山上转了一圈,看到的是青山绿水间,崎岖的山路,破旧的村落,低矮的土屋,贫困的村民。

蓝天心情沉重地说:"山上人多地少,又交通不便,生产条件很差,乡亲们生活十分艰难。他们人均年收入不足千元,还不够你在外面请客的一瓶酒钱。"

唐北海不好意思地笑笑,感叹道:"这里距离市中心不过八十里地,真没想到大山里的村民生活这么贫困。"

"是啊。为了改变这种状况,我们准备把乡亲们搬下山去,迁入新居,创办实业,重新开始新的生活。"

蓝天带着北海来到易地搬迁安置点,米来顺和周乐已在那里等着。大家相互介绍后,米来顺指着建筑工地告诉唐北海:"北面正在建设牛营新村,十二幢楼,可以容纳两千多户人家。在南边搞一个创业园,三个产业区,安排乡亲们就近工作。"

"占地八百亩,我们目前正在搞基础设施建设。"周乐插话说。

唐北海望着工地,对米来顺说:"米书记,这需要投入很多资金啊。"

"没错。村民新居政府负责建设,创业园要靠我们自己想办法。钱跟不上,工程随时都会停下来。我每天两眼一睁,眼前就两个字打转转,找钱。"

蓝天因势利导:"北海,你们赶上了党的好政策,当然也靠自己的打拼奋斗。现在有了钱,应该为乡亲们办点实事啊。"

唐北海一拍胸脯:"蓝天,你说吧,需要我投多少钱,我干!"

蓝天笑了:"米书记,看了吧,我又给你拉来一个财神爷!"

米来顺恳切地说:"唐总,你帮着我们把创业园干起来吧。"

唐北海二话不说,一口答应:"好,这个创业园我包了,前期基础建设、后期经营管理由我负责。"

蓝天马上板上钉钉,进而凿实:"北海,你说话可要算数,我们米书记可是个较真的人。"

唐北海毫不含糊:"米书记,你说吧,这个创业园需要投多少钱?"

老米看看蓝天:"少说也得两千万吧。"

"没问题,我保证协议签订之后,三天之内把钱打到你们账上,蓝天可以为我担保。"

老米咧嘴笑道:"哎呀,这可太好了。蓝天,唐总真是个爽快人啊!"

"北海,这事就这么定了。另外,你在路上对我说,你打算下一步企业转产。我考虑,你转向生产现代化农机具怎么样?"

"农机具?"

"嗯。中央对农业这块非常重视,习总书记说,中国人的饭碗要牢牢端在自己手里。这就要科学种田,提高劳动效率,增加粮食产量。如果你能生产出智能插秧机、播种机、收割机、脱粒机,包括喷洒农药、监测农田的无人机,我想肯定会有大的市场。"

唐北海眼前一亮:"哎,这倒是条路子,搞装备制造,又是我的老本行!"

蓝天鼓励道:"对呀,你们厂机械设备齐全,又有专业科技人员,转产智能化先进农机产品,国家还有优惠政策,多好。"

唐北海说:"我那厂子设备还有,技术骨干也在,工程师们都跟着我销售房子呢。"

老米赶紧说:"唐总,到我们县来干吧,我给找地方。咱这既有闲置的旧厂房,也有新的用地指标,由你选,我给你批。再说了，蓝天当了市长，你还怕没人支持你吗？"

"好，蓝天，就按你说的，我在翠屏建它一个全智能农机制造公司。"

"好啊，我支持你！"蓝天看看天色已不早，起身告辞："米书记，事都说清了，天不早了，我们也该回去了。"

"别价，咱俩还有的事没说呢。"

"我把北海请来，事不就解决了嘛。"

老米挤挤眼："唐总是客，来了总得喝一壶吧？走，跟我回县里。"

周乐也在一旁跟着说："蓝市长，唐总正好到咱县里考察考察，走吧。"

"好吧，北海，我陪你过去，今晚上不回宁滨了。"

"恭敬不如从命，我听你的。"

老米连忙吩咐："周乐，你开车拉着唐总，路上把咱创业园有关情况汇报一下。"

"嗳。"周乐领着唐北海坐进自己的汽车。

"蓝天，咱俩一个车。"

老米坐到蓝天车上，司机开车往县城驶去。

"兄弟，不能让唐总走啊，咱得趁热打铁，叫他把协议签了。"

蓝天笑笑："我知道你的意思。"

老米不无担忧地说："等唐总这边钱一到账，咱就赶紧把丁茂鑫的那两千万还了，用他的钱垫资搞工程，我总觉得心里不踏实。"

第二十三章

一

肖国华离开宁滨一周后，省委常委会研究决定提名蓝天为市长候选人，进行社会公示，依法履行程序。公告刚一发布，省纪委便收到林丽娜的检举信，实名举报蓝天、万远鹏收受丁茂鑫贿赂。时间、地点、银行、账号、数目列举齐全，均附有复印件证据。据此，省纪委立即成立专案组，对蓝天、万远鹏立案审查。

郑君毅闻讯大惊，焦虑万分。省委常委会刚刚通过蓝天的市长提名，就出了这样的大事；儿子跟万欣的婚事才定下来，万远鹏便被带走审查。哪个出了问题，自己对组织、对家人都不好交代啊。

这时，米来顺急匆匆地来到郑君毅办公室，进门就问："郑书记，蓝天的公示咋中止了？"

郑君毅心情沉重："有人举报蓝天，省纪委介入调查了。"

米来顺又问："是不是为两千万的事？"

郑君毅反问："你怎么知道？"

"如果是这事，我清楚得很。"米来顺忙把来龙去脉讲了一遍。

郑君毅神色严肃，怪责道："老米，你怎么能出这样的主意？"

"嗨，当时缺钱，工程就要停工了，情急之下，只好用了这么个没有办法的办法。"米来顺掏出一张单据："这是银行凭证，三天前，我们就把借丁茂鑫的钱还了。你看，还款方翠屏县政府，收款人丁茂鑫。"

郑君毅看过银行单据，悬着的一颗心才放下来："唉，你这不是让蓝天陷进无妄之灾吗！"

米来顺懊悔地拍着光秃秃的脑门，恳请道："书记，主意是我出的，款是我借用的，千错万错都在我。蓝天是无辜的，有什么责任，给啥处分，我背着。"

"责任回头再说，我赶紧跟肖书记汇报。"郑君毅抓过红色座机，"这张银行单据给我留下，你先回去，有事我再找你。"

米来顺起身欲走，又被郑君毅叫住："老米，不对呀，既然这两千万已经还了丁茂鑫，那为什么公司还有人举报呢？"

米来顺迷惑不解，摇摇头说："这我就不清楚了。"

原来，林丽娜只知给蓝天汇去两千万，但并不知晓翠屏县近日已退还这笔借款。她跟丁茂鑫闹翻离开了公司，曾多次找丁茂鑫，其避而不见。林丽娜天天打电话，丁茂鑫先是拒接，后来换了新的手机号码。林丽娜一看要钱无望，又气又恨，索性要跟丁茂鑫争个鱼死网破。于是，一封举报信投到省纪委，并给丁茂鑫发去短信"你给官员送钱行贿，我已举报，你就等着吃牢饭吧"。丁茂鑫一看大事不好，第二天便飞往香港，溜之大吉。

蓝天向专案组很快说清了问题，但由于丁茂鑫避走香港，难以当面质证查实，所以一时无法结案。万远鹏则在事实面前避重就轻，拒不如实交代，被留置审查。宋彩荣急得像热锅上的蚂蚁，连忙给万欣打去电话，说是家里出了大事，叫她马上回来。郑志开车拉着万欣连夜赶回宁滨，一进家门，宋彩荣便告诉女儿"你爸被纪检委带走了，已经不让回家，你赶紧找郑书记说说，帮着想想办法"。

　　事情来得如此突然，万欣惊讶不已。在她的心目中，父亲从来都是遵规守纪、一身正气的领导干部形象。记得父亲在当县委书记时，她亲眼得见，乡干部送来两筐果园的苹果，受到父亲严厉的批评，叫他们立刻给果园送回去。自己走上工作岗位后，父亲不止一次告诫她，作为党的新闻工作者，千万不能收取采访对象的任何财物，这是红线绝不能踩。她不相信父亲会有什么问题，更多考虑可能是父亲受到了冤枉。郑志带着万欣去见父亲，郑君毅说，省纪委对万远鹏立案审查，我作为市委书记不能过问案情，这是党的纪律。要相信党组织、司法部门，一定会秉公办案，把问题搞清楚。你们回去安心上班，不要为此事影响工作。

　　万欣悻悻而归，把郑君毅说的话转告母亲，然后坐在沙发上两眼发呆，沉默无语。

　　宋彩荣脸色惶然地看看女儿，自我安慰说："他也只能对你这样说，你跟郑志都订了婚，看着你爸被带走了，他能不管吗？"

　　万欣忧心忡忡："这就看我爸有没有事了，他要有事，谁也救不了他。"

　　"唉，你爸就是不听我的话，非争这个市长干啥？这不，就招来报复了。"

　　"我爸这次民主推荐就没有入围，谁会报复他呢？妈，我爸到底有事吗？"

　　宋彩荣掩饰道："我哪儿知道呢？"

　　万欣追问："家里的钱都是您管着，我爸的钱有没有多出来，您怎么会不知道呢？"

　　宋彩荣谎称："你爸工资、奖金啥的都在机关发的银行卡里，是放在我这儿，根本没有多出其他的钱来。"

　　万欣稍稍放下心来，劝慰母亲："妈，您别着急，我相信我爸不会有事，等把问题澄清也就回来了。我还要赶制节目，先回去了,您有事随时给我打电话。"

"我给你做点饭,吃了再走。"

"不了,郑志给车加油回来就走。"

此时楼下汽车喇叭声响,万欣拿过挎包,站起身来对母亲说:"我们在路上随便找个地方吃点。"

万欣侧脸抱了一下母亲,强忍着不让眼中的泪珠掉下来:"妈,您自己在家,多保重吧。"

宋彩荣打开门,看着女儿快步走下楼去。

蓝天、万远鹏被省纪委专案组立案审查,周亦农闻讯大喜。本已破灭的扶正之心,重新燃起希望的火焰。这时,照料周文重的刘姨突然打来电话,说是老爷子因感冒引起肺炎住进了医院,这回病得不轻,你们赶紧回来看看。事不宜迟,周亦农夫妇连夜出发,坐上火车去了北京。

周亦农夫妇来到北京医院,刘姨领着他们一边往病房走,一边说,老爷子一直高烧不退,肺部大面积感染,大夫们还在紧急治疗。老爷子非要见亦农,大夫说啥也不让,后来好说歹说,才同意你们进去一下就出来。

刘姨把他们领到监护病房门口,护士带着周亦农夫妇走进房间。只见周文重脸色苍白,闭着双眼,躺在病床输液。

周亦农上前伏身床边,握着父亲的手,轻声呼唤:"爸,我是亦农,我和芳洁看您来了。"

周文重慢慢睁开眼睛,神情恍惚的目光望着周亦农,有气无力地说:"亦农……我让刘姨……叫你回来……我有话对你说……"

"爸,您说吧,我听着呢。"

周文重断断续续,喃喃说道:"亦农……我不是你的亲生父亲……你妈也不是你的……亲妈……"

周亦农、吴芳洁大惊。

周亦农讶异地看看妻子:"爸在说什么呀,他是发烧烧糊涂了……"

周文重轻轻摇摇头:"你的亲娘……在榆树沟……牛营……叫田淑珍……"

周亦农愈发糊涂:"爸,这是怎么回事?"

周文重不停地喘息着:"你姓牛……牛金福……别忘了……你是农民的儿子……去找你……亲娘……"

说完,周文重又闭上眼睛。

护士走过来:"请回吧,我们马上要给病人输氧,说话时间长了,他受不了的。"

周亦农和妻子心情沉重地走出病房,站在长廊窗边悄声议论。

周亦农皱着眉头,小声嘀咕:"这事真是怪了,我还有一个亲娘……"

吴芳洁说:"我看老爷子说的是实情,你忘了,今年春天,他还带着乐乐进山,去的就是牛营。后来你还问他到那里找谁,他说是找一个很好的人。"

周亦农解开谜团:"嗯,这就对上了。"

"我看爸的病一时半会儿好不了,我在这盯着,你先回去上班,让乐乐打听一下情况。"

周亦农点点头:"好吧,爸这儿如有什么紧急状况,你马上打电话告我。"

"嗯,你放心吧。"

二

周乐已经十几天没有回家了,今天父亲突然打来电话叫他马上回家,心里不禁敲起小鼓。是老爸坚持让他和米晓惠断绝关系，还是又转变了态度？他暗自打定主意，不管老爸怎么说，反正自己是铁了心了，谁也不找，非晓惠不娶。

周乐回到家来，周亦农告诉儿子，爷爷病重住进了医院。周乐以为让他进京照料，马上说我请个假，连夜就走。周亦农说，有你妈在那里照顾呢，我叫你回来，是要你打听一个人。

"谁？"

"你们乡牛营村的，叫田淑珍。"

周乐眨眨眼睛，说道："爸，这也怪了，米书记叫我找田淑珍，您也叫我找田淑珍……"

"老米叫你找她了？"

"对呀，早跟我说了。"

周亦农忙问："你找到她了？"

周乐笑着说："嗨，别提了，费老鼻子劲儿了！她不叫田淑珍，叫田玉梅，北牛营的，就是那个跟铁路上闹事的……牛金贵他娘。"

"啊？"周亦农大惊。

"爸，您找她干吗？"

周亦农两眼一瞪："干啥？她是你奶奶！"

"我奶奶？"周乐丈二和尚摸不着头脑，"我奶奶不是早已去世了吗？这怎么又出来个奶奶？"

实际上，周文重上次来宁滨，就跟郑君毅说了，叫他帮着在牛营找个叫田淑珍的人，但没有说明她的身世。郑君毅交代给了老米，老米又叫周乐去办，可一直查无此人。经过一番周折，才弄清田玉梅是牛金贵的娘，她原名叫田淑珍，为何改名原因不明。现在人找到了，关系也搞清了，周亦农经与妻子商议，决定进山寻亲认母。他本想让周乐带着直接就去，可又抹不开面子，毕竟曾经得罪过亲哥。于是，舍下老脸请米来顺说和，却被牛金贵一口拒绝。

牛金贵回家问母："娘，俺是不是还有个弟弟？"

金贵娘随口说："嗯，有一个。娘跟你说过，他叫金福，两岁上得了一场大病，没了。"

牛金贵瓮声瓮气地说："娘，您别瞒着俺了，金福没死，他还活着呢。"

金贵娘闻言一怔："儿啊，你听谁说的？"

牛金贵告诉娘："县里来人说的。"

金贵娘沉默了半晌，才说了实话："娘跟你实说吧，你弟弟两岁上的时候，我和你爹把他给了一个干部人家。他在哪呢？日子过得好吧？"

牛金贵生气地说："他在市里当了大官，就是他把我抓进了班房。如今他要来见你，我没答应，我才不认他这样的弟呢。"

金贵娘寻思片刻，说道："儿啊，再怎么说，你们也是一奶同胞，都是娘身上掉下来的心头肉，你就让他来家看看娘吧。你们俩不相认，以后各走各的路，不再来往也就是了。"

牛金贵是个孝子，从来依从老娘，只好答应下来，给米来顺回过话去。老米连忙叫周乐告知周亦农，定下了见面时间。金贵娘得信金福端午节过来，心里亦喜亦悲，回想陈年往事，翻来覆去一夜未睡安稳。

这时，周文重病情已经稳定，吴芳洁回到了宁滨。端午节放假三天，周乐带着爸妈来到北牛营，站在残破的院门前，敲开了院门。牛金贵冷淡地看着周亦农，周亦农望着牛金贵似笑非笑，翕动着嘴唇"哥"没有叫出声来。牛金贵没有说话，转身领着周亦农一家走进小院。周乐望着牛金贵的背影，想起那次发生冲突时，他问牛金贵"你是谁？"牛金贵大吼一声"我是你大爷！"不由心中暗笑，没错，果真是我大爷。

周亦农跟随牛金贵走进正房东屋，只见双目失明的老娘盘腿坐在炕边，手里用玉米皮编着坐垫。

牛金贵唤了一声:"娘,他来了。"

金贵娘赶忙放下活计,抬起头来:"小福子,你在哪儿……"

周亦农喊着"娘",快步上前走到母亲的身边。

田淑珍摸索着抓住周亦农的手:"是小福子吗?"

周亦农紧紧攥着母亲的双手:"娘,我是您的儿子,我回来了。"

"娘的眼不中用了,看不见了……"田淑珍仰着头,颤抖的双手抚摸着周亦农的面颊,然后翻开他的衣领,伸手顺着脖子向脊背上摸去。

田淑珍笑着哭了:"是金福,是小福子,他肩胛骨下头有个瘊儿。"

"娘,"周亦农抱住亲娘,泪水夺眶而出,"娘,您怎么不要我了……"

田淑珍扯过衣襟抹着泪,拍拍炕边:"坐这儿,听娘跟你说。"

周亦农坐在炕沿上,握着娘的手。

田淑珍回忆说:"那是五十多年前,赶上了闹饥荒,县里派来工作队,给村里送来了救济粮。山高路陡,车开不上山,工作队干部和村里人从山下把口粮背上来。有个年轻的女干部叫刘霞,就住在咱家西屋。俺俩可说得来哩,一说就是一宿。谁知她怀孕三个月了,连着上来下去背粮食,肯定是累的,子宫大出血。不光流了产,大夫说也不能生了。那时候,你哥金贵三岁,金福你刚满周岁。我跟你爹商量,人家为给咱送粮断了后,老了没娃谁人管呀?咱还能再生,不行就舍个儿子给了她吧。你爹是个开明人答应下来,我就让刘霞把你抱走了。打那以后,她每个月都给我寄五块钱来,接济俺们的生活。我总过意不去,这到啥时是个头啊。我就改了名,把家从南牛营你爷爷那边,搬到了你姥爷北牛营这边,也从此和刘霞断了联系。可娘和你爹还是断不了挂记你。想得难受了，就安慰自己说，他去了干部家，总比农村强。你爹临死的时候，还背着你哥对我说，想见见小福子……唉！"

周亦农默默倾听，已是泪流满面。

田淑珍拍着周亦农的手，教训道："小福子，你当了官，咋就不管乡亲们的事了呢，嗯？还把你哥抓起来……"

周亦农愧疚不已，"扑通"跪到牛金贵的面前："哥，对不起，我给你赔不是了……"

牛金贵老泪纵横，连忙扶起周亦农，兄弟俩抱在一起，相拥而泣。

吴芳洁拉着周乐走到田淑珍的跟前，握着婆婆的右手："娘，我是芳洁，是您的儿媳妇儿。"

周乐攥着奶奶的左手："奶奶，我是乐乐，是您的孙子。"

田淑珍笑着连连点头："好，好。"

牛金贵凑过身来："娘，你的这个孙子可有出息，在榆树沟子当乡长呢！"

田淑珍叮嘱道："哦，好小子，好生为乡亲们办事，啊！"

周乐大声说："奶奶，我记住了，您放心吧！"

吴芳洁看着老娘的眼睛："娘，您的眼睛看不见，大哥说是得了白内障，这能治好。今天我就带您回家，咱到城里去治。"

"妈，不用了。"周乐报告喜讯，"蓝市长正在实施复明计划，为乡亲们免费治疗白内障。已经请来了专家各村施诊，明天就轮到咱北牛营了。"

周亦农对牛金贵说："哥，我们今天不走了，咱哥俩儿好好说会儿话，明天等着专家来给咱娘看病。"

"好，我这就去给你们收拾屋子。"

晚上，村支书、村主任都过来了，为周亦农寻亲认母一家团圆感到高兴。大家围坐一起吃饭，喝着自酿的枣木杠子酒，边喝边聊。牛金贵回忆家中的陈年往事，诉说自己多年上访的经历，讲述郑君毅不寻常的家访。周亦农这才知道，老娘的艰难，哥嫂的坎坷，侄子大宝的遭遇。想起蓝天找他批钱，实施"解锁行动""复明计划"，而自己却漠然处之。哪想到亲娘、亲侄都在患者之列，不禁心中愧疚不已。

月淡星稀，人们散去。周亦农躺在炕上，辗转反侧难以入睡，一个新的想法油然而生。

周亦农在村里住了三天，亲眼看到经过医生精准治疗，老娘的双眼重见光明。他怀着喜悦的心情回到了市里，第二天一上班，便来到郑君毅的办公室。

两人坐下来，周亦农向郑君毅讲述了进山认母的过程，反思了自己的过错。他说："我本是一个普通农民的儿子，是周爸爸、刘妈妈的精心抚育，是党组织的多年培养，才使我一步步走上领导干部的岗位。可我渐渐淡忘了为人民服务的宗旨，随着职务越来越高，离人民越来越远，对百姓的疾苦漠不关心，只想自己的职级升迁。我真对不起党，对不起乡亲们啊！"

郑君毅为此感到欣慰："亦农，我真为你寻亲认母、转变思想感到高兴啊！"

周亦农感叹道："我爸要是早点把我的身世告诉我，那就好了。"

郑君毅说："老书记和你亲娘失去了联系，那次进山就是想找到她，带你去见老人认亲。好了，今后啊，咱们还是要按习总书记说的那样，不忘初心，多为乡亲们办实事，让他们早点过上好日子。"

"君毅，我有一个请求，要向你提出来。"

"什么请求，你说。"

"我请求辞去常务副市长的职务，"周亦农掏出辞职报告，放到郑君毅面前，"这是我的辞职报告。"

郑君毅看着报告:"亦农,你离退休还有三年呢,你辞了职做什么?"

周亦农笑着说:"我已经想好了,告老还乡。我要去榆树沟子扶贫,用三年时间,把那里的六个贫困村脱贫摘帽!"

郑君毅点点头:"你的想法我知道了,但这件事我决定不了,需要向省委请示。"

周亦农真诚地说:"君毅,你按程序报吧。我决心已定,请党组织给我一个回报乡亲们的机会,也算是弥补我的过错吧。"

周亦农站起身来,郑君毅随之站起,两双手紧紧握在一起。

三

万远鹏在接受专案组审查中,一直不肯交代问题。专案组约询宋彩荣,她闪烁其词不予配合,也被留置审查。万欣获得通知后,情绪糟糕到了极点。母亲怎么也进去了?难道母亲也参与了此案?万远鹏的形象在万欣的眼前渐渐变得复杂、模糊,莫非父亲是"双面人",当面说一套背后做一套吗?她不敢再往下想。万欣下班回到宿舍,吃不下饭睡不着觉,躺在床上不是彻夜无眠,就是在噩梦中惊醒。两眼呆呆地望着窗外冷清的残月,牙咬被头伤心哭泣。心烦意乱的她工作中时常走神,制作节目口误频出,导播多次当众训责。同事们已知她父母出事,背后指指点点议论纷纷。万欣不愿影响郑志包括郑家的声誉,几次提出与郑志分手,遭到郑志断然拒绝。她不知今后命运会是如何,时而抱有一丝幻想,父母无事平安回家;时而又万念俱灰,想以一死了却这痛苦的折磨。

这段时间,郑志一直为万欣感到焦虑不安。他约万欣见面,万欣总是借由推托不见,郑志只好在电话中劝慰几句。从万欣凄伤的言语中，郑志可以感受到万欣痛苦的心境，而自己又难以纾解她内心的苦楚。他明白，专案组对万远鹏夫妇实施留置审查，应该是已有基本事实证据，只是数额大小、犯罪轻重的问题。郑志几次问询父亲，郑君毅避而不谈，叫他不要再打听此事。郑志也知道，万远鹏出事肯定会给父亲带来负面影响，一旦万远鹏锒铛入狱，自己跟万欣的婚事怎么办？如果依然照办，人们对父亲又会怎么看？自己深深地爱着万欣，不管发生什么情况，绝不会与她分手，可爸妈还会同意他俩走到一起吗？还会让他和万欣如期结婚吗？郑志不好跟父亲直接提出这个问题，只能向母亲倾诉内心的忧虑。潘敏无法回答，给丈夫打去电话，谈到万欣的情绪、儿子的焦愁、自己的担忧。郑君毅沉静地说，我也在考虑这个问题，过两天我去省里开会，你让郑志把万欣带到家来，我要跟他俩好好谈一谈。

丁茂鑫避风香港已二十多天，专案组几次通过他的妻子，规劝其返宁投案。而丁茂鑫心中有鬼，犹豫不决，一再拖延。这天，他在宾馆倚在床头划着手机，忽然一条新闻跳入眼帘，标题是"孙连宝落网记"。文中写道，天津某厂职工孙连宝，下岗后更名牟存善，冒充"中央首长亲戚"，假借为领导干部"跑官"，瞒天过海，招摇撞骗，收取赃款，且屡屡得手。近日，警方已将其抓捕归案，此案正在审理中。丁茂鑫看了这则爆料，既为这个大骗子落网，感到解了心头之恨；又担心他说出万远鹏的事，把自己扯进去，警方找上门来。与其这样，还不如先向专案组交代，不就是借给蓝天、万远鹏钱嘛，还能把我咋样？于是，丁茂鑫次日飞回宁滨，直接到专案组说明问题。

丁茂鑫到案，蓝天借款两千万一事立刻澄清，很快得到了解脱。万远鹏只承认曾向丁茂鑫借款，资金用途及去向仍然不肯交代。专案组向宋彩荣查询，其谎称不知情，企图蒙混过关。当专案组告知万远鹏，丁茂鑫已经自首，万远鹏怔住了，沉思片刻才说:"好吧,我如实向组织交代问题。请郑君毅书记过来一下,我有些话要对他说。"

专案组经过研究并报上级批准,同意了万远鹏的请求。郑君毅来到万远鹏留置住地,走进一个不大的房间。一张桌子两把椅子,郑君毅与万远鹏相对而坐,两名专案组工作人员坐在一旁小桌记录。

郑君毅注视着万远鹏,一个月不见,他看上去苍老了许多,原本一头黑发也显露出些许银丝。万远鹏低首垂目,两手相搓,沉默中不知从何谈起。

郑君毅打破沉默:"远鹏,你不是有话要跟我说吗,我来了,有什么话你就说吧。"

万远鹏懊丧地摇摇头,轻叹一声:"唉,怎么说呢……我这几天,一直在思考一个问题,我怎么会走上这样的一条路?"

郑君毅没有说话,默默地等待。

万远鹏心情沉重地说:"我出生在一个农村贫困的家庭,从小失去了父母,是我二叔、二婶把我收养拉扯大的。70年代初,二叔去修海河得了肺结核,回来没两年就走了。二婶带着我和她的一双儿女,日子过得更加艰难。记得那时候,我二婶连个鸡蛋都舍不得吃,一个个攒起来,到集上卖个钱给我交学费。大冬天,我穿着一双破棉鞋,脚冻得又红又肿,有个同学取笑我,没娘的娃子没人疼。我哭着跑回家,向二婶诉说自己的委屈,二婶心疼地抱着我冰凉的一双脚,掀开衣襟暖在她的胸口上。抹着泪对我说,孩子,咱家不是穷,你好生念书,有了出息,就没人笑话你了。我那个时候就下定决心,发奋读书,考取大学,努力工作,当上官出人头地,挣了钱好好孝敬二婶。我金融大学毕业后,先是分配到县财政局,后来到了乡里当副乡长,不到三年又提为乡长。那真是没白天没晚上的拼命地干啊!我是农家子弟,知道农民不易,乡亲们有啥发愁的事,我天明不过夜,立马跑去解决。在基层一线摸爬滚打了八年，作为优秀乡镇干部提拔为副县长、县长、县委书记。直到那会儿，我还是一心扑到工作上，用了五年的时间，让林渤县经济总产值翻了一番，财政收入增加两倍，跨进小康先进县，我还被评为全省优秀县委书记。当时我声名大噪，连那些小时候的同学也对我另眼相看。在一次同学聚会上，曾经取笑过我的那个同学，像哈巴狗一样贴了上来，端着一大杯酒过来敬我。我冷眼以视，对他说，我是一个没娘的穷娃子，从小被你看不起，敬我什么酒呀？要我喝可以，你先喝三大杯再说。那个同学硬着头皮喝了，当时就瘫倒在地上，我哈哈大笑，总算出了压抑我心头多年的一口恶气。现在想起来真是可笑，我发奋读书、努力工作，难道就是为了争这口气吗？"

郑君毅认真倾听，沉思着点点头。

万远鹏喝了口水，接着说："我真正思想发生变化，是在当了副市长之后。我零九年到市政府任职，需要买处房子居住。市政府刚好建成干部宿舍小区，分给我一套一百六十平方米的，是经济适用房。每平米三千元，一共四十八万，再加上装修、买家具少说还要二十万。当时，我和妻子每月的工资加起来，也不过七千块钱，真买不起。宋彩荣只好找她亲戚借了五十万，再加上我俩的积蓄才把房子买了下来。那时我就想，我与同级的干部工资都差不多，人家为什么能买得起？他们哪里来的钱呢？答案很清楚，还不是捞取外快嘛。我当县委书记这么多年，无论提拔干部，或是搞工程项目，还真是拒收钱财，两袖清风。可某些领导干部事能办就办，钱该收就收，官越跑越勤，职越升越快。自己守着个清廉，等有一天退下来了，手里无职无权也无钱，到那个时候谁管我呢？心里越想越不平衡，越想越觉得自己傻。从此私欲膨胀，开始琢磨如何弄钱。我分管城建，经常跟地产商们打交道，要想捞钱机会很多。但我知道，不给他们牟利，没一个老板愿送钱的；收了他们的钱，必然为他们牟利，搞不好会出事。

于是，我耍起了小聪明，以我老婆的名义，从丁茂鑫那里借了一千五百万，利用我的金融专业知识，在香港入市炒股，挂的是别人的名，实际上我暗中操盘。那几年股市行情特别好，没两年就把本赚回来了，所得利润一部分继续炒股，一部分存进了香港银行。这些资金流都由宋彩荣办理，她懂银行业务，别人不易发现。我把借丁茂鑫的一千五百万还了，当然不含利息。实际上这也是变相受贿，因为我为他拍得荣景花园那块地，给相关部门打了招呼。还有，就是这次竞选市长，丁茂鑫给我介绍了一个叫牟存善的人，说他手眼通天，找他跟上边说话。丁茂鑫为我给了他二百五十万跑办费，不料这人是个骗子，一看我二次推荐没入围，卷起钱财跑了。唉！"

郑君毅神色凝重："我可以告诉你，这个牟存善真名叫孙连宝，是个诈骗犯，已被警方抓捕归案。"

万远鹏点点头，悔恨交加："郑书记，我就是这些事，都跟你说清了。我知道自己错了，非常后悔，但已经晚了。"

郑君毅语重心长地说："远鹏啊，你今天如实交代了问题，特别是能够认真反思自己走上犯罪道路的内心轨迹，这是认识错误、悔过自新很重要的一步。细想起来，我看你还是理想信念出了问题。从思想基础上，就没有把个人理想追求与党和人民的事业联系在一起。图虚荣，耍心计，争权位，牟私利，这样必然背离党的宗旨，滑向犯罪的深渊。"

万远鹏痛心疾首："我辜负了党多年的培养教育，做了这些不应该做的事情。党组织怎么处理，司法部门如何法办，我没话说。"

万远鹏停顿下来，眼含泪花望着郑君毅："我只是有一件事放心不下，就是女儿万欣。我作为她的父亲，走上了犯罪的道路，她肯定接受不了这样沉重的打击。郑志与她的婚事还是否能成，我不敢去想。请你转告欣欣，我对不起她，也对不起她的妈妈。我恳求你劝劝她，想开些……千万不要绝望……等着我和她的妈妈……有一天出去……"

说到这里，万远鹏已是泪流满面，泣不成声。

郑君毅沉静地安慰道："的确，欣欣这段时间心情很不好，上个礼拜天，我和潘敏跟郑志、欣欣谈过了。大人出了事，不应该影响孩子，我让他们领了结婚证，准备还是在中秋节给他俩把事办了。我和潘敏会像对自己的女儿一样待她，远鹏，你放心吧，啊？"

万远鹏百感交集，一把拉住郑君毅的手，感动地连连点头："谢谢老兄……"

尾　声

宁滨市人民代表大会顺利召开，蓝天高票当选市长。在郑君毅的领导下，全市各级领导班子带领广大干部群众，踔厉勇为，团结奋斗，齐心协力，加快发展。五年后的宁滨，经济总量翻了一番，排名跃升全省第一。企业转型升级焕发勃勃生机，两个贫困县按期脱贫摘帽，生态环境治理成效显著，城市景观建设日新月异，到处是一派欣欣向荣、蒸蒸日上的繁华景象。

读者或许要问，这五年间书中人物的各自归宿，且备注如下：

周文重为周亦农寻亲认母、还乡扶贫感到欣慰，半年后病逝。

钟呈祥身体康复，一年后调任省委组织部常务副部长。

周亦农次年换届离职退休，回到家乡照料老娘，同时协助榆树沟乡实现整体脱贫。

陈宇扎实推进科技创新，工作实绩突出，继任市政府常务副市长。

陈宇请回黄国才，在宁滨投资三十亿元，建成大型智能机械设备制造园区。唐北海与其联手，转产智能农机具制造业，产品广销国内外市场。

钢厂转型成功，经济效益显著，乔勇荣获全国企业改革创新先进人物称号。

米来顺退而不休，继续为村民服务，受聘牛营创业园，担任无薪顾问。

周乐与米晓惠喜结良缘，四年后担任榆树沟乡乡长。

牛金贵的儿子大宝病愈出院，在创业园就业工作，米晓惠帮他找上了新媳妇儿。

郑君毅五年后离休回到省城，蓝天接任市委书记……

2022年10月16日第1稿
2023年4月15日第2稿